予知の聖女は騎士と共にフラグを叩き折る

登場人物紹介
ヴァルター
千早の護衛を務める騎士。
国の英雄であり、
非常に有能な美男子。
なにか思うところがあるのか
千早へやや冷たく接する。
千《ち》早《はや》
人よりちょっと勘がいいだけの
平凡な女子大生だったが、
異世界トリップしたことで
未来予知の力を得た。
いつも前向きで活発な娘。

カイ
ヴァルターの同僚騎士。
腕利きの剣士で、
普段は飄々《ひょうひょう》とした
愉快な好青年。
モーゼス
千早を保護してくれた国王。
公明正大な名君。
昔、亡き父王が追放した
行方不明の弟を
捜している。
ディーツ
鷹匠《たかじょう》の男性。
千早へフランクに
接してくれる
貴重な存在。
ノア
千早の教育係
となった文官。
聖女マニアの変わり者
だが常に親切で
穏やかな美青年。
リーゼ
千早の世話をする侍女。
姉のように優しく
千早を見守っている。
エリク
千早と王宮で出会う
謎の人物。
高位貴族の
令息のようだが、
詳細は不明で
……？

プロローグ

窓の向こうの中庭には、白薔薇《しろばら》が艶《つや》やかに咲き誇っていた。

遠くには緑の回廊や煌《きら》めく泉が見え、その美麗さに目を奪われる。そんな瀟洒《しょうしゃ》な景色に臨《のぞ》む、王宮の廊下。前を歩く長身の青年が、ふと足を止めて私を振り返った。

「――チハヤ様。どうか、俺の傍から離れられませんよう」

「う、うん。どこに危険があるかわからないし、できるだけ離れないようにするね」

低く落ち着いた美声で囁《ささや》かれ、慌てて頷く。答えつつ視線をやや逸らしたのは、昨日見たある光景のせいで、彼と顔を合わせるのがとても気まずいからだ。

平凡な女子大生だったはずなのに、ある日この異世界にトリップし、聖女として遇《ぐう》されている私。

そんな私の護衛騎士に選ばれたのが彼、ヴァルターだ。

闇夜のような黒髪に、強い意志の光を湛《たた》えた翡翠《ひすい》の瞳。詰襟《つめえり》の黒い騎士服を着た彼は、常に冷静に周囲を見ているため、私の様子にもすぐ気づいたらしい。

「そう仰《おっしゃ》りながら、徐々に離れていかれているようにお見受けしますが。様子がおかしいというか……なにか、気になられることでも？」

「別に、そういうわけじゃ……」

「ならばもう少し距離を詰めるか、いつものように思いを口になさって頂きたい。そもそも普段の貴女《あなた》なら、先程の言葉にも元気よく言い返してこられるものを」

いつもと違う私を訝《いぶか》しく感じているのか、彼らしい率直な言葉が返ってくる。

うう……さくっと言えるならそうしているが、生憎《あいにく》、それができない理由があるのだ。

なぜなら私は、この世界で得た能力により昨日、彼と自分に関する未来を視《み》たから。

彼に言えばきっと、ありえないと眉を顰《ひそ》められるか、一笑に付《ふ》されるだろう未来。

だからこそ、ばれないようにしようとするあまり、挙動不審になってしまうのだ。

どう答えようか迷っていると、ヴァルターが怪訝《けげん》そうに顔を覗きこんでくる。

「チハヤ様？　やはり貴女《あなた》は、昨日からどこか様子が……」

凛々《りり》しい美貌が間近に迫り、胸が落ち着かなくなった私は、思わず距離を取る。

「あの……本当になんでもないの。そ、そうだ！　ここはもう安全だし、先に部屋に戻ってるね」

そしてそのまま、慌てて身を翻《ひるがえ》す。

実際、王宮の二階であるここは護衛不要の区域だし、なによりこれ以上彼の追及を受けていたら、言い逃れられそうにないから。だてに、何度も彼と口喧嘩《くちげんか》はしていないのだ。

そう――私とヴァルターは聖女と護衛だが、その立場がなければ、喧嘩《けんか》友達のような間柄。

初対面の印象が互いによくなかったせいもあり、出会って二週間経った今でも、私たちの間でかわされるのは皮肉や軽口ばかりで、甘い雰囲気など一度も漂《ただよ》ったことがない。

そもそも国一番の騎士であり、凛《りん》とした美貌を持つ彼からすれば、私なんて異性として歯牙にもかけない存在だろう。だというのに。

――もう、なんだって私は、彼と結婚する未来なんて視《み》ちゃったのよ……!?

廊下を駆けながら、自分の能力に頭を抱えてしまう。

いくら予知で視《み》たとはいえ、彼が私の未来の夫になるとは、やはりどう考えても信じられない。

あれはなにかの間違いだと言われた方が、まだすんなり受け止められる。

そんな風に、私が思わぬ事態に頭を悩ませることになったきっかけは、遡《さかのぼ》ること二週間前。

あの雨の日の夕方が、すべての始まりだったのである。

※　※　※

「あっ、雨……」

大学からの帰り道。私――遠野千早《とおのちはや》は、頬に当たった雫《しずく》に顔を上げた。

見れば、さっきまで晴れていた空はいつの間にか灰色の雲に覆われていて、ぽつぽつと小雨が降り始めている。

時刻は午後四時頃。目の前の通りは商店街近くのため人が多く、そこにいる誰もが急な雨に驚いた様子だ。近くの軒下《のきした》に向かって急いで駆けていく会社員や、店先に並べた商品を慌てて奥に引っこめる店員の姿が視界に入ってくる。

それもそのはず、朝のニュースで今日は降水確率ゼロパーセントと予報され、昼にスマホで見た天気予報でも終日晴れマーク。その状態で雨が降れば慌てもするだろう。

けれど私は少しも焦らない。なぜなら――

「やった！　やっぱり、傘を持ってきて正解」

思わず笑顔になって、肩にかけたトートバッグから折り畳み傘を取り出す。今日は雨が降りそうな気がして、鞄に入れてきていたのだ。予想が当たったことに胸を弾ませつつ、傘を差した。灰色の空の下、赤いそれは鮮《あざ》やかに目に映る。

――私は昔から勘がいいのか、こうなるかも……と感じた予想がよく当たる子供だった。

高校時代、テストがある予感がして登校すると、抜き打ちテストがあったり。今買った方がいいかも、と感じて選んだ商品が翌日に雑誌で紹介され、品切れ状態が続いたり。どれもささやかな予想ばかりだけど、当たると嬉しくなるものだ。

「もしおじいちゃんがここにいたら、『また当たったか、やるなぁ』って褒《ほ》めてくれたかも」

幼い頃を思い出し、ふふっと目を細める。

今は亡き祖父はなんでも楽しもうとする人で、私が小学生の頃には、お手製のスタンプカードを作ってくれたこともあった。

『予想が当たったら、じいちゃんがスタンプを一個押してやろう。そうして全部埋まったら、なにか千早の好きな物でも食べに行こうな』

なんて、しわくちゃの顔で笑って、私の髪をくしゃくしゃと撫《な》でて。

幼い頃に私の両親が他界して以来、男手ひとつで私を育ててくれた祖父。

私がなにか達成した時は全力で褒《ほ》め、駄目なことをした時は深く諭《さと》し……いつだって親身に寄り添ってくれる人だった。

そんな幼い頃、私はこうした勘が当たるのが嫌で仕方ない時期があった。なぜなら、一番勘が働いてほしかったこと——両親の事故については、なにひとつ予想できなかったから。

ある日、何の前触れもなく彼らは飛行機事故に遭《あ》い、帰らぬ人になってしまったのだ。虫の知らせも一切なく、小学生の私がそれを知ったのは、すべてが終わった後。

それから呆然としているうちに、祖父の家に引き取られた。

その日、悲しさとやりきれなさから塞《ふさ》ぎこみ、縁側でぎゅっと膝を抱えていた私に、祖父はこう言った。夏の夕暮れ時で、遠くで蝉《せみ》がじわじわと鳴いていた覚えがある。

『千早はよく勘が当たるなぁ。本当に大したもんだ』

『でも……こんなの、ぜんぜん役に立たないよ。……大事な時に少しも当たらないんだもん』

もしいつもみたいに私のささやかな勘が働いていたら、今日は空港に行かないで、と両親を引き止め、二人とも無事だったかもしれない。そう思うと、どうしてもやりきれなかったのだ。

俯《うつむ》いた私に、隣に座る祖父は空を見上げてから頷いた。

『そうだなぁ。本当に必要だった時に自分の力が発揮できないのは、確かに悔しいもんだ。……だがそれでも、千早の勘のよさが、いつかなにかに役立つ日だってくるかもしれんよ』

『……いつかって、いつ？』

『さて……それはじいちゃんにもわからんが。そのうちかもしれんし、ずっと先かもしれん。それにじいちゃんは今も、千早の勘がいいことが有難いなぁと思ってるよ』

『ありがたい？』

不思議に思って見上げた私に、目を細めた祖父は穏やかに頷いて言った。

『たとえばだが、じいちゃんはどうしたって、ずっとは千早の傍にいられんだろう。年寄りなんだから、それはどうしようもないことだ。──けど、じいちゃんがいなくなった後も、お前が勘のよさで危険を逃れて無事でいてくれるんじゃないかと思うと、なんとなく……こうな、ほっとするんだよ』

祖父はそう言って、自分の心臓の前でぎゅっと片手を握ってみせた。

『ほっと、するの……？』

『ああ。じいちゃんがいなくなっても、お前を守るなにかが傍にあると思えば、そりゃあ安心する。だから、今だってその特技は決して無駄なんかじゃない。考えようによっちゃ、それは千早のお守りでもあるし、じいちゃんのお守りにもなるんだ』

そう締め括《くく》り、彼は私の背をそっと優しく叩いた。──きっと誰より悲しかったはずなのに、不器用な言葉と共に、私を慰《なぐさ》めてくれたしわしわの手。

恐らく、私が自分を責め続けないよう、そして、いつか来る彼との別れの日に私が自暴自棄にならないよう考えて、言葉にしてくれたのだろう。

それ以来、私はくよくよ悩むことをやめた。確かに、彼の言う通りだと思ったから。

――あの時こうしていれば結果は違ったのかも、なんて悔やんでいても仕方ない。だって、どんなに悲しくても、過ぎてしまった過去はもう変えられないのだ。それに前を向いて歩いていれば、ささやかな特技でも、なにかに役立てられる時が来るかもしれない。

そう思い直して日々を過ごすことにしたのだ。

ただ、そんな風に私を元気づけてくれた祖父も、長年の持病との闘いの末、三年前に亡くなってしまった。病床でも、最後まで私の心配ばかりしていたっけ。

もちろん悲しく辛かったけれど、私の胸に残ったのはそれだけでは決してなかった。過去を悔やんでいないで、どんな時も顔を上げて日々を過ごす。――祖父が教えてくれた大事な思いが、私の中にしっかり根付いていたから。

お陰で、祖父を亡くして天涯孤独になった今、大学生活の傍《かたわ》らアルバイトの掛け持ちをする忙しい日々を送っていても、不思議とやさぐれたり悲観したりする気持ちは起きなかった。

それに今の私は、大学三年生。あと一年間この生活を乗りきれば、無事就職して安定した生活を送れるはず。そう思えば、ふつふつとやる気が漲《みなぎ》ってさえくる。

「よし！　今日も頑張ろうっと」

握り拳《こぶし》で気合を入れ、バイトに向かうため、雨の降る道を歩き出す。横にあるパン屋のショーウインドウをふと見れば、そこにはやる気に目を輝かせる私の姿が映っていた。

胸下まである長い髪は生まれつき赤みを帯びた茶色で、目もやや赤茶っぽい。服装は白いワンピースに赤紫のカーディガンを重ねた姿で、初秋の気候にちょうどよい組み合わせだ。

一目惚れして購入した服だけれど、やっぱり素敵で、買ってよかったなと思う。

ふとそこで、さっきより雨足が強くなっていることに気づいた。

「なんだか風も強くなってきた感じね……早く行かなきゃ」

折り畳み傘があるとはいえ覆う面積が小さいので、注意しても肘などが濡《ぬ》れてしまうのだ。連日バイトのシフトを入れている中、濡《ぬ》れて風邪なんて引いてはいられない。

そのまま早足で通りを抜け、公園脇の道に差しかかった。そこはひっそりと人気《ひとけ》がなく、濡《ぬ》れた黒い地面に傍の木々が映りこんでいて、どこか神秘的な風景に見える。

水たまりを避けつつ歩いていくと、ひときわ大きい水面《みなも》に、なにかがちらりと映った気がした。

それはまるで、豪華絢爛《ごうかけんらん》な部屋のような……

しかし、そんなものが周囲にあるはずもない。あるのは鬱蒼《うっそう》とした緑や、公園に置かれている、やや寂《さび》れた遊具だけ。

なにか見えた気がしたけど、気のせいだったかな？

そう首を傾げ、さらに足を進めた時。ふいに吹いた風に傘が攫《さら》われかけ、「わっ」とバランスを崩して、水たまりへ足を踏み入れてしまう。やだ、靴が濡《ぬ》れる……！　と焦って足を引き抜こうとするが、信じられないことに足はそのまま、ずぶずぶと沈みこんでいく。

——え？

ありえない状況に目を瞠《みは》った、次の瞬間。どぼんと大きな水音がして、私は全身、水の中へ落ちていた。ただの水たまりだったはずの、黒い水面《みなも》の中に。

そして、落ちた先にはさらに信じられない光景が待っていた。見渡す限り藍色《あいいろ》の水が満ちていて、まるで海中を漂《ただよ》っているかのようだ。

深い青色は揺らめきながらどこまでも続き、すぐ傍では小さな気泡がいくつも上へのぼっている。そんな中を私はひとりゆらゆらと漂《ただよ》いつつも、徐々に下へ沈んでいく。

「なにこれ……もしかして、夢でも見てる？」

呆然とした呟きが口から漏《も》れ、えっ、喋れる？　とまた驚いた。

よく見れば、ぼんやりとした光の膜《まく》が私の身体を包んでいて、そのお陰で呼吸ができるらしい。ただ、だからといって自由に動けるわけではなく、なにかに引っ張られるみたいに、光の膜《まく》ごとゆっくりと沈んでいくことしかできない。

どれくらい沈んだのだろう。やがて遥《はる》か下方の空間に切れ目が見え、そこからかすかな光が漏《も》れていることに気づいた。近づくほど、それは眩《まばゆ》いものへ変わっていく。

その色彩に、さっき水たまりの中に見えた豪奢《ごうしゃ》な部屋を思い出した。呼ばれるように、ぐんぐんその切れ目へ吸い寄せられていく私は、とにかく焦る。

わっ、待って待って。どこに行くの。というか、眩しい……!!

寸前まで来ると、光の輝きは目を焼き尽くさんばかりに眩《まばゆ》くなる。

もはや目を開けていられなくなった私は身を硬くし、ぎゅっと瞼《まぶた》を閉じたのだった。

第一章　奇跡の聖女

眩《まばゆ》い光に視界を奪われていたのは、とても長い時間のようでもあり、一瞬のようでもあった。
徐々に目が慣れ、おそるおそる瞼《まぶた》を開く。するとそこには――

「えっ？　どこ、ここ……」

目の前には、いつの間にか荘厳《そうごん》な部屋が広がっていた。水中にいた時の名残《なご》りは微塵《みじん》もなく、完全に地上の、それもお城の大広間らしき風景に、ぽかんとする。
天井には豪奢《ごうしゃ》な燭台が輝き、壁には美しい絵画や金縁《きんぶち》の鏡がいくつも飾られている。床に敷かれた深紅《しんく》の絨毯《じゅうたん》は繊細な模様が織《お》りこまれ、気品と重厚さを感じさせた。
部屋の奥には数段高い四角いスペースがあり、そこにひときわ立派な肘掛け椅子が置かれている。金の透《す》かし模様に宝石が象嵌《ぞうがん》された意匠は芸術的で、まるで玉座だ。
その椅子の前には、まさに王様といった姿の金髪男性が佇《たたず》み、こちらを驚きの顔で見上げていた。
三十代半ばの威厳あるその男性の周囲では、家臣らしき人々が戸惑った様子でざわめいている。

「見よ、あのような場所に……！」

「あの女性はまさか――⁉」

って、なんか私、注目されてる？

そこで自分が空中に浮かんでいることに気づき、ぎょっとする。なんと私は、あの光の膜《まく》に包まれた状態で、天井付近の宙にふわふわと浮いていたのだ。

広い部屋にいる数十人もの人々は、そんな私を驚愕《きょうがく》の顔で見つめていた。

気持ちはわかる。私だって立場が逆なら、きっと唖然《あぜん》として見上げていただろう。それに、宙にいるだけでもだいぶ異常なのに、私はここでひとり、異質な見た目だったから。

この場の人々は皆、金髪や栗色の髪で白色人種系の外見の上、中世西洋風の格好なのだ。そんな中、彫りの浅い顔立ちで現代日本の服を着た私はひたすら場違いでしかない。

見れば、金髪男性の前には、腰に剣を佩《は》いた、騎士らしき凛々《りり》しい黒髪の青年が跪《ひざまず》いている。目を見開いた彼の後ろにも、似た服装の屈強な男性たちがずらりと並んでいた。壁際には裾の長い服を着た優美な人々もいて、その誰もがとても洗練されており、とにかく目の保養になる。

「すごい……なにこれ」

まるでおとぎ話か、ファンタジーの世界にでも紛れこんだ気分だ。

だがすぐに、ドキドキしている場合じゃない、とはっとする。なぜなら私の身体を包む光が徐々に薄くなってきたから。光が薄まるごとに、身体が宙でぐらぐらと安定しなくなってくる。

あ、あれ？　これってだいぶまずい感じじゃない？

冷や汗を掻いた瞬間、光が完全に消え、私はたちまち床に向かって落ちてしまう。

――ああ、やっぱり！

もはや対処のしようもなく、ぎゅっと目を瞑《つぶ》り、次にくる衝撃に備えようとする。

だが、床にぶつかる痛みは、なぜかいつまで経ってもやってこなかった。

それどころか、しっかりとしたなにかに包みこまれているような——

「あれ、痛くない……？」

おそるおそる瞼《まぶた》を開ければ、黒髪の青年の整った顔がそこにあった。どうやらさっきまで金髪男性の前に跪《ひざまず》いていた彼が駆け寄り、抱き留めてくれたらしい。

黒髪の下、強い意志を湛《たた》えた翡翠《ひすい》の瞳が目を惹きつける。黒い騎士服を着た身体はすらりとして見えるけれど、程よく筋肉がついているのがわかった。美丈夫という言葉がしっくりくる、二十代前半ほどの青年だ。

すごく格好いい人……と、思わず見惚《みと》れてしまう。誰もが驚きに固まっていた中、すぐ私に駆け寄って抱き留めたところを見るに、きっと瞬発力や身体能力がとても高いのだろう。

「あ、ありがとうございます」

「——いや、怪我がないならよかった」

動揺しつつお礼を言えば、彼はよく通る低い声で答える。そして私を丁重に地面に下ろし、金髪の壮年男性の前に戻ってすっと跪《ひざまず》いた。

「陛下。お許しを得ぬまま御前《ごぜん》を離れ、大変失礼致しました」

「ああ……なに、その娘に傷を負わせぬ素早い対処、誠に見事であった。ヴァルターよ」

呆然としていた金髪の男性は、はっとして答えると、青年——ヴァルターさんから私に視線を向け、深く感じ入った様子で唸《うな》った。

緩く波打つ長い金髪に、秀麗な容貌。落ち着きと威厳を感じさせる彼は、信じられないと言わんばかりの面持《おもも》ちで私をまじまじと見つめている。

「それにしても、よもや奇跡の聖女が我が代で現れるとは……それも戦《いくさ》の勝利を祝う場とは、なんたる僥倖《ぎょうこう》よ」

聖女って一体……？　というか、陛下と呼ばれたってことは、この人はやっぱり王様なの？

彼らの演劇みたいに時代がかった台詞《せりふ》やその内容に、戸惑ってしまう。

そもそも、水たまりの中に落ちて、気づけば見知らぬ場所――それも中世西洋の王宮みたいな部屋に移動していたなんて、まるで異世界トリップだ。

私の好きなファンタジー小説ではよくある展開だけれども、それが自分の身に実際に起こるなんて……ううん、やっぱりないない。さすがに夢を見すぎだわ。だってそんなの、どう考えたって非現実的だもの。

恐らくこれは映画の撮影かなにかで、偶然紛れこんだ私をお茶目な外国人俳優さんたちがからかっているのだろう。居並ぶ人々が美形揃いなのも、そう思えば納得がいく。

やや本格的すぎる気はするけれど――

考えこむ私に、金髪男性が合点《がてん》のいった様子で、ああ、と頷いた。

「戸惑っておるか……それも仕方ないことよな。遠い世界から来たそなたにしてみれば、これは青天の霹靂《へきれき》のようなもの。聖女は己《おの》が意思ではなく、天の意志によって呼ばれるものと聞くゆえ。うむ……まずは名乗ろう。余はこのファレン国が王、モーゼス。そなたの名はなんと申す」

あくまで演技を続行する彼に、私は戸惑いつつ答える。せっかく続けてくれているところ申し訳ないが、私もバイトの時間が迫っていてまずい状況なのだ。

「私は遠野千早という名前で……いえ、それより、なんだか撮影のお邪魔をしたみたいですみませんでした。私、アルバイトに行く途中なので、すぐにここから出ていきますね。ごめんなさい、どこから帰ったらいいんでしょう？」

人が多くて出口が見えなかったため尋ねると、彼は神妙な顔で首を横に振った。

「それは、今すぐ元いた世界に戻りたいということか？　残念だが、それは無理というものだ」

「無理？」

目を瞬《しばたた》いた私に、彼——モーゼスさんははっきりと頷く。

「そうよ。伝承では、そなたら聖女は人智を超えた光に包まれた状態でふいに現れ、去る時もまた光に包まれてふいに消え去ったと聞く。であれば、その帰還の光が現れぬ限り、そなたが故郷へ戻ることは恐らく不可能であろうよ」

「あ、あの、ちょっと待ってください！　さっきから本当になんの話を……」

帰還の光とか、からかうにしてもやけに設定が細かすぎるというか、堂に入りすぎだ。

それに、どこまでも真剣な彼の表情を見ていると、次第に不安になってくる。演技という言葉で済ませるには、なんだか出来すぎな気がして——

ふと横を見れば、さっき私を抱き留めたヴァルターさんも真剣な眼差しで私たちを見守っている。からかいの色など微塵《みじん》もない表情だ。

いや、彼だけじゃない。後ろにずらりと控える騎士らしき屈強な男性たちや、文官らしき優美な男性たちも、神妙な、あるいは感激に打ち震えているかのような表情でこちらを見守っている。あたかも本当に、聖女の降臨《こうりん》を目にしたかのように。

そんな彼らの後ろにある半円アーチ型の大きな窓から、かすかな風がそよいでいた。

土や花、それに嗅《か》いだことのない異国の香りが、風に乗ってふわりと鼻へ運ばれてくる。窓辺からは陽射しが差しこみ、向かいの壁に飾られた絵画を照らしていた。――日本どころか、海外でも見たことがない、どこか不思議な神々らしき存在の絵だ。

それらを目にして、次第にぼんやりと理解し始める。

なんかここ、やっぱり違う、日本じゃない。というか、外国ですらないっぽい、と。

「まさか本当に、異世界だったりするの……？」

気づけば呆然と呟いていた。

でも、よくよく考えれば、ここに来た経緯からしてありえないことの連続だったのだ。

水たまりの中に落ち、そこから別の場所へ瞬《またた》く間に移動するなんて、どんな壮大なセットを作ったってそう簡単にできるはずもない。

そう、目の前の彼が言うように、人智の及ばない力でも働かない限りきっとできないことなのだ。

――つまり、ここは地球ではない、どこか別の世界。

呆然とする私の前に、王の後ろから文官らしき青年がすっと進み出てくる。

さらりとした長い銀髪に淡い菫色《すみれいろ》の瞳の美青年で、儚《はかな》げな風貌はまるで雪の精霊のよう。

その容姿に似合った裾長の白い服を纏《まと》った彼は、丁重に王へ話しかけた。

「陛下。お話し中、誠に失礼致します。聖女様は先程からひどく困惑されているご様子。僭越《せんえつ》ながら、私の方から続きをご説明させて頂いてもよろしいでしょうか？」

「ノアか……。確かに聖女の歴史に詳しいそなたならば適任であろうな。ふむ……では任せよう」

「有難き幸せにございます」

優雅に頭《こうべ》を垂れたノアさんは、私に向き直ると穏やかに微笑む。

彼の着ている白い衣装がさらりと衣擦《きぬず》れの音を立て、それがやけに耳に残った。

「お初にお目にかかります、聖女様。私は、貴女《あなた》と同様に異邦の地から来られた女性について研究を重ねる文官、ノアと申します。恐れながら、初めにご説明差し上げたいのは、ここは貴女《あなた》がいらした世界ではないということです」

「私のいた、世界じゃない……？」

先程自分でも思ったこととはいえ、改めて言葉にされるとやはり衝撃が大きい。

それ以上の言葉が出てこない私に、ノアさんはどこか同情するような眼差しで頷く。

「別の世界に忽然《こつぜん》と移動するなど、夢まぼろしがごときこと。戸惑われるのも道理にございます。しかしながらこれは、我が国で数百年に一度、実際に起こってきた事実。異能を持つ聖女様が現れ、それを我々がお迎えしてきた歴史があるのです」

「異能を持つ聖女……」

さっきもモーゼスさん——国王からそんな話を聞いたけれど、まさか彼らは、本当に私が聖女だとでも言うのだろうか。戸惑って見つめ返すと、肯定が返ってくる。

「左様《さよう》でございます。奇跡の力で国に恩恵をお与えくださるため、我々はその尊き女性をそうお呼びしております。これまで現れた聖女様も皆、人智を超えたお力をお持ちでしたので……」

「人智を超えた力って……いえあの、違います！　さっきから誤解があるみたいですけど、どう考えても私はそんな大層な人間じゃないです。もし……もし仮に、私が別世界からここに来たのだとしても、きっとただそれだけで。だって私、本当にただの平凡な大学生ですから……！」

慌てて返すが、ノアさんは落ち着いた声で言う。

「貴女《あなた》が平凡であるなど、そのようなはずはございません。元の世界ではそうだったとしても、少なくともここでは違うはず。――なぜなら歴代の聖女様も、元はなんのお力もお持ちではありませんでしたが、この地に来たことで見事、その異能を発揮されたのですから」

「この世界に来てから？」

つまり今まで現れた聖女も、元々はごく普通の人だったってこと？

思わぬ発言にぽかんとする私に、ノアさんははっきりと頷く。

「ええ。先程、貴女《あなた》が包まれていた光の膜《まく》。あれこそが天の祝福であり、異能を授《さず》かった証拠と思われます。あれと同様の光に包まれたことで歴代の聖女様も、元々持っていらっしゃった特技や能力が、異能と呼べるほど強大な力に進化したと伝承に残っておりますので」

「特技が強大な力に進化するって、まさかそんなこと……」

私の困惑は最高潮に達していた。

ええと……つまり、ライトノベルとかでよく見るチート能力を、今の私も持っているかもしれないってこと？

しかも、どうやらそれは、自分の元々持っていた特技が進化したものらしい。

そんな摩訶不思議《まかふしぎ》なこと、本当にあるのだろうか。

戸惑いつつ自分の身体を見下ろすが、特に変化があった様子はない。

というか、そもそも私は勉強の成績も運動神経も平均レベル。悲しいかな、自慢できるスキルだってすぐには思い浮かばない、平凡人間だ。

だから強い力に進化するような特技自体、特にないと思うんだけど……

しかし、ノアさんたちは期待の眼差しで見つめているし、なにかやらねば納得してもらえない雰囲気だ。なんの力もないと証明するにも、その証拠を見せないことには始まらないだろう。

でも、どうしたらいいんだろう……とりあえず、念じてみたらいいのかな？

ためらいながら、右手に視線を落とす。

ありえないとは思うけど、もしかしたら奇跡が起こって魔法が使えるようになっているかもしれない。なにも起こらなければ起こらないで、ほら、やっぱり言った通りでしょ？　って胸を張れる。

――よし、女は度胸だ。気持ちを奮《ふる》い立たせ、私は掌《てのひら》を見つめて強く念じる。

火でも水でもなんでもいいから、魔法よ出てこい……！

だがしばらく待っても、手からはなにも出てこない。

ならば念動力でも発動しないかと、さらに念じたが、やはりうんともすんとも言わなかった。

思いきってその場でえいっとジャンプしても、いつもと同じ高さまでしか飛べず、身体能力が飛躍的に上がった感じもない。大勢に神妙な顔で見守られる中、私が挙動不審な動きをしただけになり、次第に恥ずかしくなってくる。なに、この羞恥《しゅうち》プレイ。

「ごめんなさい。やっぱり私、これといってなんの力もないみたいで……」

私を聖女だと宣言した国王にも、申し訳ない気持ちになってくる。

そうして恥ずかしさに居《い》た堪《たま》れなくなりながら、国王へ視線を向けた時。

私の脳裏《のうり》を、様々な風景や音が、ぶわっと光のように駆け抜けていった。

まるで洪水みたいに、溢れる光と音。

「え――？」

青空の下、木々や草が風に揺れる広い草原。悠々《ゆうゆう》と羽ばたく白や黒、茶色の鳥たちの鳴き声。

立派な外套《がいとう》を纏《まと》った金髪男性の、堂々とした立ち姿。

それらの風景や音が収束し、ひとつのまとまった映像として頭の中に形作られていく。静止画と音が合体し、動画が自動生成された感じだ。

――それは、ここではない、どこかの草原の風景。

目の前にいる金髪の国王が、真っ白い鷹《たか》を右拳に乗せて草原に佇《たたず》んでいる。彼の後ろにも鷹《たか》を手に乗せた人々がいる様子から、どうも鷹《たか》狩り中の光景のようだ。

ある鷹《たか》が空へ飛び立ったかと思うと、すぐに別の一羽が獲物《えもの》を咥《くわ》えて地上へ舞い戻ってくる。

どうやら国王の鷹《たか》が大きな獲物《えもの》を捕まえてきたらしく、周囲の人々から喝采《かっさい》やどよめきが起こる。

外套《がいとう》姿の国王は、白鷹《しろたか》を右手に乗せたまま、彼らに威厳のある微笑を返していた。

渋い彼によく似合う姿だけれど、なぜ突然、こんな風景が思い浮かんだんだろう。

「うーん……なんで、鷹《たか》狩り？」

「今そなた、なんと申した？」

はっと真剣な表情になって尋ねてきた国王に、私は首を捻《ひね》りながら答える。

「あの、なぜか今、貴方《あなた》が鷹《たか》狩りをしている光景がふと目に浮かんだんです。綺麗な白い鷹《たか》を手に乗せて、草原で鷹《たか》狩りしている様子で」

「白い鷹《たか》を……？」

「はい。あっ、あと、とても立派な外套《がいとう》を羽織《はお》っていました。背中に獅子《しし》が刺繍《ししゅう》されていて、それが金髪と一緒に風になびいていて……」

思い返しつつ口にした私に、国王が低く唸《うな》る。

「そうか……余が獅子《しし》の外套《がいとう》をな」

「ええと、それがどうかしましたか？」

もしかして変なことを言ったかと不安になり尋ねれば、彼は深い感嘆の籠《こも》った息を吐いた。そして、信じられないとばかりに小さく首を横に振る。

「いやはや……これは驚いた。なんとそなたは、予知の聖女であったか……！」

「予知の聖女？」

きょとんとしていると、彼は熱の籠《こも》った様子で頷く。

「そうよ。未来を予知せし聖女。まさか、そのような珍しき異能を持つ者だったとは……」

「えっ？　いえあの、今のは、ただちょっと頭に浮かんだだけで」

「なに、そう慌てるでない。それこそが予知だと言うておるのだ。――余は鷹《たか》狩りが趣味でこれまで幾度もしてきたが、そこに白鷹《しろたか》を連れていったことなど一度もない。なにしろ次の鷹《たか》狩りで初めてそれを披露《ひろう》すべく、現在、秘密裏《ひみつり》に飼育しておる最中なのだからな」

「秘密裏《ひみつり》に……」

目を見開く私に、彼はしみじみと続ける。

「だからこそ、余と飼育に関わる者以外、その鷹《たか》のことは知り得るはずもないのだ。一切公表しておらぬゆえ。それにそなた、余が獅子《しし》の刺繍《ししゅう》された外套《がいとう》を羽織《はお》っていたと申したな？」

「は、はい！」

「それもまた、本来ならばそなたが知り得るはずもない情報よ。その外套《がいとう》は、次の鷹《たか》狩りで着るため、仕立て屋が作っている最中でな。恐らく布地の縫製《ほうせい》までは進んでおろうが、刺繍《ししゅう》はまだ一針も入っていないはず」

「刺繍《ししゅう》もまだって。じゃあ、私が見たあの映像は――」

「うむ。ゆえに、余がその意匠を指示した侍従や仕立て屋以外の人間は、知り得るはずもないことなのだ。さらに言えば、刺繍《ししゅう》が仕上がった状態など、仕立て屋本人にさえまだ見えてこぬ状態だろう。それをそなたは見たのだ。――すなわち、そなたは未来を垣間見《かいまみ》たということよ」

「私が、未来を……？」

信じられない思いで絶句するが、そこでノアさんの言葉がふと脳裏《のうり》に蘇《よみがえ》る。聖女の元々持っていた特技が、天の祝福によって強大な異能に変わるのだと、彼は言っていた。

私には特技なんてないと思っていたけれど、改めて考えるとひとつだけ思い浮かぶものがある。

それは、ささやかながら度々《たびたび》当たっていた、勘や予想。

「もしかして、これが予知能力に進化しちゃったわけ……？」

言いながら、頬が引きつってしまう。

時々小さな勘が当たるのと、未来が映像として見えるのとでは大違いだ。というか、さっきまで絶対に自分は聖女じゃないと思っていただけに、予想外の結果に呆然とする。

そんな私の前で、国王が周囲に視線を向け、声を張り上げて宣言した。

「皆の者、見たであろう。彼の娘が見せし予知能力は、まさに聖女にしか使えぬ異能。ならばこれより、この者を我が王宮で手厚く保護しようぞ」

その言葉に「おお……！」と感嘆する声や、歓声が上がる。

騎士らしき男たちは精悍《せいかん》な顔に感動の色を浮かべ、文官らしき人々は天に祈りを捧げたり、喜びの涙を拭《ぬぐ》ったりしている。なんだか、どんどん抜き差しならない状況になっているような。

そんな中、国王はぐるりと騎士たちを見渡し、最後にあの黒髪の美青年――ヴァルターさんに視線をぴたりと止めた。そして、朗々《ろうろう》と響く声で告げる。

「我が国で最も名高き騎士、ヴァルターよ。今この時より、そなたに聖女の護衛を命じる」

突然の指名に目を瞠《みは》ったヴァルターさんは、だがすぐに、はっと応えた。

そして彼は一歩進み出ると、私の前にすっと跪《ひざまず》く。男らしいやや硬い声は凛《りん》と響き、私を見上げる眼差しは強かった。

「ご命令とあらば——尊き方。このヴァルター、必ずや何者からも貴女《あなた》をお守りしましょう」

そのまま流れるように私の手の甲に口付けた彼は、気品と精悍《せいかん》さを併せ持つ美貌もあり、まるで騎士の姿絵のよう。私は思わず目を奪われながらも、困惑に立ち尽くしていた。

その間も周囲からは盛大な歓声が絶えず湧き、国王や聖女を称《たた》える声が重なって聞こえてくる。深紅《しんく》の絨毯《じゅうたん》が敷かれた荘厳《そうごん》な大広間は今や、異様な熱気に包まれていた。

ど、どうしよう、いきなり護衛の騎士まで決まってしまった。いや、守ってもらえるのは有難いけど。それに、勘のよさがいつかなにかで役立てばいいなとは、常々思っていたけど——

それでもやはり、だらだらと汗を流しつつ思ってしまう。

おじいちゃん、まさかこんな状況で役立つなんて思ってもみなかったよ。

というか、聖女なんて、お願いだから誰か嘘だと言って……！

私の心の叫びは、いつまでも胸の中で大きくこだましていたのだった。

※　※　※

——二時間後。

怒涛《どとう》の流れで聖女認定された私は、大広間から十分ほど歩いた先にある瀟洒《しょうしゃ》な部屋にいた。

案内してくれた侍従の話によると、賓客《ひんきゃく》用の部屋を私用により美しく整えたのだそうで、ひとりで使うにはだいぶ広い居間と、奥にあるこれまた広い寝室の二間続きだ。

居間は天井や壁が淡い薔薇色《ばらいろ》で、布製のファブリック類は濃い薔薇色《ばらいろ》など美しい色彩で統一されていた。壁際には絵画や飾り棚が並び、中央にはテーブルと長椅子が置かれている。

私はその長椅子に座り、ぐったりと背から凭《もた》れた。

「まさか、私に予知能力があるなんて……嘘みたい」

にわかには信じられないが、国王がああ言う以上、きっと事実なのだろう。

ちなみに私が疲れているのは、ここへ案内されるや否《いな》や、ずらりと並んだお付きの侍女たちを紹介され、その後、聖女の衣装に着替えさせられたからだ。しかも聖女としてもてなす以上、下手な格好はさせられぬと、すぐに仕立て屋が呼ばれ採寸までされた。

もちろん採寸してすぐ服はできないので、今着ているのは、仕立て屋が持ってきた既製服。正式な衣装が仕上がるまでの仮の服だが、それでも綺麗で上等だ。白地に薔薇色《ばらいろ》の生地が組み合わされた裾長のデザインで、派手すぎず清楚《せいそ》で可愛い。

実を言えば、金糸銀糸を使ったもっと豪奢《ごうしゃ》な衣装をすすめられたのだけど、できるだけ地味なものでとお願いして、なんとかこれで妥協してもらったのだ。

「あんまり仰々《ぎょうぎょう》しい格好なんて私に似合わないし、なにより落ち着かないもんね」

呟いて苦笑する。なにしろ普段の私は、アルバイトに明け暮れる大学生。繊細な絹の服より、綿百パーセントで気軽に洗える服の方がずっと落ち着くのだ。

「って……そうだ、バイト！」

このままでは無断欠勤になってしまう、とはっとする。

だが焦って周囲を見回しても、連絡手段などあるはずもない。なにしろ、水たまりに落ちた拍子に鞄と傘を元の世界に置いてきてしまったので、私は本当に身ひとつでここへ来た状態。

それに、たとえスマホなどがあったところで無用の長物だっただろう。ここは異世界で、電波が入るはずもないのだから。バイト先はもちろん、大学のことも考えると頭が痛い。すぐには戻れないと国王に言われたし、下手したらこのまま長期欠席で留年コースになったりして――

あ、なんか、すごく現実逃避したくなってきた。

ひとり遠い目をしていると、扉を叩く音が響いた。

「聖女様、失礼致します」

――ノアさんの声だ。

「あっ、はい！」

答えて扉の方を見ると、入室してきた彼の後ろにはヴァルターさんの姿もあった。銀髪の儚《はかな》げな美青年と黒髪の凛々《りり》しい美青年という麗《うるわ》しい組み合わせに、つい目を奪われてしまう。二人とも身長が百八十センチ以上ありそうだが、ヴァルターさんの方がより背が高いようだ。

私の姿を見て、ノアさんが穏やかに微笑む。

「お着替えも無事お済みのようで、ようございました。ああ……元の世界のご衣装も素敵でしたが、こちらの服もよく似合っておいでですね」

さっきも感じたけれど、彼は物腰柔らかで話しやすい印象の人だ。裾の長い白地の服と本人の優美な雰囲気が相まって、文官というより楽師や吟遊詩人《ぎんゆうしじん》のように見える。

一方、ヴァルターさんは詰襟《つめえり》の黒い騎士服姿で腰に剣を佩《は》いた、鋭く凛々《りり》しい印象。にこりともせず、やや近づきがたい雰囲気の彼は、私の前まで来るや、すっと跪《ひざまず》いた。

「御前《ごぜん》を失礼致します。――改めまして、我が名はヴァルター。光栄ながら陛下より貴女《あなた》の護衛を任じられましたゆえ、これより御身をお守りさせて頂きます。以後よしなに」

目の前で片膝をつかれると、睫毛《まつげ》が長く鼻筋が通った、男らしい美貌であることがよくわかる。

そして、低く落ち着いた声が耳に心地いい。

「は、はい。よろしくお願いします、ヴァルターさん」

「名をお呼び頂けて有難いが、俺のことはどうか呼び捨てでお呼びくださいますよう。そのような丁寧な口調も、叶うならばご遠慮頂きたい」

意志の強そうな見た目同様、はっきりものを言うタイプらしい。整いすぎた顔も相まって、見つめられると静かな気迫を感じるというか、気圧《けお》されてしまう。

「わ、わかりました……いえ、わかったわ」

「ええ、どうかそのように」

そして立ち上がったヴァルターさん――いや、ヴァルターは、静かに私たちの脇に控える。

ノアさんはそんな彼に苦笑すると、私に向けて言った。

「不遜《ふそん》な男で申し訳ございません。もし失礼があればご遠慮なく仰《おっしゃ》ってください。ただこのヴァルター、陛下のお墨付きの誠に有能な騎士ですので、どうか傍でお役立て頂ければ幸いです」

「いえそんな、護衛してもらえるなんて本当に助かることですから。……あ、そうだ！ ノアさんも、さっきは色々教えてくださってありがとうございました」

慌ててお礼を伝えれば、ノアさんは恐縮して首を横に振る。

「勿体《もったい》なきお言葉にございます。それから私のことも、どうぞノアと。陛下に対してならばまだしも、我々にはどうか丁重な言葉遣いはお控えくださいませ」

「でも……」

初対面な上、年上の彼らにタメ口というのはやはりどうも落ち着かない。特にノアさんはとても丁寧な話し方なので抵抗があった。しかし、彼は困ったように微笑んで言う。

「我々にとって、聖女様は非常に尊き立場であらせられるのです。そのような方に身に余るお言葉を頂いては、文官風情《ふぜい》がなんと不遜《ふそん》なと、周囲に眉を顰《ひそ》められることでしょう。ですから、どうかお聞き入れくださいますよう」

聖女はきっと、色々と扱いが難しい存在なのだろう。

変に我《が》を通して彼らを微妙な立場に立たせたくなかったので、私はこくんと頷く。

「そういうことなら……遠慮なく呼ばせてもらうね。ノア、それにヴァルター。これでいいかな？」

「ええ。ありがとうございます」

「ただ、できれば私のことも千早って呼んでほしいの。聖女様って呼ばれると慣れなくてむずむずするし、なんだか落ち着かないから」

ほっとした様子の彼に、私もお願いする。自分は、どう考えても聖女なんて柄《がら》ではないのだ。むしろ神々《こうごう》しい聖女を遠目に眺める、元気な町娘が妥当というか。

「畏《かしこ》まりました。それではこれより、チハヤ様とお呼び致しましょう」

微笑んで了承したノアが、表情を改めた。

「さて――では挨拶《あいさつ》も済みましたところで、今後について少々ご説明を。チハヤ様をこれから聖女として保護させて頂くにあたり、陛下よりいくつか仰《おお》せがございましたので」

「仰《おお》せ？」

「ええ。ひとつ目は、先程陛下が仰《おっしゃ》ったように、ヴァルターを護衛につけること。ふたつ目は、チハヤ様の王宮生活を補佐し、この世界の知識を教授する者が必要とのことです。光栄にも私が教育係に任じられましたため、明日からこの国の歴史などをお教えする形となります」

「えっ、貴方《あなた》が教育係になってくれるの？」

というか、生徒みたいに勉強できる時間があるのか。もしかしたら、一日中部屋に籠《こも》って予知する日々になるのかなと思っていたから、意外だし嬉しい。

「左様《さよう》です。私は文官としても個人としても聖女の歴史を研究しておりますため、適任と判断された次第で。なお、お教えする場所は、ここから数部屋先にある書斎になります。まずは、自室に近い場所から慣れていかれるのが一番でしょうから」

「書斎で授業するのね。よかった……色々教えてもらえるなら、すごく助かる」

なんとか言葉は通じるようだけど、この世界についての知識はほとんどないから、これは本当にほっとした。もし疑問が出てきた時も、彼なら丁寧に教えてくれそうだ。

「それに先立ちまして、現時点でなにか疑問や、お困りのことなどはございませんか？」

さっそく問われ、私ははっとして身を乗り出す。

「あ……ある！　私って、やっぱり元の世界にすぐには戻れないのかな？　さっき、陛下がそんな感じのことを言っていたけど」

「陛下が仰《おっしゃ》った通りです。チハヤ様のお身体を包んでいた光。あの光が再び現れた時こそが帰還の合図。逆に申し上げれば、それが現れない限りは元の世界にお戻りになれないはずです。文献にも、その方法以外で帰られた聖女様についての記載は一切ございませんでしたので」

「じゃあつまり、私を元の世界に戻す魔法みたいなものも、特にないってことなのね？」

どうか違うと言って、と願いつつ尋ねたところ、ノアは申し訳なさそうに頷く。

「ええ。この世界に魔法と呼ばれるような超常的な力はございません。遥《はる》か昔にそうしたものがあったとは聞いておりますが、今は伝承の中だけの存在です。それゆえ、聖女様の異能がより尊ばれるのでして」

「そうなんだ……」

薄々予想していたとはいえ、はっきり言葉にされるとやはり気落ちする。

だが、こうなってしまったものはもう仕方ない、と自分に言い聞かせた。

だって話を聞く限り、私が異世界トリップしたのは彼らのせいではなく、天の意志のような見えない存在が原因みたいだし。そんな中で外に放り出されるでもなく、こうして王宮で保護してもらえるなら、逆に有難いことだろう。

もし人気《ひとけ》のない荒れ地にトリップしていたら、今頃、寝る場所や食事の確保に焦っていたはずだ。ここにいさせてもらえるなら安全だし、少なくとも衣食住の問題はなくなる。

大学やバイトの件は考えると頭が痛くなるけれど、これについては早く戻れるよう願うしかない。絶対に帰れないわけではないみたいだし……それは御《おん》の字だ。

なんとか気持ちを切り替え、さらに尋ねる。

「当面ここにいるほかないのは理解したわ。ただ……聖女として過ごすにしても、授業以外はなにをしていたらいいのかな。予知するにしたって、好きな時にぱっとできるものかもわからないし」

いや、もしかしたらできるのかも？　とふと思う。さっきはまぐれでできた感じだったけれど、強く念じてみれば可能なのかもしれない。試しに、瞼《まぶた》を閉じてぐっと念じてみる。

——なんでもいいから、未来が視《み》たい。映像よ、出てきて……！

だがしばらく念じ続けても、先程のような光景は視《み》えてこなかった。

あの時も意識的に視《み》ようとしたわけでなく偶然の産物だったたし、やはり己の意思で自由に視《み》られるものではないのだろう。瞼《まぶた》を開けた私は、がっくりと肩を落とす。

「やっぱり、いつでも好きに使えるわけじゃないみたい……あの、こんな状況で、聖女としてここにいていいのかな？　なんだか大して役に立てない気がするんだけど」

聖女は異能で国に恩恵を与える存在なのだと国王が言っていた。それが目的で私を保護するなら、ちょっと当てが外れた感じにならないだろうか。

不安になり尋ねると、これまで黙って横に控えていたヴァルターが答えてくれる。

「それについては、どうかご心配なさらぬよう。我々は貴女《あなた》の力を、気まぐれな女神のようなものと心得ておりますので」

「気まぐれな女神？」

「この世界には、そういう言い伝えがあるのです。聖女はふいに現れてふいに去る、気まぐれな女神のような存在。その異能による恩恵もまた、まれにこぼれ落ちる果実がごときもの。ゆえに、我ら只人《ただびと》が思うがままに享受《きょうじゅ》できるものではないと」

「へぇ……過剰に聖女へ期待していないというか、あまり欲がないのね」

聖女という稀有《けう》な存在が現れたのだから、命じてどんどん能力を使わせたり、それに専念させるため、軟禁《なんきん》状態にしたりする可能性もあるのかも……と、ちらりと思ったが、そうではないならひと安心だ。ほっとする私に、ヴァルターが続ける。

「欲を出して聖女を地下牢に閉じこめ、能力を搾取《さくしゅ》しようとした王族も過去にはいたと聞いています。ただその途端、たちまち国が傾いたとも。己《おの》が愛《いと》し子である聖女を不当に害されたため、天が罰を下したのだと言われています」

「ああ……！　それで聖女に異能を使うことを強制してはならないとしているわけね。あくまで自然に使われた時だけ、恩恵を受け取るって認識というか」

さらに胸を撫《な》で下ろしていると、ノアが静かに頷いた。

「そのような経緯もあり、チハヤ様の行動を我々が必要以上に縛ることはございません。午前中は授業を受けて頂きますが、他の時間は好きにお過ごしくださいませ。日常の中でもし気になる予知をご覧になった場合は、私までお伝えください。すぐに陛下へご報告致しますので」

「うん、わかった」

「また、自由にお過ごし頂く中でも、出掛ける際はできる限りヴァルターをお連れください。数百年ぶりに現れた聖女様を、いつどのような輩《やから》が狙おうとするかもわかりませんので」

「やっぱり狙われる危険性があるんだ……了解、気をつけるね」

それだけ聖女は特殊な存在なのだろう。しかも私の力が予知能力なことも、懸念材料なのかもしれない。未来が視《み》えるなら、たとえば賭け事の結果を予知してぼろ儲けしたりとか、悪事にも使えるわけだし。できるだけひとりにならないようにしよう、と神妙に頷く。

ひとしきり会話が終わったところで、ノアがそっと切り出した。

「それでは恐れ入りますが、私はここで失礼させて頂きます。チハヤ様へのご説明を終え次第、陛下のもとへ報告に上がるよう仰《おお》せがございましたので」

「色々とありがとう、ノア」

「いいえ。チハヤ様こそお疲れでしょうから、本日はどうぞ自室でお寛《くつろ》ぎください。もしなにかご不便がございましたら、お気軽にお申しつけくださいませ」

微笑んでお礼を伝えると、穏やかな微笑が返ってくる。

そして彼は、一礼して退出していった。最後まで心遣いが細やかな人だなと思う。

広い居間にヴァルターと二人きりになり、これから警護してくれる彼に改めて挨拶《あいさつ》しよう、と向き直る。でもやっぱり、ノアと話す時より緊張してしまう。

「あの、ヴァルター。初めは色々と迷惑をかけてしまうかもしれないけど、できるだけ早くこの世界のことに慣れるようにするから。これからどうぞよろしくね」

「仰《おお》せのままに。――ただ初めに、僭越《せんえつ》ながら聖下にお願いしたいことが」

「ええ、なに？」

ちゃんと返事が返ってきたことにほっとしていると、凛々《りり》しい眼差しが真っ直ぐに私へ向けられた。そして、低い声が続きを紡《つむ》ぐ。

「任じられた以上、護衛として鋭意努める所存です。しかし、下手に危険へ身を投じられるなど、愚かな行動を取られることがあれば、はっきりと苦言を申し上げさせて頂きます。それだけはご承知置き願いたい」

「え……？」

驚いて目を見開けば、彼は流れるようにさらに続けた。

「陛下のご命令がある以上、貴女《あなた》にお仕えすることに異論はありませんが、貴女《あなた》ご自身に敬意や忠誠を感じているわけではないということです。――どうか、こちらの手を必要以上に煩《わずら》わせないで頂きたい」

「は……」

「それでは、本日はこれにて失礼致します。明日より正式にお傍に侍《はべ》る前に、一度騎士団に連絡し、引継ぎを済ませておく必要がありますゆえ」

そしてヴァルターは一礼するや、何事もなかったように部屋を出て行った。

残された私はぽかんとして立ち尽くす。

え……なに今の。

いや、彼の言葉は正論だと思う。私が考えなしの行動を取れば、彼の負担に直結するだろうし。

それを前もって牽制《けんせい》しておきたい気持ちは理解できる。

加えて彼からすれば、急に正体不明の女の護衛を命じられ、色々と思うところもあるだろう。あ
あして腹の内を初めに伝えておくことで、お互い気持ちの行き違いも少なくなるだろうし。

——けれど、あえて言わなくていいことまで、結構ずけずけ言われたような。

愚かな行動を取るな、はまだしも、特に貴女《あなた》を尊敬しているわけじゃない、とか。自分でも薄々
わかっていたとはいえ、面と向かって言われては、さすがにいい気持ちはしない。私だって、別に
好きで聖女としてここに来たわけではないのだ。

それに今気づいたけど、名前で呼んでほしいとお願いしたのに、あえて「聖下」と呼ばれた。

ということは、私と馴れ合うつもりはないという意思表示なのだ、きっと。

次第に、腹が立ってくる。初めは凛々《りり》しくて格好いい人だなと思ったけれど。とっさに抱き留め
てくれた時は、本当に感謝したけれど——

「あの人、なんか苦手な感じだわ……！」

気づけば私は拳を握り、ぐぬぬと唸《うな》っていた。

異世界、一日目。護衛騎士との顔合わせは、こうして印象最悪で終わったのだった。

第二章　皮肉屋の騎士

翌朝。夢見が悪かった私は、寝不足でうとうとしながら寝室で着替えていた。

急に変わった環境になかなか寝つけなかったせいもあるが、それだけではない。昨日ヴァルターに言われた言葉が頭から離れなかったのか、夢の中で、やけに危険な目に遭《あ》っていたからだ。

廊下で蛇に遭遇してぎょっとしたり、さらには慌てて逃げた先で階段を踏み外し、転がり落ちそうになったりと散々な内容だった。

「もう、まだなにもしてないのに、なんだってこんな間抜けな夢を……」

頭を抱えていると、着替えを手伝ってくれている侍女から声をかけられる。

「チハヤ様、いかがなさいましたか？　もしやお加減がよろしくないのでは……」

「あ、ううん。そうじゃないの、ちょっと夢見が悪かっただけで」

こんなことで心配はかけられないと慌てて答えれば、彼女はほっと息を吐いた。

「それでしたら、よろしゅうございました」

そして彼女――リーゼは、また黙って私の着替えに専念する。

リーゼは昨日紹介された私付きの侍女で、結い上げた栗色の髪に紺色の侍女服が似合うお姉さん。

楚々《そそ》とした雰囲気で、穏やかに細められた藍色《あいいろ》の目からは優しそうな印象を受ける。

年齢はたぶん、私より少し上の二十五、六歳くらい。

侍女は数人いるが、基本的に彼女が私の身の周りの世話担当で、他の侍女たちは彼女の補佐らしく、今もリーゼがひとりてきぱきと私の衣装を整えてくれていた。

ちなみに今着せられているのは、昨日よりさらに優雅な衣装。ひらひらした長い裾で素敵だけど、しとやかな所作なんてできない私では、いずれどこかにひっかけてしまいそうだ。

これは別の服に変えてもらった方が無難かも、とそっと提案してみる。

「あの、リーゼ。すごく素敵な衣装だけど、できればもうちょっと飾りが少なくて動きやすい服にしない？　ほら、貴女《あなた》たちが着ているような服とか」

「まさか、貴女《あなた》様にこのような粗末な格好をさせられるはずもございません。ご心配なさいませんよう、聖女様のご衣装にもそのうちにお慣れになるでしょうから」

やんわりと断られ、やはり駄目かと内心でがっくりする。

でも、仕方ない気もした。聖女に下手な格好をさせては王家の威信に関わるのだろうし。

それに、分不相応で気が引けることを横に置けば、今着ている衣装はとても好みなのだ。

白地に淡い薔薇色《ばらいろ》と赤紫色が映える衣装で、袖や胸、腰辺りは細く絞られているが、腰から下にかけてのスカート部分はゆったりとしたラインを描いている。

胸元や袖口には金糸で美しい刺繍《ししゅう》が施され、それが優雅さを際立《きわだ》たせていた。私の赤茶に近い髪色や目の色にしっくり合い、どこか凛《りん》とした雰囲気も感じさせる仕上がりになっている。

「綺麗な色……」

姿見の前で息を漏《も》らすと、私の髪に髪飾りを載せながら、リーゼが微笑する。

「それはよろしゅうございました。チハヤ様が初めに着ていらしたご衣装がこうしたお色味でしたため、恐らくお好きなのだろうと判断された陛下が、手配くださったのです」

「ああ……それでなのね」

そういえば私は、ここに来た時に赤紫色のカーディガンを羽織《はお》っていた。それを覚えていて用意してくれたのかと納得する。実際好きな色だったので、国王の配慮は素直に嬉しい。

やがて身支度を整えて朝食も終えた頃、ノアが部屋を訪れた。

昨日と同じ白い文官服を着た彼は、今日は重厚な表紙の本を何冊も持っている。

「おはようございます、チハヤ様」

「ノア、おはよう！　さっそく来てくれたんだ」

「ええ。尊き聖女様に教示できる念願の機会のため、恥ずかしながら気が逸《はや》ってしまいまして。同じ思いの同僚たちからも、こうしてたくさん本を持たせられました」

そう言った彼は嬉しそうに微笑む。聖女の研究を続けてきた彼や同僚たちからすれば、今の状況はそれだけテンションが上がるものなのだろう。

窓から差す朝陽に照らされ、昨日以上にノアの白皙《はくせき》の美貌が眩しい。というか、長い銀髪でたおやかに微笑む様《さま》は清廉《せいれん》で、いっそ彼の方が聖人といった呼び名が相応《ふさわ》しい気がしてくる。

寝不足の目には眩《まばゆ》いなと目を瞬《しばた》いていると、ノアがおや、と眉を上げた。

「もしや、昨晩はよくお眠りになられませんでしたか？」

「実はそうなの。寝心地のいい寝台だったけど、残念ながら少し夢見が悪くて。廊下で蛇に遭遇したり、階段から落ちたりした夢だったから、びっくりして飛び起きちゃった」

実際、怖い夢を見て冷や汗をかかなければ、最高の寝心地だっただろう。私用に与えられた天蓋《てんがい》付きの寝台は、驚くほどふわふわな作りだったから。

苦笑して言った私に、ノアが顎《あご》に片手を当ててなにやら考える素振りを見せる。

「もしかして……それは、予知夢ではないでしょうか？」

「予知夢？」

「ええ。チハヤ様の異能が予知ならば、起きている間はもちろん、就寝時もそれが発動することがあってもおかしくありません。その夢に、普段となにか違う部分はございませんでしたか？」

「違う部分……言われてみれば、確かにそんな感じだったかも！」

思い浮かべてはっとする。なにしろ今朝の夢はいつもより鮮明な上、淡く光って見えたから。

蛇に遭遇した時の廊下の様子だって、今もはっきり思い出せる。

王宮内らしき、初めて見る風景だった。石造りの瀟洒《しょうしゃ》な廊下で床や柱が白い中、アーチ状の天井には鮮《あざ》やかな空の絵が描かれており、空を悠々《ゆうゆう》と飛ぶ鳥と木々や花も描かれていた。

——つまり、この光景が実際にあるかもしれないんだ。

確かめたい気持ちがむくむくと湧いてきて、身を乗り出す。

「ねえ、ノア。王宮のどこかに、天井に空の絵が描かれた廊下ってあるのかな？　空を鳥が飛んでいて、その下に木々や花が描かれている感じの」

「空の天井画ですか。それでしたら、離れの庭へ続く廊下かと」

「離れの庭？」

「ええ。この王宮は中央棟の中庭のほかに、北側に広大な庭園がございまして。そこには七つの泉や緑の回廊、水を引いて作った水の前庭など様々あるのですが、さらに奥まった北西には、薔薇園《ばらえん》と鷹《たか》を飼育する禽舎《きんしゃ》もございます。その北西の一帯を、我々は離れの庭と呼んでおります」

「へぇ……かなり広いのね。慣れない人は道に迷いそう」

目を瞠《みは》った私に、ノアが頷く。

「仰《おっしゃ》る通り、過去の賓客《ひんきゃく》の中には迷われる方もいらしたそうで。そのため、廊下を進んだ先がどこへ通じているかわかるよう、行き先にまつわる絵が廊下の天井に描かれるようになった次第です。恐らくチハヤ様が見たのは、その離れの庭に向かう途中の廊下かと存じます」

「そっか……それであんな絵が描かれていたんだ」

となると、ますます信憑性《しんぴょうせい》が増してくる。そして鷹《たか》がいると聞き、禽舎《きんしゃ》も気になってきた。最初に予知で視《み》た白鷹《しろたか》もそこにいるかもと思うと、俄然《がぜん》見てみたくなったのだ。

「あの、後でその廊下に行ってもいいかな？　今朝の夢が本当に予知夢なのか確認したくて」

「予知の検証ができれば今後の役にも立つでしょうから、もちろん構いませんよ。むしろそちらの確認をしてから授業を始めた方がよろしいかと存じます。よろしければ、今から行かれますか？授業は午後からでも特に問題はございませんので」

「いいの？　それならさっそく……」

弾んだ声を上げたところで、やんわりと釘を刺される。

「ただ必ず、ヴァルターを護衛にお連れください。あれも、もうすぐこちらに到着するはずで……ああ、来ましたね」

ノアにつられて見ると、ちょうど入室してきた、ヴァルターの姿。相変わらず凛《りん》として隙のない黒い騎士服姿の彼は、私のもとまで歩み寄るとすっと一礼した。

「聖下、本日より鋭意護衛を努めさせて頂きます。どうぞよろしくお願い致します」

「ヴァルター……え、ええ。よろしく」

かすかに緊張しつつ返す。昨日のことがあり、やや苦手に感じる彼だけれど……いや、あれは私が悪く受け取りすぎたのかもしれない。それに、一緒に過ごせば少しは距離が縮まるかも、と思い直す。

そしてノアから予知夢の話を聞いたヴァルターと共に、私は部屋を出たのだった。


ちなみに、身支度の時リーゼに聞いた話によると、この王宮は三つの大きな棟で構成された二階建てで、昨日私がトリップした大広間や国王の居室など、重要な部屋があるのが中央棟で、その左右に廊下で繋がれる形で西棟と東棟が建っているのだとか。私の部屋は東棟二階の中央付近にあるから、部屋を出て少し歩くと中央棟に入り、煌《きら》びやかな光景が目に入ってきた。

「聖下、こちらです」

「あ、うん！」

ヴァルターの案内で廊下を進んでいく中、王宮内がとにかく広いことに驚かされた。視界の先まで伸びた荘厳《そうごん》な廊下には数えきれない数の扉がずらりと並び、一体どれだけ部屋があるのだろう、と溜息が漏《も》れてくる。

その扉や傍の柱には凝《こ》った彫刻がされていて、芸術品のような意匠に目を奪われた。天井画はさらに見事で、筆や本を持って相談している官僚らしき人々の姿が重厚な筆致で描かれている。恐らくこの辺りには、執務室などがあるのだろう。

「すごい……。まるで美術館の中を歩いている気分」

昨日も、大広間から自室へ向かう際にここを通ったはずだが、あの時は日が暮れて暗かった上、驚きの展開に頭がいっぱいで目に入っていなかった。

でも、こうして見ると本当に綺麗。王宮自体がひとつの作品みたいだ。

ほうっと見惚《みと》れていると、ヴァルターが説明してくれる。

「それに近い部分はあるでしょう。王宮内にある壁画や調度品は数百年の歴史を経《へ》たものも多く、補修の度《たび》に職人がさらに手をかけ、美しさを維持していると聞きます」

「そっか、下手に触らない方がよさそうね。壊したりしたら目も当てられないもの」

「貴女《あなた》の華奢《きゃしゃ》な手で触れて壊れるほど脆《もろ》い調度品はありませんから、ご心配なさらぬよう。むしろ貴女《あなた》が触れれば、聖女のご利益がついたと喜ぶ者たちもおりましょう」

「ご利益か……なんだか私、お地蔵《じぞう》さんみたいだなぁ」

苦笑しつつ風景を眺めて歩いていくと、途中、侍従や侍女たちとすれ違った。恭《うやうや》しく頭《こうべ》を垂れて私たちが通り過ぎるのを見送る姿からして、どうやらすでに私の立場は周知されているらしい。

きっと、国王から王宮中の人々に、昨日の出来事を含めて伝達されたのだろう。

私にはいかにも恐縮しているような視線を、ヴァルターには憧憬《どうけい》の眼差しを向けているところを見るに、彼が誰かもわかっている様子だ。いや、それだけ彼は以前から有名なのだと思う。

なにしろ国王は、彼を国一番の騎士と呼んでいたから――

後ろを歩くヴァルターを、ちらりと見やる。

昨日は遠慮ない物言いだった彼だけれど、いざ護衛となると真摯《しんし》にやってくれている感じだ。

私の質問に丁寧に答える間も、周囲に油断なく目を配っている。……昨日のあれは、やっぱり考えすぎだったのかな。そう思っていると、彼からすっと視線を向けられた。

「どうかなされましたか？」

「あ、ううん。わかりやすく説明しながら護衛してくれるから、これまでもそんな感じのお仕事をしてきたのかなと思って」

「要人の警護をしたことは幾度かありますが、大体は数日間で頻度も多くはありませんでした。そもそも俺の本来の職務は戦地での戦いゆえ、そうした命が下されることはほぼなかったので」

「そう……。じゃあ、貴方《あなた》にとってこれが一番長い護衛になるかもしれないのね」

私がいつ帰れるか不明な以上、ヴァルターもいつまで私の護衛をすることになるかわからない。

だとしたら、ますます彼と上手くやっていかないとまずいだろう。

というか、ずっと傍にいる人とよそよそしい空気のままなのは嫌だから、少しでも場を和《なご》ませたい。そう思った私は、努めて明るい口調で声をかける。

「ええと、どれだけ長い期間になるかはわからないけど、ここみたいな王宮にいられるのも滅多にない機会なわけだし。お互い、できる限り楽しく過ごしていこうね！　ヴァルター」

だが、彼の眉がぴくりと動く。

「――楽しく？」

「う、うん。せっかく縁あって一緒に過ごすことになったわけだし……普段とはちょっと違う生活を楽しみながら、過ごせたらなぁと思って」

彼の反応に慄《おのの》いて言うと、硬い声が返ってくる。

「貴女《あなた》には申し訳ないが、楽しい気分でなどいられるはずがありません。陛下の命であるからこそ拝命したが、こうした無為で安穏とした時間を過ごしている暇があるなら、俺は……」

そこで彼は口を噤《つぐ》み、それ以上は言うまいとばかりに、ふいと視線を逸らした。

「無為で安穏とした時間って……」

そこまではっきり言う？　と私は驚く。ただ、ここで言い返してはさらに場が険悪になるだけだと、ぐっと反論を呑みこんだ。

「その……貴方《あなた》にとってはあまり快《こころよ》い時間ではないのかもしれないけど、こうして色々説明してもらえて本当に助かるわ。初めて見るものばかりだったのに、お陰で徐々にわかってきた感じ」

ぎこちなく微笑んで言えば、返ってきたのはやはり遠慮のない台詞《せりふ》。

「お役に立てたのならば光栄です。とはいえ、これ以上はどうかふらふらなされませんよう。王宮内が珍しいのはわかりますが、先程から貴女《あなた》は危なっかしい。俺は聖女の護衛は任じられましたが、子守りを命じられた覚えはありませんので」

子守りって、さすがにそこまできょろきょろしてないのに……というかこれって、もしかしなくても、皮肉よね？

考えてみれば、昨日からずけずけ言われ続けているような。愚かな真似はするなとか、こちらの手を煩《わずら》わせるな、貴女《あなた》を尊敬しているわけじゃないとか。あげくに、小さな子供扱いって。

さすがに、堪忍袋の緒がぶちっと切れた。できるだけ波風立てまいとしたけど、そもそも私は内気で大人しい性格などではないのだ。理不尽なことを何度も言われれば普通にむかっとくるし、そのまま泣き寝入りする性分でもない。気づけば、ぐっと彼を見上げて言い返していた。

「子守りか……そうね、それは私も同感だわ。だって私も、護衛騎士をつけてもらった覚えはあっても、小姑《こじゅうと》をつけてもらった覚えはないもの」

「小姑《こじゅうと》？」

ヴァルターの目が不穏に光った気がしたが、私は気にせず頷く。

「私のいた世界では、嫌味を言う人をそう例えるの。古い言い回しでは、小姑《こじゅうと》ひとりで鬼千匹くらい厄介《やっかい》とも言われているわ。貴方《あなた》を見ると確かにそうみたいね」

「……なるほど。これは思っていたよりも、はっきりとものを仰《おっしゃ》る方だ。ここにいらした時は、生まれ立ての小鹿のように立ち尽くすばかりでおられたが、今はまるで口から先に生まれた小夜啼《さよなき》鳥《どり》がごとく、軽やかに言葉を紡《つむ》がれる」

子供の次は小鹿に鳥って、よく流れるように皮肉が言えるなぁ。

さらりと返した彼に、呆れ半分感心半分な気分ながら、私はさらに受けて立つ。

「そうね。誰かさんがはっきり言ってくれるから、これくらいでちょうどいいんじゃない？　前に祖父からも言われたの。なにか嫌なことを言われたら同じくらい言い返してやれって。もちろん言いすぎは駄目だけど、時にはそうしないと、相手はきっと気づかないからって」

「確かに、ご祖父殿の仰《おっしゃ》ったことは一理ある。そして孫娘殿をとても逞《たくま》しくお育てになられたようだ。――面白い」

薄く微笑んでいるが、ヴァルターの目は少しも笑っていない。というか、まるで野生の獣が獲物《えもの》を見つけたような爛々《らんらん》とした眼差しで、私は内心たじたじになる。

こ、怖い。美形に睨まれると圧が、圧がすごい……！

だが負けてたまるかと、ぐっと彼を見上げてにっこりと微笑み返した。

だって、言われっぱなしなんて性に合わないし、小学校時代、両親がいないことで男子に馬鹿にされた時だって、こうして立ち向かってきたんだ。さらに言えば、ここは家族も友人もいない異世界。たとえ虚勢だとしても、ほんの少しでも強い自分でありたかった。

「おじいちゃんのこと、褒《ほ》めてくれてありがとう。改めてよろしくね、口数の少ない護衛さん」

「こちらこそ。か弱く儚《はかな》げでいらっしゃる、聖女殿」

にっこり笑って皮肉を言えば、すぐに微笑と反撃が返ってくる。

向かい合う彼との間に一瞬、ばちっと火花が散った気がした。

そんな私たちの様子に、通りがかりの侍女たちは怯えた様子で肩を寄せ合い、そそくさと立ち去ったのだった。

こうして互いを気に食わない相手認定した私たちは、時折口喧嘩《くちげんか》をしつつ、さらに歩き続けた。

もちろん声を潜《ひそ》めて周りに聞こえないようにしていたので、傍《はた》からはきっと普通の会話をしているように見えたに違いない。実際は、不穏な雰囲気だったんだけど。

中央棟の階段を一階に下り、そこから西棟の方へ廊下を進んでいく。十分ほど経った頃には、ヴァルターとの応酬も自然なものになっていた。

彼は息をするみたいに皮肉を言うけれど、本気でこちらを傷つける言葉は決して口にしなかったし、私も軽い口喧嘩《くちげんか》で収まる範囲で言い返していたからかもしれない。

それに、この世界に来てからは、聖女だからと私を丁重に扱う人々ばかりで、こうして遠慮なく意見を言う人は他にいなかったため、ほっとした部分もあるというか。

だからほんの少しだけ、遠慮ない応酬を楽しく感じる瞬間もあったり――

……って、いやいや、さすがにそれは錯覚でしょう！　なにちょっと慣れかけてるの、私。

ぶんぶんと首を横に振っていると、ヴァルターが足を止めて声をかけてきた。

「聖下、挙動不審な動きに没頭されている中を恐れ入りますが、着きました。ここが空の天井画の廊下――離れの庭へ続く廊下になります」

「えっ、もう着いたの？　あ、やっぱりそう……！　夢で見たのってここだわ」

目に入ってきた風景に、馴染《なじ》んできた皮肉を受け流して目を見開く。

西棟の奥まった場所にあるその廊下は白い柱と床で、アーチ状の天井に鮮《あざ》やかな絵が描かれていた。見るほどに夢で見た光景とぴったり一致する。やはり私が視《み》たのは予知夢であり、それが示す場所はここで間違いないらしい。

ということは、私は今後ここで蛇に遭遇することになるのか……。そう思うと少し怖いけど、お陰で事前に心構えができるわけだし――よし、前向きに考えておくことにしよう。

ただ、こんな綺麗な場所に蛇が現れるなんて、なんだか不思議な気分になる。

どこかで飼っているなら別だけど――

「ねえ、ヴァルター。王宮内では鷹《たか》以外に蛇も飼ってたりするの？」

振り向いて尋ねれば、あっさりと首を横に振られた。

「いいえ。陛下のご趣味が鷹《たか》狩りであるゆえ禽舎《きんしゃ》はありますが、基本的に王宮内で馬以外の動物を飼うことはありません。特に蛇のような危険な生物は、飼育はおろか、いるのを発見された時点ですぐに駆逐《くちく》されるはず。牙や毒を持つ存在を、陛下のお傍に近づけるはずもありませんから」

「そうよね……。じゃあ、なんでこんなところにいたんだろう」

ぽつりとこぼすと、ヴァルターが廊下の先にある扉を視線で示した。

「もし考えられるとすれば、あの扉から偶然入ってきたのでしょう。あの先には、先程もお話ししたように薔薇園《ばらえん》などがあり、緑に溢れている。庭師が日々雑草や害獣を駆除したとしても、まれに小さな蛇が紛れこみ、育つこともあるでしょうから」

「それで扉が開いた時、たまたま蛇が入りこんだってわけね。確かにその可能性は高そう」

うんうんと納得した私だが、ヴァルターはなにか気になった様子で尋ねてくる。

「ちなみに、ご覧になったのはどのような蛇でしたか？」

「ええと……確か、黒と橙《だいだい》の斑《まだら》模様の蛇。派手な色合いだったから、よく覚えてる」

するとヴァルターが目をすっと細めた。

「――それは恐らく、毒蛇です」

「え？」

驚いて見つめ返したところ、彼は真剣な眼差しで続けた。

「もし離れの庭に蛇がいたとしても、無害な青蛇でしょう。この辺りに生息する種類は限られますから。だが貴女《あなた》が仰《おっしゃ》った蛇は、森の奥の繁《しげ》みをあえて探さなければ捕らえられないような、危険かつ希少な種類の毒蛇です」

「……つまり、誰かが故意に王宮内に毒蛇を入れたってこと？」

偶然入りこんだ動物に遭遇しただけだと思っていたのに。でも確かに、改めて今朝の夢を思い返すとなんだか不自然な気がした。泥ひとつない床の上で、蛇がとぐろを巻いていたのだから。

もしそれが自《みずか》ら外から来たのだとすれば、床には多少なりとも泥や砂が落ちていて、蛇行《だこう》した形跡があるはず。なのに、真っ白で綺麗な状態だった。

私が階段から落ちた場面も、どこかおかしかった気がする。夢の中の私は不自然に床に足を取られていた。まるで床に滑りやすくするものが塗られていたような――

そこまで考え、ぞっとする。これってまさか、誰かが私を害そうとしているってこと？

いやでも、怪しい人影はどこにも見えなかったし、さすがに考えすぎかもしれない。……とはいえ、やはり薄気味悪い気分になる。

「如何《いかが》されましたか？」

「ううん……なんでもない。ただ色々考えちゃっただけで」

とりあえず、余計なことは言わないでおこう。ちょっと不安になったからって、明確な根拠もないのに「誰かに狙われているのかも」なんて言えば、ヴァルターに心労をかけるだけだろう。

もし相談するにしても、もう少し情報を集めてからにして……

慎重に考えていると、いつの間にかヴァルターにじっと見つめられていた。

彼は、静かな落ち着いた声で語る。

「もしそれらが真実、予知夢であり、今後何者かが貴女《あなた》を狙おうとするのだとしても、俺がお傍にいる限り危険を近づけさせはしません。——後ほど、階段から落ちた状況も詳しく教えてください。気になることがあれば調べておきましょう」

「あ……ありがとう」

まさか彼が不安を取り除いてくれるとは思っていなかったため、驚く。たとえ言われるにしても、皮肉交じりの一言な気がしていて……でも、ちゃんと考えてくれたんだ。

——そもそも彼は、口は悪いがきちんと護衛をしてくれていた。さっき言われた子守り云々《うんぬん》だって、言い方に難はあれど、私を守ろうとすればこその言葉でもあったし。

私を護衛するのは不本意そうなのに、いざとなると真剣に守ろうとしてくれるなんて、なんだか不思議な人だ。彼への印象がほのかに変わる中、私は辺りを見回す。

私を狙う人間がいるかどうかはさて置いても、まずはこの辺りの様子をきちんと覚えておこうと思ったのだ。いつどこで、なにが役立つかわからないから。

ふと、分岐した別の廊下が目に入った。奥に青い扉が見え、その天井には、積み重なった書物や洋墨《インク》瓶などが描かれている。図書館でもあるのだろうか。

「ヴァルター。あそこにある扉は、どこに繋がっているの？」

「あれは静謐《せいひつ》の塔という、研究を専門とする文官が詰める塔に繋がっています。業務の特殊性から、本宮から離れた庭園内に建てられており、ノアも普段はそこで働いています」

「あっ、ノアも普段はそこにいるんだ」

「ええ。彼は、聖女の歴史といった歴史書の編纂《へんさん》を主な仕事としていますから。そうした貴重な資料を多く扱うため、静謐《せいひつ》の塔へ入ることができる者は限られています。ゆえに、そこへ向かうこの廊下を通る者もごく限られた者だけです」

「へぇ……選ばれし研究者たちの塔なのね」

感心しつつ、ノアは楽師みたいに優美な雰囲気なのに、本当に文官なんだなとしみじみ思う。

彼にもし急用ができた時は、あそこに向かえばいいわけだ。

さて――とりあえずこれで今朝の予知夢については確認できたわけだけれど、やはりさっき聞いた薔薇園《ばらえん》や禽舎《きんしゃ》が気になってしまう。静謐《せいひつ》の塔と違い、こっちなら関係者以外も入れそうだし。

すると、そわそわと向こうを見る私に気づいたらしく、ヴァルターが肩を竦《すく》めて言う。

「もしお気になられるようであれば、少し外へ行かれますか？」

「うん、ぜひ！」

私は思わず、やった、と笑顔になって頷いたのだった。


廊下の奥の扉を越えた向こうには、柱と天井だけの半屋外の廊下が伸びていた。それを通り抜けて随分と進んだ先に、緑溢れる離れの庭はあった。

左手に赤と緑が華やかな薔薇園《ばらえん》、奥に禽舎《きんしゃ》らしき焦《こ》げ茶色の建物が見える。それらに伸びる二本以外の道はなく、あとは綺麗に整えられた植えこみと鬱蒼《うっそう》とした木々がどこまでも続いている。

風がそよぎ、青々とした木々の香りが鼻をかすめ、思わず目を細めた。

「わぁ……！　いいね、ここ。すごく清々《すがすが》しい気分になる」

森のような澄んだ空気で、薄《うっす》らと花の香りも漂《ただよ》っているのが、また心地いい。

「王宮内であることを、ひと時忘れるほど緑に溢れた場所をと、十八代前の陛下が作られた庭です。芸術美を追求した中庭と違い、自然美を重視して緑は鬱蒼《うっそう》としたまま残してあります。禽舎《きんしゃ》の方はまだ新しく、五代前の陛下の御代《みよ》にできたものになります」

「ひとつひとつ歴史があるのね。向こうに見える茶色い建物が、その禽舎《きんしゃ》？」

「ええ。王宮お抱えの鷹匠《たかじょう》が三人。庭園の方は、現在十五名の庭師が働いていると聞いています。宮殿以上に広い面積ゆえ、もう少しいてもいいくらいですが」

「すごいなぁ……庭だけでそんなにたくさんの人が働いてるんだ」

現代日本では考えられない話に、もはや溜息しか出てこなかった。それにしても彼は、王宮内の事情に詳しい。普段は王宮の外にいるなら、ほぼ関わらない場所だと思うのに——

とその時、びゅっと強い風が吹き、私の頭につけていた繊細な髪飾りが飛ばされてしまう。

「わっ……！」

「貴女《あなた》はどうかこちらに。俺が拾ってきます」

追いかけようとした私をすっと制止し、ヴァルターが拾いに向かう。

だが、彼が走る必要はすぐになくなる。なぜなら私たちの後ろを歩いていた男性が、地面に落ちたそれを屈《かが》んで拾ってくれたから。男性は、ゆっくりとこちらへ歩み寄ってくる。

「おや、これは初めて見るお客さんだ。こいつは、お嬢さんの落とし物かい？」

髪飾りを差し出して尋ねたのは、野性味ある男性。年齢は二十代半ばから後半ほど、濃い灰色の髪に男性的な渋い整った顔立ちで、左目のところに縦に走った傷がある。

アクション映画で活躍する海外俳優っぽい。渋く逞《たくま》しい雰囲気というか。厚い胸板の上に作業着のような服を着ていて、左手に分厚い革手袋を嵌《は》めているのが目を惹く。

「あ、ありがとうございます。はい、それは私が落としたもので……」

庭師さんかな？　と思い、近づいて受け取ろうとすると、傍に来たヴァルターが囁《ささや》いた。

「——聖下。我々、下々《しもじも》の民に丁寧に接してくださるお気持ちは尊くありますが、貴女《あなた》は至上の存在。どうか彼にも相応のご対応を」

その言葉に、そうだ、ちゃんと聖女らしく接しなければとはっとする。

「あ……ええ、そうだったわね。ヴァルター」

そして男性に視線を向けた私は、できるだけ厳《おごそ》かな声音で話しかけた。

「髪飾りを拾ってくださってありがとう。私は昨日この地に来た、予知の聖女と呼ばれる者です」

「ああ……！　昨日大広間で騒ぎがあったと噂《うわさ》に聞きましたが、なんとまあ、そこにいらしたご本人様でしたか。しかも予知の聖女様とは……こりゃあ驚いた」

侍女や侍従には周知されているようだが、離れた庭で働く彼らにまでは伝達が行き届いていなかったのだろう。目を見開いた彼は、改まった表情になってその場に跪《ひざまず》く。

「生まれが卑しいもんで、あまり上等な話し方ができなくて申し訳ないが、どうか寛大な御心《みこころ》で見逃して頂ければ助かりますよ。――俺の名はディーツ。鷹匠《たかじょう》としてここで働かせてもらって三年になる。奇跡を運びし聖女様、以後どうぞお見知りおきを」

「ディーツというのね。私の名はチハヤ。王宮内に住まわせて頂いている身のため、きっとこれから幾度も顔を合わせることがあるでしょう。以後どうぞよろしく」

よし、こんな感じかな？　と内心でドキドキしつつ、隣にいるヴァルターに視線を向ける。

すると彼は「それでいい」と言わんばかりの表情で頷き、会話を進めた。

「よろしければ、彼に禽舎《きんしゃ》を案内させましょうか？　専門の鷹匠《たかじょう》がいるのであれば安全ですし、より興味深い話も聞けることでしょう」

いつもより丁重な物腰で提案した彼に、私は頷き返す。

「それは素敵ね。……ねえ、ディーツ。今彼が言ったように、貴方《あなた》の職場を少し見学させてもらえるかしら？　もし迷惑でなければ見てみたいの」

「そりゃあもちろん、喜んで。聖女様にご満足頂けるかはわかりませんが、珍しい場所には違いない。いくらでもご案内しますよ。――さあ、どうぞこちらへ」

立ち上がりながら鷹揚《おうよう》に笑って言うや、ディーツは先に歩き出す。突然のお願いを受け入れてもらえたことにほっとして、私とヴァルターは彼の後を追ったのだった。

――数分後。案内された禽舎《きんしゃ》の前に立った。焦《こ》げ茶色の木造で、飾りは一切排除してとにかく機能的に作った四角い建物という感じだ。

扉を開けたディーツが、気さくに声をかけて中へ入っていく。

「よう、おはようさん。今日も早くから精が出るな」

室内の壁には窓の代わりに茶色い格子《こうし》が嵌《は》められていて、格子《こうし》の隙間から斜めに陽光が差しこんでいる。手前にある止まり木で、黒や茶色の鷹《たか》が数羽のんびり羽を休めていた。

止まり木の前で鷹《たか》を世話していた青年がこちらを振り返り、目を丸くする。

「ああ、ディーツ、いいところに……と、なんだ？　後ろの人たちは」

「聖女様と、護衛の騎士様だ。禽舎《きんしゃ》をご覧になりたいってんで、おいでくださったのさ」

「せ、聖女様って……昨日現れたっていう、あの……!?　こ、これは大変失礼致しました！」

青年が慌てた様子でがばっと跪《ひざまず》く。そのまま平伏しそうな勢いの彼は、隣に立つディーツの袖を引いて必死で声をかけた。

「おいこら、ディーツ！　お前もちゃんと頭を下げろ」

「なに、俺はさっき挨拶《あいさつ》を済ませたから大丈夫さ。おっ、お前も今日も元気そうだなぁ」

そう言い、ディーツは気にした様子もなく、止まり木にいる鷹《たか》に呑気に話しかけている。

どうも彼は細かいことを気にしない大らかな性格のようだ。聖女だからと変に緊張されるより気が楽なので、私もふふっと笑って肩の力を抜く。

「彼の言う通り、さっき偶然知り合って、ここを見せてくれるようお願いしたの」

「そ、そうでしたか……」

「こちらの勝手なお願いだから、貴方《あなた》もあまり固くならないでもらえたら嬉しいわ。できれば、普段みたいにお仕事をしていてほしいの。見学したら、すぐにお暇《いとま》するから」

「は、はっ！　ですが、せっかくおいでくださったというのに、お持て成ししないわけには……」

相変わらずかちかちに緊張している彼の背中を、ディーツがぽんと叩く。

「おいおい、さっきから固ぇなぁ。せっかく聖女様がこう言ってくださってるんだ、のんびり仕事しようぜ。そういう普段の姿を見にいらしたんだろうしな」

「のんびりって……いや、違うんです！　こいつはこう言っていますが、俺たち……いえ、私たちは普段とても真面目に働いていていて……！」

さらに慌てた彼に、ディーツが傍にいる鷹《たか》を眺めながら鷹揚《おうよう》に口にする。

「そんじゃあ、お前さんがそのきりきり働いてるところをお見せしたらいいだろ。ほら、こいつらも朝の散歩に行きたがってるようだ」

「そ、そうか。それもそうだな！　聖女様、では失礼致します。ほら行くぞ、レアンナ！」

真面目そうな彼は、目を輝かせて茶色い鷹《たか》を右手に乗せると、張り切って外に出ていった。素直というか、同僚のディーツに上手く転がされている印象だ。

真逆な二人の様子に、私はついくすりと笑ってしまう。

「なんだか賑《にぎ》やかな職場なのね。いつもこういう感じで仕事しているの？」

「さて、いつもこうならいいんですがねぇ。もうひとり、俺らの師匠ってのがおりまして。師匠がいる時は、俺も今よりは真面目にしているもんで、ちっと静かな感じですよ」

「そのお師匠さんも、もう少ししたら出勤してくるの？」

「いいや、あの人はしばらくここには寄りつかんでしょう。なんでも今、陛下直々《じきじき》に新たな鷹《たか》の世話を頼まれておいでらしく、しばらくは別の場所でそいつを躾《しつ》けてますんでね」

見回しても、予知で視《み》た白鷹《しろたか》の姿は見えない。きっとその師匠が隠れた場所で世話をしているのだろう。そして、弟子にも仕事の詳細を話さなかったところを見ると、本当に秘密裏《ひみつり》に動いているらしい。これなら確かに、国王も無関係な私が知っていたことを驚くわけだ。

「それじゃあ、俺はいつも通り鷹《たか》の世話をしてますんで、なにか気になることがありましたら気軽に聞いてやってください」

ディーツは気張った様子なく言うや、慣れた手際で鷹《たか》の世話を始めた。

静かに見学する雰囲気になったので、私たちの会話を黙って見守っていたヴァルターに話しかけてみる。彼はさっきから周囲へ静かに視線を巡らせていて、それが少し気になったのだ。

「ヴァルター。なにか気になるものでもあった？」

「いえ。いつものように、室内の作りや置かれているものを記憶していただけです」

「記憶って……えっ、初めて来た場所のこと、いつもそうやって覚えてるの？」

「ええ。王宮内は比較的安全といえど、万全というわけではありません。どこに怪しい者が潜《ひそ》み、ふいに戦うことになるかもわからない。その時に地理や調度品の配置、武器になり得る道具の位置が頭に入っていれば、多少は有利に動けますので」

当たり前みたいに返され、まじまじと彼を見上げてしまう。さすが騎士というか……

そして次第に理解する。

普段は騎士として前線で働く身なのに、まるで侍従のように王宮内に詳しかった彼。恐らく私の護衛に任じられてすぐ、こんな風に王宮について頭に叩きこんだのだろう。どこになにがあるかはもちろん、人員の数までも――。本当に彼は騎士の仕事に真摯《しんし》なのだなと、驚くばかりだ。

すると、鷹《たか》の世話をしていたディーツが、なにかを思い出した様子で声を上げた。

「ああ！　そうか。お前さん、どこかで見た覚えがあると思ったら、あのグラスウェルの英雄か」

「グラスウェルの英雄？」

「ええ、そういう通り名の騎士がいましてね。先日の戦《いくさ》で手柄を立てたって話も聞きましたが、俺の記憶に焼きついてるのは、むしろその前の戦いでの活躍だ。これが見事だったもんで」

「へぇ、どんな戦いだったの？」

「そうですなぁ。――事の発端は、敵国の兵らしき男たちが数人、国境の森辺りをうろついていたことでして。その話を聞き、すぐに騎士たちが様子見に派遣されたんだが、なんとそれは相手側の罠でしてね。数人と思われていたが、実際は数倍の兵士が繁《しげ》みに身を潜《ひそ》めてたんだそうです」

興味を惹かれて聞き入る私に、彼は謳《うた》うように続ける。

「気づいた時には敵兵に囲まれ、騎士たちは絶対絶命。捕虜《ほりょ》にされるのを待つばかりの状況に陥《おちい》った。――だが、騎士のひとりが迷いなく敵将に狙いを定めて瞬時に斬り伏せ、その後も残りの兵を倒し続けた。その剣の腕前たるや見事なもので、一気に戦況が覆《くつがえ》った。それがこのお人、騎士ヴァルターってわけです」

「そんなことがあったんだ……」

感嘆の息を吐くと、ディーツはさらに説明してくれる。

「彼の凄まじい戦いぶりに鼓舞《こぶ》され、残りの騎士たちも奮然として戦い、無事敵をすべて討ち取った。そして最も活躍したヴァルターは、纏《まと》った黒衣に大量の返り血はついていたが、自身には傷ひとつなかったため、無血の英雄とも呼ばれたって話でしてね。まあ、大したもんですよ」

そう言う彼に、ヴァルターは首を横に振った。

「光栄ではあるが、身に余る呼び名でもある。そこまで大したことはしていない。騎士ならば、俺でなくとも皆同じように動いたことだろう」

「とは言いますがね、頭でそう思っていても、実際に動ける人はそういやしないでしょうよ。どんな歴戦の騎士だって、窮地《きゅうち》に陥《おちい》って死を覚悟すれば自《おの》ずと身体が竦《すく》むもんだ。まあ、お前さんはそんなことは少しも気にしなさそうだが」

ディーツが呆れつつ感心した様子で肩を竦《すく》める。二人の会話を聞きながら、ヴァルターは本当にすごい人なんだな、と私は改めて思い知ったのだった。

しばらく見学した後、禽舎《きんしゃ》をお暇《いとま》した。そして書斎に向かった私は、そこでノアの授業を受けることになった。護衛のヴァルターとはここで一旦お別れだ。

壁際にずらりと書棚が並び、蔓草《つるくさ》模様の絨毯《じゅうたん》が床に敷かれた、落ち着いた雰囲気の室内。机に向かった私が先程の出来事を話すと、横に立つノアがしみじみと頷いた。

「なるほど……今朝の夢は、やはり予知夢だったと。どうやらチハヤ様の予知は、ご意思とは関係なく偶発的に発生するようですね。起きていらっしゃる時だけでなく、就寝されている時も」

「そうみたい。あと、未来で起こることはわかるんだけど、どれくらい先の未来で起こるのかまではははっきりわからなくて」

「恐らく、細かい部分についてはご覧になった映像から見当をつけていくほかないのでしょう。それが近々起こることなのか、それとも遥《はる》か先の出来事なのかを」

「見当をつける、か……」

今朝見た夢を思い出す。夢の中の私は今と近い厚さの衣装を着ていたから、恐らくかなり先の未来ではなく、近々起こる出来事なのだろう。髪も伸びていなかったし。

ただ、それ以外はよくわからない。廊下は薄暗く、昼か夜かも不明だったから。

——いや、壁際の燭台に灯りがともされていなかったから、夜ではないのかも。

まだ薄暗い朝方か、それとも夕方か、はたまた曇《くも》りの日の昼間だった可能性もある。

うーん……もう少しヒントがあれば助かるんだけど、現状でわかるのはそれぐらいだ。

聖女の力といえども万能ではないんだなと考え、ふと思いついて尋ねる。

「そういえば、前に現れた聖女たちはどんな異能を持っていたの？」

すると、ノアが両手を合わせて嬉しそうに目を輝かせた。

「よくぞお聞きくださいました……！　様々いらっしゃるのですが、特に語り継がれているのは、十二代前の陛下の御代《みよ》に現れた、歌声の聖女様にございましょう」

「歌声の聖女？」

「ええ。元々歌が得意だった方らしく、この地に来たことで歌声が神秘の力を持ちました。彼の方《かのかた》の勇ましい歌声に鼓舞《こぶ》され、騎士たちは普段以上の戦いぶりを見せたと言います」

言いながら彼は、書棚から古い本を取り出し、ページをめくってみせる。

聖女に与えられたチート能力なのか、トリップ時からこの世界の人々と会話できる私だが、文字を読む能力まではないらしく、書かれた文章は残念ながら読めなかった。

ただ開いたページには、朗々《ろうろう》と歌声を響かせる女性と、騎馬を駆けさせる騎士たちの姿が描かれているので内容は大体わかる。ウェーブがかった黒髪に肌色が濃い目の女性で、拳《こぶし》を握って声を張り上げる様《さま》からして、ソウルフルな歌を歌いそう。

「へぇ……歌声に、闘志や攻撃力を上げる力が付与されたのね。それで戦《いくさ》の時に貢献したんだ」

「他には、料理の聖女と呼ばれた方もいらっしゃいました。その御代《みよ》の陛下は長く病《やまい》に伏せり、食事も碌《ろく》に口にできない状態だったのですが、聖女様の作られた料理だけは不思議と咀嚼《そしゃく》でき、食べるほどに体力が回復していったそうです」

「作った料理に、食欲増進と回復の効果が付与されたんだ。本当に色々あるんだなぁ」

次のページに描かれているのは、寝台に横たわる顔色の悪い男性に、匙《さじ》ですくったスープを飲ませる女性の絵。こちらはおしとやかな雰囲気の栗色の髪の女性だ。

「聖女様おひとりおひとりの特性を伸ばす形で、天は異能を授けられたのでしょう。そしてその異能は、時に進化し、当時の国の苦境を救ったと言われています」

「えっ、進化したりもするんだ……!? それでさらに活躍したのね」

「ええ。歌声の聖女様も、この国にいる間、歌の効果が様々に増えたのだとか。ちなみに、他にも刺繍《ししゅう》が特技で、それによって国を復興させた聖女様もおられました」

「刺繍《ししゅう》で？」

それが特技なのはわかるけど、刺繍《ししゅう》でどうやって苦境を救ったのだろう。

不思議な思いで目を瞬《しばた》けば、ノアがまた別のページを開いて微笑む。

そこには色とりどりのドレスと、針を握る金髪女性の絵が描かれていた。女性は長い髪を後ろで結わえ、真剣な眼差しでドレスに刺繍《ししゅう》を入れている。

「彼《か》の方《かた》がひと度《たび》針を持てば、国一番の針子の作品さえ敵《かな》わぬほど美しい衣装の数々が、瞬《また》く間に出来上がったと言います。その衣装を国中の仕立て屋に見本として配って技術を教え、仕上がった多くの衣装を他国へ輸出し、財政難だった国を立て直したとのことで」

「ああ……なるほど！　そうやって財政面で苦境を助けたわけか」

つまり、刺繍《ししゅう》する速度と芸術的センスが格段に上がったのだろう。

同時に、今着ている私の衣装がとても綺麗で芸術的な理由がよくわかった。これもまた、過去の聖女が残していった恩恵のひとつだったのだ。

聞けば聞くほど、色んな異能があるんだなぁと感心してしまう。

「そして国を平和に導かれた後、聖女様は帰還の光に包まれ、元の世界へ戻っていかれました。ですので、チハヤ様も異能を使って同様のことを為《な》されれば、ご帰還できると推察されます。光はふいに現れるものとはいえ、どれもこの国の問題が解決した頃に現れていた模様ですから」

「私も、これまでの聖女と同じようなことを……」

つまり予知で、この国が抱える問題を解決するってこと？　でも、一体なにをすればいいんだろう。今のところ、王宮内で目に見えて困っている様子はないけれど――

「ノア。この国は今、戦《いくさ》で困っていたりするの？」

「いいえ。先日チハヤ様が現れたのは、隣国との戦いに勝利した祝勝の場でして。それゆえ、普段は前線で戦うヴァルターたち騎士も王宮にいた次第です。彼らの活躍により戦《いくさ》も落ち着きましたので、軍事面ではしばらく平穏な状況が続くかと思われます」

「別の国が攻めこんでくる可能性はないの？」

「もちろん、まったくないとは言いきれませんが、このファレンは周辺でも随一の大国。周囲の小国も、おいそれと戦《いくさ》を仕掛けてくるような下手は打たないでしょう。同程度の国力を誇るのがつい先日まで戦っていた隣国で、今回の戦《いくさ》では向こうの領土を一部もらい受ける形で休戦協定を結び、落ち着きましたから」

今のところ、戦争になる恐れはないらしい。安堵しつつ、さらに問う。

「じゃあ、国王陛下が病気を患《わずら》っているとか、国費が足りない状態だったりは？」

「幸いながら、陛下はお身体頑健でいらっしゃいますし、陛下の御代《みよ》になってからはさらに商業も栄え、金銭面においても豊かな状態です。ただ……」

「ただ？」

躊躇《ためら》っている様子のノアを不思議に思い促《うなが》すと、彼は小さく首を横に振った。

「いえ……前代の禍根《かこん》が、まだ多少残っているかもしれないなと。……申し訳ございません。出すぎた発言ゆえ、お気に留められませんよう」

目を伏せ、どこか恥じ入るように言った彼は、話をそっと切り上げた。

「いずれにせよ、チハヤ様のお役目もそのうちに見えてこられることでしょう。――さて、それでは授業に戻りましょうか」

「うん……」

いつにない彼の気まずげな顔が気になり、なんとなく頭から離れなかった。

約三時間の授業も終わり、書斎でノアと別れ、数部屋先にある自室へ戻る。

時計がないため正確な時間はわからないが、日の高さから見て恐らく、今は午後五時頃。

夕食の時間までまだあるので、少し考え事をしたくなった私は、寝室の奥にある天蓋《てんがい》付きの寝台に横になり、今日あったことをぼんやりと思い返していた。

予知夢で、私に危害を加える人がいる可能性を知ったこと。次に禽舎《きんしゃ》で聞いた、ヴァルターが英雄だという話。そしてこの国は一見平和に見えて、なにやら隠れた問題がありそうなこと。

「私の予知でこの国の問題を解決する、か……」

現状では雲を掴むような話だ。なにかしなければいけないらしいとわかっても、それがなにかはわからない。ふと、さっき部屋に戻る途中、ヴァルターとした会話を思い出す。

ノアが言いかけたことが気になり、彼にそれとなく尋ねてみたのだ。

『前代の陛下の時代になにがあったのか、ですか？　俺のわかる範囲でよろしければ』

そう頷き、ヴァルターは静かに話し出した。

『前陛下は元々、穏やかな人格者でしたが、政治に携《たずさ》わるうち徐々に変わってしまわれたそうです。俺も当時は幼子だったため、話に聞いたのみではありますが。――上に立つ立場ゆえの苦労があられたのか、心を病《や》んでしまわれたのだと』

『心を病《や》んで……』

『家臣たちの忠誠を疑い、無理難題を言っては彼らを試すようになられました。そして己の意に沿わぬ者がいれば、容赦なく地下牢に入れたそうです。その疑心暗鬼の矛先《ほこさき》は、ご家族である王妃殿下や当時の殿下たちにも向かったと聞きます』

『当時の殿下――つまり、今のモーゼス国王陛下にも？』

『ええ。ご自分の立場を脅《おびや》かすのではと、まだ年若い王子を度々《たびたび》戦地に追いやられたのだと。モーゼス様の年の離れた弟君であるフィリップ殿下には特に厳しく、ついに彼は王宮を追放されました。今から十五年ほど前のことです』

『追放されたって、王子様なのに……』

たとえ王が命じたとしても、そんなことが許されるのだろうか。第一王子ではなくたって、王位継承権のある王族だろうに。驚いてそう言ったところ、ヴァルターが頷く。

『無論、王子を廃嫡するなど只事《ただごと》ではありません。しかしそれが看過されたのは、フィリップ殿下が妾妃のお子だったからというのもあるでしょう』

『妾妃……モーゼス陛下とフィリップ殿下はお母さんが違ってたの？』

『ええ。フィリップ殿下の母君は金遣いの荒い女性で、それに怒った王により、王宮から追い出されていたという経緯があります。そして豪勢な生活に慣れた彼女は貧しい生活に耐えられず、薬に溺れて命を落としていた。……つまりフィリップ殿下には、すでに後ろ盾がなかったのです』

彼は真剣な眼差しでさらに続ける。

『フィリップ殿下は母君の死後も王宮におられましたが、年々彼女に似てくる殿下を見て、陛下は彼も金を湯水のように使うに違いないと疑い、やがて追い出したそうです。着のみ着のまま追放された殿下は、当時十歳。もはや生きてはおられないだろうと言われています』

『十歳で……そんな、まだ小さな子供なのに』

それだけ、前国王は疑心暗鬼の塊《かたまり》になっていたのだろう。実の息子さえ自分を脅《おびや》かす敵のように思うほど。家族にさえそうなら、民たちにはさらにひどい行いをしていたのかもしれない。

思わず、はぁっと息を吐いてしまう。

『平和そうに見えたけど、少し前まではかなり王家はドロドロしていたのね……』

『ええ。それゆえに現陛下モーゼス様は、前陛下が病気により死去し、その跡を継いで以来、国の平和を保つことに腐心しておられます』

彼の言葉で思い浮かぶのは、年齢よりもずっと落ち着いて見えた王の姿。

三十代半ばくらいだったのに、表情や声には威厳があり、老《お》いた賢者のような風格さえ漂《ただよ》っていた。色々な苦労があり、彼はああなったのだろう。

『モーゼス様は、自分が戦地に追いやられていた間に弟御であるフィリップ殿下が王宮を追われたことを、深く悔やんでおられました。ゆえに、二度と国王が乱心してはならないと、家臣の忠誠を信じ、他国の侵攻を把握すればすぐに騎士団を派遣し、民を守り。そうして俺は……』

そこでヴァルターは口を噤《つぐ》み、話を切り上げる。

『――ノアが言いかけたのは、恐らくその辺りの話でしょう。あれは、前陛下の所業について己が語るのは不敬だと考えているはずですから。俺は、そこまで配慮するつもりはありませんが。たとえ前代の統治者であろうと、犯した過《あやま》ちはきちんと語り継がれるべきです』

そう語る彼の翡翠《ひすい》の瞳は、静かだが苛烈でもあった。

『では、今宵《こよい》はこれで失礼致します』

そしてヴァルターは、すっと一礼するや退室したのだった。

「疑心暗鬼の王様と、その息子たちか……」

回想から思考を戻した私は、寝台の天井を見上げて小さく息を吐く。

私は、それにまつわる問題を解決するため、呼ばれたのかもしれない。まだ詳細はなにも見えてこないけれど。気づけば、ぽつりと呟いていた。

「できるのかな……私に」

問題が明瞭《めいりょう》でないせいもあるが、それ以上の不安要素は、自分に対しての自信のなさ。だって私は予知ができるようになったとはいえ、それを自在に操れるわけではない。

それに——ぼんやりと浮かぶのは、一番大事な時に勘が働かなかった、幼い頃の思い出。

変わり果てた姿になって帰ってきた両親の姿に、呆然とするしかなかった小学生の頃の記憶が、小さな痛みと共に胸に蘇《よみがえ》ってくる。

どうしても消えてくれない、なにもできなかった頃の自分の姿。

——駄目、なに後ろ向きになってるの。

心中で呟き、ぶんぶんと首を横に振る。

そう……あの頃と違い、今の私ならきっとなにかできるはずだ。両親を助けることはできなかったけれど、もしかしたら予知能力が進化し、他の誰かを救うことができるかもしれない。

それに、この国を救うことで帰還の光が現れ、元の世界に戻れるのだとノアは言っていた。

だったら日本に戻るためにも、聖女としてやってみるしかないだろう。

「ここでお世話になる間、一宿一飯《いっしゅくいっぱん》の恩もあるわけだし……」

自分の姿を見下ろして呟く。今着ている聖女の衣装もそうなら、これから食べる夕食だって国民の税金で賄《まかな》われているはずだ。

もちろん、私がこの世界に来たのは自《みずか》ら望んだことではないし、聖女として労力を提供する側になるとはいえ、贅沢《ぜいたく》を当然のように享受《きょうじゅ》するのは嫌だった。

それにやっぱり、単純な話、動いていないと落ち着かない。私の根っこはバイトに明け暮れる女子大生。芯の部分はなにも変わっていないのだ。

「よし……！　明日から、やれるだけやってみよう」

そう決意した私は、まずは夕食で力をつけようと、むくりと寝台から起き上がったのだった。

第三章　黄色い花の忠誠

そうして始まった、私の聖女生活。

午前中は書斎でノアの授業を受け、午後からはヴァルターと王宮内を巡る日々となった。

今のところ自在に予知ができないとわかったので、そのうち視《み》えるだろう予知がいつどこで起こるものかすぐわかるよう、王宮の景色から徐々に覚えていこうと思ったのだ。

ちなみに今日の授業は、過去の聖女たちが生活していた当時の様子について。

教鞭《きょうべん》をとるノアは、銀髪を三つ編みに結わえ眼鏡をかけた教師モードで、本を手に語る様《さま》はなんとも知的で麗《うるわ》しい。この国に来てからひしひし感じるんだけど、周囲の人々が美形揃いで、だいぶ目が肥《こ》えてきていると思う。

「歴代の聖女様ですが、王宮の離れに住まわれていた方が多かったようです」

ノアの説明に、私は羊皮紙に書きこんでいた手を止めて尋ねる。

「離れに？　隔離されていたってこと？」

「というより、異能の内容により慎重に扱われていたと言うべきでしょう。歌声の聖女様が鼻歌を歌いながら厩舎《きゅうしゃ》近くを通りかかった際、傍にいた馬たちの気が高ぶり、暴れ始めたことがあったのだとか。そのため、これは危険だと、すぐに住まいを厩舎《きゅうしゃ》から最も遠い離れに移されたそうで」

「ああ、そういう危険性もあるんだ。歌うと必ず異能が発揮されるのも考えものね」

私のいつ発生するか不明な予知と違い、常に発揮される異能もそれはそれで大変なんだなぁ。

そう苦笑する私に、ノアが楽しそうに微笑んで頷いた。

「一方で、料理の聖女様は厨房《ちゅうぼう》の傍に自室を持たれました。日々陛下に食事を作る必要があったことに加え、聖女様ご自身が『すぐ料理できる場所にいないと落ち着かないから』と希望されたらしく」

「特技であり、趣味でもあったのね。でも、なんとなくわかるわ。私も傍に本がないと落ち着かない気分になるから」

私の趣味といえば、ファンタジー小説を読むこと。無趣味と思うなかれ、これで結構、この趣味に助けられてきたのだ。

バイト続きで旅行もできない中、一冊の本で色んな世界に行けた。今いるような荘厳《そうごん》な王宮だったり、神秘的な洞窟の中だったり、はたまた世界の果てにまで広がる雄大な海だったり。

それもあって、この不思議な状況も少し楽しんでいる部分がある。今まで想像上でしか行けなかった世界にいられるのは、聖女の役目を度外視すれば、やっぱり嬉しい。

それにしてもノアは、聖女の話になると本当に活き活きする。今も白い頬が薄《うっす》らと上気し、なんとも幸せそうな表情だ。

「ノアは、聖女について調べるのが仕事であり、趣味でもあるのね」

微笑ましくなって言うと、彼は恥ずかしげに目を伏せた。

「そんな、趣味などと申し上げては恐れ多いことでございます。ただ日々、聖女様について研究し、思いを馳《は》せているばかりで」

「でも、見ていると楽しそうだし、そうして打ちこめるものがあるのっていいなって思うよ。確か、聖女に関する歴史書の編纂《へんさん》をしたりしてるんでしょ？」

「ええ。仕事として歴史書編纂《へんさん》もしておりますが、個人的に執筆してもおります。本当に、下手の横好きと申しますか。もし、とある聖女様が生きておられたら、どのような世になっていただろうと、想像して物語をしたためてみましたり」

「へぇ……まるで、二次創作でよく見るイフストーリーみたい」

悲しい結末になった物語について、もしハッピーエンドだったらと想像したファンが、絵や文を書いているのを、ネットで見た覚えがある。好きな作品だからこそ、きっと自然と思い描いてしまうのだろう。

そんなことをのんびり考えていると、ノアが照れくさそうに微笑んで続けた。

「あとは休日に、聖女様にまつわる地を訪ね、ゆかりの品々を集めたりしております。歴代の聖女様を模《も》した土人形ですとか、当時の人々が聖女様について書いた、ささやかな手記ですとか。まだ二百と集まっていないので、お恥ずかしい限りなのですが」

「聖地巡礼にグッズ収集まで……しかも二百って、すごいなぁ」

歴代の聖女が何人いるかわからないけど、かなりの数なのでは、と感心する。

「驚いた……なんていうか、本当にのめりこんでるんだね」

「ええ。いずれはそれらを展示するささやかな建物を建て、多くの方に聖女様の歴史を知って頂けたらと考えています。実家の妹には、よくそこまでするものだと、呆れられておりますが」

頬を染めて語るノアの様子は、潤《うる》んだ目が麗《うるわ》しく、なんだかいけないものを見ている気分になってくる。しかし、個人で記念館まで建てようとしていたとは……ひたむきさにびっくりだが、気持ちはちょっとわかるかも。

私も大好きなファンタジー小説を読んで、モデルとなった国に行きたいと思ったことは幾度もある。その作品がアニメ化された時は、グッズをいそいそと買い集めた。

集めたそれらを見ると元気が出たし、よし、明日も頑張ろう！　と気合が入ったものだ。好きな気持ちは時に、自《みずか》らを動かす原動力になるのだ。ただ、そうは言っても、やや心配になってくる。

「ノア。素敵な趣味だけど、ちょっといい仲になりかけた女性と話す時は、聖女の話題は避けた方が無難だと思うよ……」

その女性が微妙な気持ちになっちゃいそうというか。もし気になる男性が、歴史上の人物とはいえ自分以外の女性にここまで人生を捧げていたら、「あ、私じゃ無理かも」とそっと離れてしまいそうだ。

彼の今後を思って神妙な口ぶりになった私に、ノアはきょとんとして、「はぁ……承知しました」と頷いたのだった。

そして聖女の話が終わると、ノアが遠慮がちに切り出す。

「それからチハヤ様。授業とは関わりのないお話なのですが」

「うん、なに？」

「ヴァルターの仕事ぶりはいかがでしょう。何分、誰が相手でも直截《ちょくせつ》に申し上げる男ゆえ、もしや、貴女《あなた》様になにか無礼を働いていないかと少々気にかかりまして」

「ええと、それは……」

うう、これはちょっと答えにくい。仕事ぶりに関してなら、彼は真面目に勤めてくれている。

でも会話に関しては、無礼というか無遠慮な感じだ。ただ、悪意を持っているわけじゃなく、私を守ろうとして注意を促《うなが》した結果、言いすぎになっているようにも思えたから――

「その……確かに、はっきり言う人だなと思う。でも、根は悪い人ではないのかな、とも思うわ。口調はきつめだけど、ちゃんと私を守ろうとしてくれているから」

考え考え答えた私に、ノアはほっとした顔になった。

「左様《さよう》でございましたか。恐らく、チハヤ様のご厚情で非礼をお許しくださっている部分もあるのでしょう。……仰《おっしゃ》る通り、あれも決して悪い男ではないのです。戦いに身を置きすぎたゆえ、それ以外の場にいる現状が落ち着かないと申しますか」

「そういえば、前線にいたって話を聞いたわ」

思い出して口にすると、ノアが目を細めて頷く。

「ヴァルターにとって、騎士というのは戦場で剣を振るう存在なのです。そうして傷だらけになって敵を倒し、民を守るもの。ゆえに、今ここにいることを苦しく感じる時があるようです。この王宮に……助けを求める民から離れた、安全な場所にいることが」

「安全な場所に……？」

「ええ。そうして民を守り続けた彼だからこそ、チハヤ様の護衛にと陛下が望まれたわけなのですが。それを彼自身、理解はしていても受け入れがたい部分があるのでしょう。本来なら自分は、ここではない遠い戦地にいるべきなのだと」

「そう、だったんだ……」

目を見開き、ノアの話に聞き入る。ヴァルターにとって、聖女の護衛という立場は華々しい役目ではなく、自身を留め置く鎖のように思えたのだろう。

だからこそ彼は初対面の際、あんな態度だったのかもしれない。そして私は、彼のほんの一面しか知らないのだなと、しみじみ感じたのだった。

――それから三時間後。

聖女の講話に続き礼儀作法の授業も終わり、私はヴァルターと東棟の廊下を歩いていた。

廊下に並ぶ瀟洒《しょうしゃ》な窓から外を眺めると、庭にある四阿《あずまや》と、奥の泉が目に入る。

この王宮には建物に囲まれた中庭のほか、北側の広大な庭園と、離れの庭があり、各庭の泉を合計すると七つになるのだとか。他にも小さな滝や緑の回廊なども庭園内にあるそうで、庭の広大さもさることながら、美しい景観を追求し続けた歴代の王族に感心してしまう。

今度、散歩がてら庭を巡ってみるのも楽しそうだ。それにしても――

「予知って本当に、念じても視《み》えないものなのね」

しみじみと嘆息する。何度か強く念じてみたが、やはり駄目なものは駄目らしく、先日の予知夢以来、なにも視《み》えていなかった。

焦っても仕方ないとはいえ、やはり落ち着かない気分になる。だって私は、予知の聖女という名目でここにいるのだ。今のままでは居候のようで情けなくなってくる。

そんな中、廊下の向こうから侍女がやって来てヴァルターになにか耳打ちした。侍女は一礼して去り、ヴァルターがこちらを向いて声をかけてくる。

「聖下。侍女のリーゼより、お茶の準備が整ったとのことです。一度お部屋に戻られますか？」

「あ、そうね、そうしようかな」

予知については悩んでも仕方ないことだし、お茶でも飲んで一旦休憩しよう。

リーゼの淹《い》れてくれるお茶はおいしくて、飲むとほっとするから。

そう考えながら、私は窓から離れ、ヴァルターに歩み寄ろうとする。

――その時、溢れる光と共に、いくつもの映像や音がぶわっと脳裏《のうり》を駆け抜けていった。

「わっ……！」

夕焼け空の下に広がる、鮮《あざ》やかな緑。流れる水の音。頬を薔薇色《ばらいろ》に染めた子供の顔。

それらが急速に集まり、ひとつの映像を作っていく。

それは緑の繁《しげ》みと木がある、屋外の風景。木の近くに泉らしきものもあり、その水面《みなも》が揺れているのが見える。そんな中、五歳ほどの栗色の髪の少年が木に登ろうとしていた。

なにか楽しみなことでもあるのか、白い筒袖《シャツ》の胸ポケットに黄色い花を挿した彼は、頬を染め、つたない動きで木を登っていく。時間をかけてようやく枝に腰かけた彼は、目をきらきら輝かせ、遠くにあるなにかを眺めている様子だ。夕焼け空が彼の姿を淡く橙《だいだい》色に染めている。

微笑ましい光景だが、少年の体重を支えるには枝は細すぎた。やがて、みしみしと音を立てて枝がきしみ、目を見開いた彼の身体が、枝もろとも地に向かって落ち――

そこで私は、はっと我に返る。

「今のって……」

あれは、恐らく予知だ。光や音と共に脳内に映像が渦巻《うずま》く感じで、前に視《み》たのと同じ感覚だったからわかる。私は、慌てて窓の外の風景に視線を向けた。

今のは、すぐそこの泉で起きたこと？　いや――違う。予知で視《み》えたのは、この泉じゃなかった。こんな風に綺麗に縁が整えられていない、もう少し荒い感じの水際だ。

第一、王宮内は警備が厳重だし、幼い少年が入りこむのは恐らく無理だろう。だから今視《み》た予知は、王宮ではなく城下町やその近郊で起きることなのかもしれない。

見ず知らずの子供とはいえ、心配になってくる。木から落ちたら無事では済まないだろうし、傍には泉もあった。もしそこに落ちれば溺れてしまう。少年の周囲には他に誰もいないようだったし……。真剣に考えこんでいる私に気づき、ヴァルターが尋ねてくる。

「聖下。どうなさいました？」

「あのね。今、予知が視《み》えたの」

「予知が？」

目を瞠《みは》った彼を見上げ、心配に思いつつ説明する。

「そう。幼い少年が木に登って、枝から落ちてしまう予知。でも、夕方だってこと以外は、それがどこで起こるのかもわからなくて……傍に繁《しげ》みや泉みたいなものは見えたんだけど」

「そうですか。泉の傍にある木から、子供が落下を……」

神妙な顔で呟いたヴァルターは、少し考えてから口を開いた。

「――わかりました。それがいつ起こるかは不明としても、手は打っておいた方がいいでしょう。子供が下手に立ち寄らないよう、近郊の泉に、柵《さく》や立札を設《もう》けることを進言してみます」

「本当？　よかった……！」

いつ起こるかわからない以上、国の泉すべてに警備や見回りを配置するのは現実的ではないし、それが得策だろう。

「とはいえ、今日明日というのはさすがに難しいでしょうが」

「ううん、ありがとう。数日後でも、対処してもらえればそれだけで十分助かるもの」

あの子だけでなく、他の子供が近寄る際の歯止めにもなるはず。

ほっと胸を撫《な》で下ろし、私はようやく自室に戻ったのだった。


扉の前でヴァルターと別れ自室に入ると、リーゼが居間でお茶を準備してくれていた。

この世界では三食の食事のほか、高貴な人は三時頃にお茶を飲む風習もあるらしく、時間になるとこうして侍女がお茶とお菓子を準備してくれるのだ。

「ただいま、リーゼ」

「お帰りなさいませ、チハヤ様」

リーゼの前には移動式のワゴンがあり、芳《かぐわ》しい香りを漂《ただよ》わせるティーポットが載せられていた。

そのすぐ傍には、私がいつも座っている長椅子とテーブル。テーブルに置かれた皿には、花を模《も》したメレンゲのようなお菓子が並べられていて、思わず目を輝かせる。

「わぁ、可愛い……！」

「本日は砂糖菓子と、それに合わせた香りの紅茶になります」

カップをそっとテーブルに置きながら、リーゼが穏やかに微笑んで説明してくれた。

いそいそと長椅子に座った私は、お礼を言ってカップを手に取る。

「うん、いい香り！　ありがとうリーゼ、頂きます」

授業が終わるや王宮内を歩き続け、実は結構、喉が渇いていたのだ。

香りに目を細めてカップを口に運べば、紅茶の表面に見慣れないものがあった。

「あれ？　今日のお茶、お花が浮いてる？」

小さな黄色い花弁が、いくつもゆらゆらと浮いている。

リーゼがティーポットをワゴンに置きつつ頷いた。

「今日は花籠《はなかご》の聖女様のご命日になりますから。この日は、そうしてゆかりの花を飾ったり、食したりする習慣があるのです。そちらの菓子にも同じ花が練りこまれております」

言われてみれば、確かにメレンゲのお菓子にも黄色い粒々が見える。

「へぇ、花籠《はなかご》の聖女っていう人もいたんだ」

「ええ。彼《か》の方《かた》がひと度《たび》手を触れれば、枯れかけた花もすぐに息を吹き返したと申します。この国に病《やまい》が蔓延《まんえん》し、それを治す薬草が絶滅しかけた時、彼《か》の方《かた》の手によってたちまち薬草が生き返り、病《やまい》の人々が救われたとのことで」

「すごいなぁ……確かにそれなら、記念日にもなるわよね」

きっと元々は、ガーデニングが得意な女性だったのだろう。

感心して頷く私に、リーゼが部屋の隅にある花瓶を視線で示す。そこには紅茶に浮かんでいるのと同じ花弁の、マーガレットに似た黄色い花が飾られていた。

「その聖女様が亡くなられた日のみ王宮内に咲く花が、このエルダになります。不思議なもので、朝に咲き、彼女の死を悼《いた》むように夜にはすべて枯れてしまうのです。さらには王宮外に一歩出るとすぐ枯れてしまう花ゆえ、こうしてひと時の美を愛《め》でる風習が広がりまして」

「そっか。今日一日だけ、王宮で咲く花なんだ……」

夜には枯れるなんて、神秘的な花なんだなぁ。そう感心した瞬間、私はぴたりと動きを止める。

なぜなら、さっき視《み》た光景をふと思い出したから。

木に登った少年は、勲章のように胸に花をつけていた。黄色い花——このエルダの花を。

そしてエルダが今日一日、王宮でしか咲かない花だというなら……

——あれは、今日これから、ここで起こる出来事なのだ。

気づいた途端、私はカップを置き、勢いよく椅子から立ち上がった。

「リーゼ、せっかく淹《い》れてくれたのにごめん！　お茶とお菓子は後で頂くわ」

「チハヤ様？　一体どちらに……!?」

驚くリーゼに振り向いて謝りながら、私は扉へ向かう。

「大丈夫、ヴァルターのところだから！」

そのままスカートの裾を両手で持って部屋を出る。

廊下を駆けてヴァルターが詰める護衛騎士の部屋に辿り着くと、急いで扉を叩いた。すぐに出てきた彼がぎょっと目を丸くする。

「聖下、どうされました。お呼び頂ければ、こちらから参りますものを」

「ごめんなさい、でも時間がもったいなくて」

侍女にヴァルターを呼びに行ってもらうのでは、会うまでに余計な時間がかかってしまう。それなら、こうして私が直接彼のもとに向かった方が早い。

なにしろ今は、とにかく時間がないのだ。あの予知の出来事は夕方に起こった様子だったから、午後三時頃を過ぎた今、もう数時間しか猶予《ゆうよ》がない。

「ヴァルター、急いで一緒に捜してほしいの。さっきの予知で視《み》た男の子を」

「しかし、あれはもう対処が済んだのでは？　上に進言したので、明日には国中の泉に柵《さく》が……」

怪訝《けげん》そうな彼に、私は焦って言う。

「明日じゃ間に合わないの！　あれは、今日これから起こるはずだから」

「今日？　どういうことです」

驚いた様子の彼に、少年が胸に挿していたエルダの花について話す。

それを聞き終えるや、彼の翡翠《ひすい》の目がすっと細められた。

「なるほど、彼の胸にエルダの花が……承知しました」

そして彼は、てきぱきとこれからの行動を提案していく。

「すぐに王宮内の七つの泉に人手をやり、子供を捜させましょう。俺も急ぎ向かいます」

「うん、ありがとう！　私も捜しにいくわ」

「しかし、聖下は――」

案じるような眼差しを向けた彼に、私は首を横に振る。

「予知を視《み》たのは私だし、一緒に行った方がきっと役に立てると思う。それに、あの場面を見ちゃった以上、なにかしないと落ち着かないもの」

「……わかりました。では、くれぐれも俺から離れられませんよう」

重々しくヴァルターが頷き、私たちは急いで北側の庭園に向かうことにしたのだった。

廊下を駆け抜けて階下に下りると、北側の庭園に面した扉から外へ出る。途中、廊下で出会った侍従に事情を伝えたため、庭園内には少年を探す侍従や衛兵の姿がちらほらと見えた。

とはいえ、人が増えてもそれ以上に庭が広大なせいで、すぐには見つかりそうもない。

私たちも一番近い泉に真っ直ぐ向かったが、そこに少年の姿はなく、他の六つの泉を捜しにいった侍従たちからも見つかったという報告は上がってこなかった。

泉の周囲の確認を終えると、私とヴァルターはすぐにまた別の泉へ向かう。しばらく捜したけれど、そこにも少年の姿は見えなかったため、また次の泉へ。

緑の回廊を急ぎ駆ける中、私の脳内では様々なことがぐるぐると駆け巡っていた。

少年がなかなか見つからない。もしかしてあの花はエルダではなく、あの出来事が起こる場所も王宮内ではなかったのだろうか。

それとも、実は今日ではなく、来年の今日、起こることだったとか？

焦りと迷いで次第に鼓動が速くなる中、隣を駆けるヴァルターが声をかけてくる。

私と同様に緊迫した様子ながら、彼の声はしっかりと落ち着いていた。

「どうか冷静に。焦りは人の目を鈍くする。――貴女《あなた》は誰も見ることが叶わない未来をご覧になった。ならば、それにはきっと意味があり、そこに彼を助ける糸口もあるはずです」

「ヴァルター……」

驚いて彼を見上げてから、私はこくりと頷く。

「……そうね、落ち着いて考えないと」

そうだ、焦っちゃ駄目だ。私はちゃんと予知を視《み》たのだから、そこにきっとなにかヒントがあるはず。私がまだ気づいていない、大きなヒントが――

走りながら、改めて先程の光景をじっくりと思い出す。

木に登ろうとした栗色の髪の少年。胸元に挿した黄色い花。木の周囲には緑の繁《しげ》みと泉らしき水《み》面《も》があって……そういえば、水面《みなも》がゆっくりと揺れていたような？

しかし、さっき見た二つの泉はさざ波ひとつなく静かだった。あと違うのは、泉の傍にある繁《しげ》みの色合い。予知で視《み》た繁《しげ》みには、よく見ると小さな白い花が咲いていたような……

はっと顔を上げた私は、ヴァルターに伝える。

「ヴァルター、今思い出したんだけど、男の子の傍の繁《しげ》みに白い小さな花が咲いてたわ」

「白い小さな花ですか？」

「うん。それに、なんとなく予知で視《み》た泉は、水面《みなも》がかすかに揺れていた気がして。風が強い場所ってことなのかな？」

そう呟くと、ヴァルターがはっとした様子で視線を伏せる。

「繁《しげ》みに咲く小さな白い花……それに、揺れている水面《みなも》」

やがて彼は真剣な眼差しでこちらを見た。

「聖下。その白い花は、王宮の東側の繁《しげ》みにのみ咲く花です。そして、そこには泉はないが、小さな運河がある。穏やかな流れではありますが、川が流れているのです」

「えっ？　じゃあ、私が見たのって……」

「ええ、貴女《あなた》がご覧になったのは、恐らくその運河の傍の木だ！　行きましょう」

ヴァルターが目を輝かせて言った次の瞬間、私たちはより速く駆けたのだった。


「どこ？　どこにいるの？　黄色い花のボク！」

辿り着いた王宮の東の外れ。空はいつしか橙《だいだい》色に染まり、日が暮れかかっていた。

奥まった場所に小さな運河が流れるそこは、ひっそりとしている。皆、北側にある泉の方を捜しているため、いるのは私たち二人だけのようだ。

名も知らない少年を、私は必死に声を張り上げて捜す。

「あなたが登ろうとしている木は、危険なの！　もし木の上にいるなら、すぐにそこから下りて」

けれど、返事はない。細い運河に沿って何本もの木が植えられているため、どれが件《くだん》の木かわからず、ひたすら駆けながら声をかけていく。ヴァルターも慎重に一本一本、木を見上げて確認していた。やがて、どれくらい捜し続けただろう。

声が嗄《か》れかけてきた頃、ヴァルターがはっとした様子で声を上げた。

「聖下、向こうです！」

彼が指した先にはひときわ立派な木があり、目を凝《こ》らせば高い枝上に、誰かが座っているのが見える。栗色の髪に小さな身体……うん、あれはあの少年だ！

よかった、なんとか間に合ったんだ……

安堵の息を吐く私に、同じくほっと眼差しを和《やわ》らげたヴァルターが告げる。

「俺が少年を連れて参ります。木の枝が落ちてくる危険がありますから、貴女《あなた》はどうかこちらに」

そう言い、彼は風のような速さで少年のもとへ駆けていく。そして木の下に辿り着いた彼は、迷いなく枝を握り、幹《みき》に足をかけていった。

しかし、あと少しでヴァルターの手が少年に届くかと思ったその時。枝がみしみしと音を立てて折れ、次の瞬間、枝もろとも少年が地面に向かって落ちていく。

それが一瞬、飛行機事故で死んだ両親の姿と重なる。

私は目を見開き、その光景に目を奪われていた。

――駄目。これじゃ予知で視《み》たままの未来だ。

それに、あの日なにもできなかった自分と同じ……

幸い少年は繁《しげ》みの上に落ちたため、大きな怪我はしなかったようだ。ただ、繁《しげ》みから転がり、傍にあった運河にばしゃんと落ちてしまう。そして運河には、ヴァルターよりも私の方が近かった。

そこで、自分の取るべき行動を理解する。

迷っている暇なんてなかった。私はすぐに裾の長い衣装を脱ぎ捨てると、その下のワンピースのような白い肌着一枚で、運河へどぼんと飛びこむ。

「聖下!? ――くそっ！」

ヴァルターの驚いた声が、遠くで水音と共に聞こえた。

正直に言えば、泳ぎは得意な方じゃない。でも、簡単なクロールだったらできる。

それに、大人は無理でも小さな子供を水中で支えるくらいなら、きっとできるはず。

そう考えつつ、ばしゃばしゃと泳ぎ、溺れかけた少年に近づいていく。

だが、運河は思っていたよりもずっと深く、私の身長でさえ足が底につかなかった。そして、ゆっくりではあるが流れているため、気を抜くと少年との距離が徐々に開いていく。

もう少し、あと少し――。じりじりと泳いで近づきながら、少年の方へ手を伸ばす。

「お願い、私に掴まって……！」

願いが届いたのか、手を伸ばしてくれた彼の身体をなんとか掴み、ぎゅっと胸に抱き寄せる。

しかし、そこからが大変だった。少年が無我夢中で暴れるせいで、私も溺れそうになる。

口の中に水が入り、段々息苦しくなってきた。

まずい、このままでは溺れてしまう――そう思った瞬間。

力強い腕が、私の身体をぐいっと掴んだ。

「聖下、お手を！」

ふいにヴァルターの声がして、腰辺りに腕が回され、そのまま引き上げられていく。私の腕の中にいる少年もろとも、強い力がぐんぐん岸へと引っ張っていった。

やがて気づいた時には、運河の縁《ふち》に辿り着いていた。

すぐに水から上がったヴァルターに少年ともども引っ張られ、ようやく私も完全に水面《みなも》から地上へ上がる。節くれだった手に背を撫《な》でられ、げほげほと噎《む》せながら、呼吸を整えた。

そして、隣に横たわる少年の方へ慌てて顔を向ける。少年は……暴れ疲れてぐったりしているが、ちゃんと胸が上下し、息をしている様子だ。

ヴァルターが少年の傍《かたわ》らに片膝をつき、慎重にその状態を確認してから口にする。

「大丈夫です。少し水を飲みましたが息はある。怪我もかすり傷程度のようです。念のため救護室に連れていき、医者に見せれば問題はないでしょう」

濡《ぬ》れた黒髪を掻き上げ、安堵の息を吐いた彼の言葉に、私も肩の力をほっと抜いた。

「よかった……」

「ええ、本当によかったです。だが……」

次の瞬間、ヴァルターが息を吸って声を張り上げる。

「貴女《あなた》という人は――子供を助けるためとはいえ、なぜあんな無茶をする！　一歩間違えば、貴女《あなた》まで溺れ死ぬところだったんだぞ……！」

心配と怒りがないまぜになった眼差しが私を見据えていた。顔色も悪く、疲労の色が見てとれる。

当然だろう、溺れかけた人間を二人抱えて泳ぎ、引っ張り上げてくれたのだ。

体力を消耗したはずだし、なにより岸に着くまで気が気でなかったに違いない。あの間、彼は私と少年、二人の命を腕に抱えていたのだから。

それでも、頭ごなしに怒られるのを理不尽に感じ、言い返しそうになる自分もいた。

頑張ったのに、そこまで怒鳴らなくたって。そんな気持ちが一瞬、胸に湧いて。

けれどその思いは、彼の言葉を聞くうち霧散《むさん》していく。

「経緯はどうあれ、俺は貴女《あなた》を守るためここにいる。貴女《あなた》に危険が迫れば、いくらでも手足となって動こう。だが、貴女《あなた》が自《みず》ら危険に飛びこんで息絶えれば、俺がその息を吹き返すことはできない。……今まで失ってきた戦友たちと同様に、見送ることしかできなくなるんだ」

苦しげに言った彼は、さらに続ける。

「だから……わずかでも命の危険がある時は、どうかひとりで動かないで頂きたい。──俺の力をもっと信用してくれ。火の粉に飛びこむ役目があるなら、それは俺に与えてほしいんだ」

最後の方は、どこか懇願《こんがん》するような声音だった。それを聞いて、彼に幼い頃の自分と同じ思いをさせてしまったのだと気づく。

身近な人の命が消える間、なにもできないままだった自分。

その時と同じ焦りや無力さを感じたからこそ、彼はこうして言葉にしたのだろう。もう二度と同じ目に遭《あ》わないために。誰かを──目の前の私を、守るために。

そう思った瞬間、反発する気持ちは完全に消え、代わりに素直な言葉がこぼれる。

「そう、だね……ヴァルター。ごめん、貴方《あなた》は私を守るためにここにいるのに。それに……ありがとう、助けてくれて」

言いながら涙がこぼれそうになったのは、決して怒った彼が怖かったからじゃない。胸から溢れ出る思いが、止められなくなったからだ。

彼の気持ちが痛いほど理解できて、そして、少年が無事で嬉しくて。

男の子は無事だった。気を失ってはいるが、今もちゃんと息をしている。

彼に重なって見えるのは、あの日助けられなかった両親の姿。ただ呆然と、両親の遺影の前で立ち尽くすだけだった自分。

……でも今は違う。この子のことはなんとか助けられた。助けられたんだ。

気づけば、私は掠《かす》れた声で思いを呟いていた。

「でも、私……今度はちゃんとできたの。両親の時みたいになにもできなかったわけじゃない……誰かを助けるために動けたの。それが嬉しくて、なぜかすごく胸が苦しいんだ」

誰かを助けられたことが嬉しいのと同時に、両親がもう帰ってこないことを改めて思い知り――そんな喜びと、切ない胸の痛みが、涙となってこぼれ落ちる。

「聖下……」

静かに涙をこぼす私を、ヴァルターは目を見開いて見ていた。

なにを思ってかしばらく黙りこんだ彼は、小さく息を吐いて手を伸ばすと、私をあやすように髪をくしゃりと撫《な》でる。

「護衛としては貴女《あなた》に申し上げたい小言がいくつもある。しかし、ひとりの人間としてはこう申し上げます。――あなたはよくやった。あのとっさの判断がなければ、彼の命は救えなかったでしょう。……貴女《あなた》の気持ちを察することもせず、声を張り上げてすまなかった」

「ううん……私の方こそ」

潔《いさぎよ》い謝罪に胸がいっぱいになった私は、それしか答えられなかった。

やがて彼は、さっき私が脱ぎ捨てた衣装を拾うと砂を払い、そっと肩にかけてくれる。私が風邪をひかないよう、そして水に濡《ぬ》れて透けた私の身体を隠すため、そうしてくれたのだろう。

そんな無言の優しさに、また彼への印象が変わっていくのを静かに感じたのだった。


その後、私たちは少年を連れてずぶ濡《ぬ》れのまま王宮に戻り、ノアや侍女たちを大いに驚かせた。すぐに問答無用で湯殿へ入れられ、身体を温めて清潔な服に着替えることになった。

中でもノアの驚きようはすごく、私の姿を目にした瞬間、彼は蒼白な表情になってよろめいた。

「まさか、運河に飛びこまれたとは……お怪我がなく、ご無事で本当にようございました」

そして湯殿から出て着替えた私を見た彼は、安堵しつつもまだ青い顔のまま真剣に言う。

「……チハヤ様。予知してくださることも、不幸な結果を変えるため、自《みず》ら動いてくださったことも嬉しく存じます。しかしながら、どうか御身の安全を第一になさってください。貴女《あなた》様になにかあっては、我々はどうすれば……」

「ノア……ごめん。それに、心配してくれてありがとう」

さっきヴァルターにも言われたことだし、無茶した自覚があったため、素直に謝る。

私の身になにかあれば教育係である彼の責任問題にもなるだろう。しかし、それ以上に彼が純粋に心配してくれているのが深く伝わってきて、申し訳なくなったのだ。

そんな風にノアを宥めていると、私とヴァルターに駆け寄ってくる姿があった。

——リーゼだ。なんと驚いたことに、あの少年は彼女の息子だったらしい。

言われてみれば、栗色の髪といい、楚々《そそ》とした印象の整った目鼻立ちといい、よく似ている。

息子のことを聞いて駆けつけたリーゼは、いつもの穏やかな様子が嘘のように蒼白な顔で、息子の身体をぎゅっと抱き締めた。

「ああ、ヨゼフ……！　よかった。本当によかった……」

その様子に彼もぽろぽろと涙をこぼし、ごめんなさい、母様……とか細い声で謝る。

二人に聞いたところ、ヨゼフはリーゼの実家の屋敷で育てられているのだが、月に一度、母に会うため王宮を訪れていて、今日もそれでここにいたらしい。

そうして従者と別れて面会室で待っていた彼は、母の仕事が終わるまで我慢できなくなり、こっそり抜け出した。さらには、母が聖女の専属侍女に選ばれたことが嬉しく誇らしかった彼は、庭に出て木に登り、上階で仕事をしている母の様子を眺めようとしたのだそうだ。

木に登っても恐らく王宮内は見えないのに、それでもその光景を想像し、わくわくと目を輝かせて――その直後に、不幸にも木から落ちてしまったということだった。

抜け出した子供を見逃したのは、衛兵などにも責があると判断されたため、王宮内の庭を無断で歩き回ったヨゼフが咎められることはなかった。しかし、母であるリーゼはひどく恐縮し、迷惑をかけた各所に頭を下げて回った。

そしてリーゼは私のもとを改めて訪れるや、跪《ひざまず》いたのだった。

顔を上げた彼女の藍色《あいいろ》の目には、申し訳なさと感謝の思いが溢れている。

「チハヤ様……このご恩、リーゼは決して忘れません。この身のすべてをかけ、貴女様《あなた》にお仕えさせて頂きます」

その真剣な言葉に、私は両手を振って慌てて返す。

「あの、リーゼ。そこまでしてくれなくて大丈夫だよ。私が予知を視《み》たのは偶然なんだし、それに何事もなかったんだから。第一、私も結局ヴァルターに助けてもらったわけだし……」

「いいえ。ヴァルター様にも当然感謝しておりますが、すべてはチハヤ様の予知があったからです。そして、誰もが貴女《あなた》様のように御身を投げ出してくださるとは限りません。貴女《あなた》様だったからこそ、ヨゼフは助かったのです」

「リーゼ……」

彼女はぎゅっと自分の手を握り、さらに思いをこめるように告げる。

「ヨゼフは、私のただひとつの宝。あの子になにかあれば、私も今ここにはいなかったことでしょう。……貴女《あなた》様は、私たち親子二人の命を救ってくださったのです。そのご恩に、どうして報《むく》いずにいられましょうか」

彼女は、凛《りん》とした眼差しでさらに続けた。

「ゆえに、私は予知の聖女様ではなく、チハヤ様その人にお仕えさせて頂きたいと思ったのです」

「そんな風に思ってくれたんだ……」

そこまで言われ、軽くかわすことなどできなかった。それは彼女の感謝の思いを無下《むげ》にすることに思えたから。だから私は頷いて、小さく微笑んで答える。

「それなら……ありがとう。その気持ち嬉しく受け取っておくわ。ここにいる間、貴女《あなた》に傍で支えてもらえたら助かる」

「ええ。この身にかけ、貴女様《あなた》に誠意を尽くしお仕えさせて頂きます」

リーゼはそう忠誠を誓う。その横顔は、強い母の表情だった。


その後、リーゼはヨゼフを家まで送るため辞去し、部屋には私とヴァルターの二人きり。

今の彼はいつもの騎士服ではなく、白い筒袖《シャツ》に黒い下袴《ズボン》という軽装で、先程助けてくれたこともあってか、やけに凛々《りり》しく見えた。

そして、彼との間に流れる空気が、以前よりもかすかに穏やかになったように感じられる。

夕焼けに染まる窓辺に胸前で両腕を組んで立ち、なにか考えていた様子の彼が口を開いた。

「――聖下」

「なに？　ヴァルター」

長椅子に腰かけた私が視線を向ければ、彼は静かに続ける。

「以前、貴女《あなた》が仰《おっしゃ》っていたことですが……何度念じても、予知はご覧になれなかったと」

「うん、視《み》えなかったよ。いくら視《み》たいと思っても、なにも頭に浮かんでこなくて」

「しかし、今回は予知が視《み》えた。それも貴女《あなた》とは面識のない子供に関する予知を。それは一体なぜだろうかと、先程から考えていました。なにか、貴女《あなた》に思い当たるふしはありますか？」

「なんで今回の予知が視《み》えたか、かぁ……」

長椅子に背を預け、ぼんやりと思い返す。

私はヨゼフのことを知らなかったのに、彼の未来を視《み》たのは確かに不思議な気がした。予知は未来のことならなんでもありで、対象は、完全に無作為に抽出されるのだろうか。

そこまで思案して、ふと気づく。

「あ、そういえば、この予知を視《み》た時にリーゼのことを考えていたかも」

そうだ、思い出した。リーゼのお茶っておいしいんだよね、みたいなことを考えていた気がする。

すると、ヨゼフについての予知がふっと頭に浮かんだのだ。

ヴァルターが興味深そうに頷く。

「なるほど。リーゼのことを考えておられたと」

「うん、考えてみたら他の時もそうだわ。陛下の鷹《たか》狩りの予知を視《み》た時は、『私には異能なんてなさそうで、彼に申し訳ないな』みたいなことを考えていた時だし。私自身が危険な目に遭《あ》う予知夢を見た時も、自分について考えながら眠っていたから」

「つまり、貴女《あなた》が誰かについて思い浮かべた時、その人物に関わる予知が脳裏《のうり》に降ってくる……そのような感じだと認識してよいでしょうか」

「あっ、そう！　まさにそんな感じ」

「ということは、特定の人物について意識的に考えれば、貴女《あなた》の予知はある程度自在に扱えると」

「そうなると思う。まあ、本当にふっと空から降ってくる感じで、いつ視《み》られるのかっていうタイミングはまったく掴めないんだけど」

でも、なんとなく傾向がわかっただけでも一歩前進だ。

ひたすら誰かについて思い浮かべていれば、その人や関係ある誰かの未来が高確率で視《み》えるのだろう。そう考えると、少し嬉しくなる。

それにしても、ヴァルターはいつも冷静に考えてくれて頼りになるなぁ。

さっき私やヨゼフを助けてくれた時は、さすがにちょっと焦っていたけれど――

あの時の様子を思い出しながら、私はそっと口を開く。

「ねえ、ヴァルター」

「なんでしょうか、聖下」

「あのさ……今度から、さっきみたいな喋り方でいいよ。さっき、川で私を怒ってくれた時みたいな。あれが貴方《あなた》の素の喋り方なんでしょう？」

そう言ったのは、彼ともっと素で話せたらと思ったからだ。それに慇懃《いんぎん》な口調より、さっきの遠慮ない口調の方が、彼に合っているように感じたから。

「それはそうですが……」

「もちろん、陛下や他の貴族の人たちがいる時はちゃんとした口調じゃないとまずいだろうけど、二人きりの時はできれば素で話してもらえたらなって。貴方《あなた》が嫌じゃなければ」

「……嫌であるはずがありません」

そうして彼はすっと息を吸うと、言葉遣いを少し砕けたものに変えた。

「では、貴女《あなた》がまた無茶をされるようであれば、こうしてはっきりと苦言を申し上げる。聖下――いや、チハヤ様。俺は、子守りを請け負った覚えはないと申し上げたはずだ」

「うん、結局子守りっていうか、子供助けになっちゃったね」

小さく笑った私に、ヴァルターは憮然として返す。

「わかっておられるのなら、自覚を持って頂きたい」

「聖女としての自覚？」

「いいえ、俺に護衛されているのだという自覚です。前にもお伝えしたが、俺がお傍にいる限り貴女《あなた》に怪我などさせるつもりはない」

彼はこちらに歩み寄ると、私の髪をひと房そっと手に取り、静かな眼差しで告げる。

「俺が護衛になったということは、貴女《あなた》の髪にひと筋の傷がつくことも許しはしないということだ。――俺は貴女《あなた》の手であり目であり、剣である。それをどうかお忘れなきよう」

「うん……わかった」

その誓いのような言葉に素直に頷く。

彼がどれだけ皮肉を言っても、いつだって私を真摯《しんし》に守ろうとしてくれているのは、もうわかっていたから。そして、そんな彼に背を預け、聖女としてもっと誰かを助けられたらと思ったのだ。

私の髪を見たヴァルターが、今初めて気づいたように囁《ささや》く。

「……それにしても、貴女《あなた》の髪はまるで夕焼けのようだな」

「ただの赤茶色なんだけどね。でも確かに夕陽を浴びると、より赤くなってそう見えるかも……」

笑って言いかけたところで、彼に真っ直ぐ見つめられていることに気づき、声が止まる。

深い森の色をした、凛々《りり》しい翡翠《ひすい》の瞳が私の目を奪う。

静かな空間の中、男らしい低く掠《かす》れた声が、やけに響いて聞こえた。

「赤は生《せい》と温《ぬく》もりの色でもある。活き活きと動く貴女《あなた》によく似合う色だ。……不思議なものだな。いつも見ていたはずなのに、今になって気づくとは」

「え、ええと……あの、ありがとう」

感慨深そうに呟いた彼は、なかなか私の髪を放さない。触れられた場所がかすかに熱く感じられ、なぜか胸が落ち着かず、そっと目を伏せた。

そして、私も初めて知ったかも……とぼんやりと思う。彼とこうして穏やかに語り合えるなんて、知らなかった。それに……彼の手がこんなにあったかいことも、ちゃんと知らなかったのだ。

夕焼けに染まる部屋の中、そのひと時は静かに過ぎていったのだった。

第四章　予知、時々、予想外

その日以降、予知を視《み》ることがあれば、私は積極的に動くようになった。

自分がなにかの役に立てるのかななんて、もう不安に思ったりはしない。

迷う時間があるなら、その前に動いた方がずっといい。そうすれば、誰かを助けられるかもしれないから。その度《たび》にやや無茶をして、ヴァルターから小言を言われたけれど。

今も隣で、彼が呆れたように呟く。

「――貴女《あなた》は、なぜそう無茶ばかりなさる」

「でもヴァルターも、私の動きが段々掴めてきたでしょ？」

長身の彼を見上げ、ふふっと笑い返す。

今日視《み》たのは、果物入りの木箱を運ぶ料理人が厨房《ちゅうぼう》に行く途中で転び、果物が廊下に散らばる予知。そして、そこになにも知らず侍女がやってきて、果物を踏んで転び怪我してしまう……という顛末《てんまつ》だった。

その料理人は最近知り合った男性で、それで彼の未来を垣間見《かいまみ》ることができたらしい。

だがそれも、未来を変えるべく、急ぎ駆け寄った私が料理人の木箱をはしっと受け止めたことで、ことなきを得た。曲芸のような絶妙なバランスで受け止めた私の姿に、辺りからは「おお～」と拍手が湧き起こったものだ。

ちなみに木箱は、すぐに後から来たヴァルターによって、ひょいと取り上げられた。

「それは否定しませんが、だからと言って無闇やたらと動き回っていいわけではないでしょう。貴女《あなた》は聖女である前に、淑女《しゅくじょ》である自覚を持った方がよろしい」

彼の言葉に、私はつい、くすりと笑ってしまう。

「淑女《しゅくじょ》って、私には一番似合わない言葉だよ。だって予知の能力がなかったら私、きっとその辺の町娘として扱われていたと思うもの」

なにしろ今だって、王宮の人々に庶民派聖女と認知されつつあるのだ。

まあ、川に落ちた少年を飛びこんで助けたり、厨房《ちゅうぼう》の近くをうろついて料理人たちと親しくなったりすれば、自然とそうなるんだろうけど。

ヴァルターが怪訝《けげん》な顔で問い返してくる。

「貴女《あなた》が町娘？」

「そう、町で果物を売ったりしてる感じの。こういう格好より、ずっと似合うと思うもの」

今私が着ているのは、先日仕立て屋が採寸して作った、特注の聖女服。ようやく出来上がったそれは、これまで着たどの服よりも優美だった。

水色の地に銀糸で精緻《せいち》な刺繍《ししゅう》が施された衣装で、前同様、胸元や腰、袖口はほっそりとしているが、スカート部分がだいぶ違う。澄んだ水色に赤紫色の薄い生地が幾重《いくえ》にも重ねられたスカートは濃淡が美しく、動く度《たび》にふわりと揺れ、まるで水の精霊のような軽やかさがあった。

胸元や袖口に飾られた宝石は、水色と赤紫色、そして中間色の淡い薄紫色。私の赤茶めいた髪色に調和する色を組み合わせたのだろう。

清楚《せいそ》な中に凛《りん》とした雰囲気が感じられる衣装になっていた。

「だが、その格好は貴女《あなた》にとても……」

じっと見つめてくるヴァルターがなにか呟いたが、よく聞こえずに聞き返す。

「ヴァルター。今なにか言った？」

「――いえ、なにも」

彼自身、自分が今なにを口にしようとしたのかわかりかねている様子で、小さく首を捻《ひね》る。

ヴァルターとはあの一件以来穏やかな関係が続いていた。もちろん、遠慮なく言い合うのは相変わらずだけど、前よりとげとげしさがなくなったというか。

なにより一緒にいると、ほっと落ち着く感じがある。もしかしたら一緒に危機を乗り越えたことで、仲間意識みたいなものが芽生えたのかもしれない。

そんな風に予知で人助けをしつつ平穏に過ごしていた、ある日のことだった。

私が、まったく予想だにしない予知を視《み》てしまったのは――


それは午前中の授業が終わり、午後に町へ向かった日のこと。

この世界にトリップしてから、今日でもう二週間ほどが経っていた。

最近の私は王宮内の様子をだいぶ覚えたこともあり、徐々に行動範囲を広げ、近隣の町まで馬車で足を延ばすようになっていた。馬車の窓から、町民たちの様子や風景を遠目に眺めるだけだけれど、それでもずっと王宮にいた私には、とても新鮮に映った。

例によって隣に座るヴァルターが色々説明してくれるので、それが興味深かったのもある。

そんな少し遠出した日の帰り。王宮に着いて馬車から降りようとした私が、ヴァルターが差し伸べた手に「彼の掌《てのひら》ってやっぱり大きいんだなぁ」と思いながら、そっと手を重ねた時――

眩《まばゆ》い光と共に、ある映像が脳裏《のうり》を駆け抜けていった。

それは王宮ではなく、どこかの屋敷の光景。品のいい調度品が並ぶ居間で、私は長椅子に横になりぐっすりと眠っている。聖女装束ではなく、普段着っぽいブラウスにスカート姿の私は、なぜかヴァルターに膝枕されている状態だ。

彼も私服らしき白い筒袖《シャツ》に黒い下袴《ズボン》姿で、私の頭を自然に膝に乗せて椅子に座っている。映像中の私は眠りから目覚めようとしているのか、うん……と寝言を言い、みじろぎしていた。

そんな私の髪をそっと梳《す》きながら、ヴァルターが囁《ささや》く。

『――チハヤ。まだ眠っていろ。後で俺が起こす』

それは驚くほど優しく、かすかな甘さを含んだ声だった。彼の声が聞こえたのか、私はほわっと微笑んで、彼の方へ安心したように身を寄せる。

すると、ヴァルターがふっと目を細めた。

『まったく……俺の妻は相変わらず眠るのが好きだな』

そして身を屈《かが》めた彼は、眠る私の額《ひたい》にそっと口付けを落とし――

そこで、はっと意識が戻る。

え、なに今の。というか、妻って？　混乱しつつ顔を上げれば、目の前には、馬車から降りかけた体勢で固まった私を、怪訝《けげん》そうに見つめるヴァルターの姿。

「チハヤ様。どうかされたのか？」

その顔に、自然とさっきの映像を思い出してしまう。

眠る私に愛《いと》しげに囁《ささや》き、口付けを落とした優しい彼の表情を。

私は動揺のあまり、彼から手を離し、ばっと大きく距離を取っていた。

「ええと……な、なんでもない！」

「なんでもないというには、目に見えて様子がおかしいが」

言うや彼は一歩近づき、私の額《ひたい》にそっと触れようとする。

最近の彼は多少気を許してくれたのか、こうして触れてくることがあった。

「顔が赤い。まさか、風邪でもひいたのか？」

「ち、違う！　元気、元気！　あっ、そうだ。元気が溢れてるみたいだから、私、ちょっと駆け足で先に行ってるね！」

心配そうな彼に動揺しつつ返すと、私は馬車から降り、急ぎ王宮へ向かって駆け出す。

当然護衛であるヴァルターはすぐ後を追ってくるのだが、できるだけ彼と顔を合わせたくない私は、廊下を早足で過ぎ、早々に寝室へ引っこんだ。

そしてひとり部屋に籠《こも》った私は、寝台に顔を埋《うず》め、あああと頭を抱える。

――あんな予知、ヴァルターに絶対言えるわけがない。

というか、あれがもし本当に予知だとしても、あまりにもありえなさすぎる。だって私と彼は期間限定の主従でしかないし、それ以外の関係をあげるにしたって、ただの喧嘩《けんか》友達だ。お世辞にも仲がいいとは言えないのに、それが恋人を通り越し結婚って、夫婦って。

「やっぱり、どう考えてもありえないよ～……」

思わず弱りきった声が出てくる。

そもそも私はともかく、ヴァルターの方があんな未来は絶対に嫌だろう。

ただでさえ凛々《りり》しい美形で、有能な騎士で、皮肉屋だけど真摯《しんし》さもあって。そんな引く手数多《あまた》そうな彼が、こんな平凡な私と結婚なんて、まったく釣り合いが取れず、なんだか申し訳なくなってくる。彼にあんな――予知で視《み》た優しい眼差しを向けられたら、どんな美女だってころりと落ちるだろうに。

考えているうち、私をチハヤと呼び、まるで愛《いと》しい相手を見るような眼差しで囁《ささや》いていた彼の姿を、自然と思い出してしまう。なぜか胸が落ち着かなくなり、ぶんぶんと首を横に振った。

ううん……やっぱり、あの未来は絶対にありえない。きっとなにかの間違いだ。

もしかしたら最近張りきりすぎたせいで、頭が疲れているというか、予知能力がバグを起こしてしまったのかもしれない。異能とはいえ、万能ではないみたいだし。

そう結論づけ、私は思考を振りきろうとしたのだった。


翌日からも、できるだけあの予知を気にせず振る舞おうとしたが、それでもやはりぎこちなくなり、その度《たび》、ヴァルターの眉が怪訝《けげん》そうに顰《ひそ》められた。

そしてとうとう、不穏な眼差しになった彼に捕まってしまった。

「チハヤ様。――いい加減に白状して頂きたい。俺の忍耐にも限度というものがある」

「は、白状？　なんのこと？」

廊下で壁際に追い詰められ、私は必死に視線を逸らす。どう見てもこれは、俗に言う壁ドンの体勢だ。まさかこんなよくわからない状況で、初壁ドンを経験するとは。

普通なら不敬と取られかねない光景なのだが、私が無茶をしてヴァルターに小言を言われるのは今や日常風景になっているため、横を通る老齢の侍従も「ああ、またやっておられるな」といった感じの温かい視線を向けて去っていった。

侍女も微笑ましそうに、「あらあら、うふふ」といった眼差しで去っていく。

あらあらじゃなくて、お願いだから、ちょっとでいいから誰か助けてほしい。

そんな外野を気にした様子もなく、ヴァルターが眼光鋭く迫ってくる。

「声が裏返っているのに、まだ白《しら》を切るおつもりか。最近の貴女《あなた》は、さすがに挙動不審すぎる。なにかあったのは明らかだろう」

「挙動不審すぎるって……」

いや、自分でも自覚はあるけれど。でも、普通に行動しようと思っても、どうしても駄目なのだ。

ヴァルターを見ると、あの優しい眼差しの彼と重なり、なんだか妙に胸が落ち着かなくなる。

たぶん普段の彼とギャップがありすぎて、脳が処理しきれていないせいだと思うんだけど。

「えっと……本当になんでもないの。きっと、ヴァルターの気のせいだよ」

視線を逸らしたままなんとか誤魔化そうとすると、さらに不穏な表情になった彼が迫ってくる。

「あくまでとぼけるおつもりならば、こちらにも考えがある」

「え？」

「貴女《あなた》が物事を深く考えている時は大体、なにか予知を視《み》た時。そしてひとりでそれを解決しようとされている時が多いと、すでにわかっている。今回も大方そんなところだろうが、むざむざとひとりで行動させるつもりはない」

「いや、別にそういうわけじゃ……」

「ならば、なぜ俺を避ける。俺は貴女《あなた》の手足となって動くと言った。思うことがあれば口にすればいい。そうすれば、貴女《あなた》の望みのままに働くものを」

そう言い、彼は私の顎《あご》を片手で持ち上げ、じっと視線を合わせてくる。

ち、近い、凛々《りり》しい美貌が近すぎる。そして眼差しの圧が相変わらず強い……！

目力選手権があったら、ヴァルター絶対いい線いけるよ！

いくら見慣れたとはいえ、それでも彼の整った容貌は破壊力があり、動揺した私は必死に逃れようとする。

「ち、違う！　そうじゃなくて、ただ……」

「ただ、なんです。日頃の貴女《あなた》は小夜啼鳥《さよなきどり》のように軽やかに言葉を紡《つむ》がれるのに、大事なことはなかなか口になさらない。――こんなにも、俺が請うているのに」

低く掠《かす》れた声で耳元に囁《ささや》かれる。彼は「大人しく白状しろ」という意味で言っているのだろうが、いやに男の色気が感じられ、胸がばくばくして心臓に悪いことこの上ない。

これだから、美形な上に声までいい男は……！

私は彼の手から逃れようとしながら、やけになって叫ぶ。

「だから、本当に大したことじゃないの！　ただ、その……私と貴方《あなた》が結婚する予知を視《み》ちゃっただけで……！」

「俺と貴女《あなた》が、結婚……だと？」

さすがに予想外だったらしく、ヴァルターがぽかんとする。

そして私の顎《あご》からそっと手を離した彼は、なにか考える様子を見せてから不可解そうに言った。

「まさか、そんなはずは……いや、やはりありえないな」

「私もそう思ったから、言いづらかったの！　だってそんな未来、到底信じられないもの」

もし本当に未来で私たちが夫婦になるのだとしたら、その前にきっと恋人同士になっているはず。その様子さえまったく想像がつかない。なにしろ彼との間に甘い空気が漂《ただよ》ったことなど、ただの一度もないのだ。なのに、いきなり結婚って……想像できなすぎて途方に暮れてしまう。

ヴァルターが嘆息して言った。

「貴女《あなた》の予知が本物であることはこの目で幾度も見てきたため知っているが、さすがに今回の予知については頷けない。というより、そんな理解不能な未来は御免被《こうむ》る」

「うん。私だってもし結婚するなら、口喧嘩《くちげんか》仲間とわけがわからないうちに……とかじゃなく、ちゃんと好きな人としたいよ。というか、自分が結婚するなんて考えられない」

「口喧嘩《くちげんか》仲間……貴女《あなた》が俺をどう認識しているのかはよくわかった。——だが、とりあえずその言葉には同感だ。ならば、これからすべきことは決まったな」

「決まったって、なにが？」

「今まで貴女《あなた》がしてきたことであり、これから俺たちが取るべき行動だ。貴女《あなた》はこれまで予知を視《み》たことにより、怪我をするはずだった人々を救うなど、未来を変えてきた。今回の予知についてもそれと同じことができるだろう」

「行動して、予知とは違う未来に変えるってこと？　それは私も一瞬考えたけど、怪我を未然に防ぐのとはまたわけが違うんじゃないかな。どう動けばいいのか、ちょっと悩むっていうか」

だって、溺れている人を助けたり、木箱を受け止めたりするのとはまた別なのだ。

一度の怪我を防ぐのとは違い、未来の自分に恋や結婚をさせないようにするには、それについての要因を幾度も排除していく必要がありそうというか……

あ、つまり、恋愛フラグをその度《たび》、折っていけばいいってこと？

ぽん、と手を打って納得する。乙女ゲームでよくある、恋愛が発展しそうにない微妙な選択肢を選び続けて、お友達エンドを狙う感じ。それをしないと、私たち両方が望んでいない未来になっちゃうわけだし、やるしかないだろう。

それに二人で協力すれば、フラグだって効率よく折っていけるはず。

うん……きっとやれる。ふつふつとやる気が湧いてきた。

「ヴァルター、わかった！　とりあえず、できることから少しずつやってみよう。そんな感じの予知を視《み》たら、すぐに教えるから」

「ああ、頼む」

私たちは頷き合い、運命共同体もとい運命破壊共同体として、共に恋愛フラグを折っていくことを決めたのだった。


翌日。授業が終わった午後から、さっそく私たちは行動を開始した。

「ヴァルター、こっちは異常なしだよ」

「こちらも問題ない」

いつもより慎重に辺りを見回し、廊下を歩く。西棟にある中庭に面した廊下で、窓の外に目を向ければ、緑溢れる庭とその向こうに、静謐《せいひつ》の塔だろう細長い青灰色《せいかいしょく》の建物が見える。

ちなみに私たちが警戒して歩いているのは、昨日、あまりにベタな恋愛フラグをさっそく予知夢で視《み》てしまったからだ。

それは、私とヴァルターが見知らぬ部屋で二人きりになる予知。どうやら誰かに鍵をかけられ、中に閉じこめられるらしい。ほとんど家具がない殺風景な室内で過ごすうち、私たちは頬を染めて見つめ合い、自然と仲が深まっていき……というもの。

それを話した時、ヴァルターは怪訝《けげん》そうに眉を顰《ひそ》めたものだ。

『悪いが、その状況で頬を染める理由がわからない。先日貴女《あなた》の部屋でも、俺たちは二人きりになっていたはずだぞ』

『私に聞かないで！　なんでか知らないけど、今日のはそういう予知夢だったの』

私は赤くなって憤然《ふんぜん》と返す。話しているこちらだって非常に恥ずかしいのだ。

なぜ本人に向かって、自分たちが初々《ういうい》しいラブシーンをしていた様子を事細かに話さねばならないのか。恥ずかしくて穴の中に埋まりたくなるから、あまり突っこまないでほしい。

『見たのは、それだけか？』

『ううん……まだある。図書室で、私たちが本を探している夢』

『それで？』

『私がある本を見つけて、あっと思って手を伸ばしたら、同時にヴァルターもそれに手を伸ばしていたの。それで私たちの指先が触れ合って……』

結果を察したヴァルターが冷静に言う。

『そしてまた、頬を染めて見つめ合うわけか』

恥ずかしさから赤い顔で言い返すと、ヴァルターが神妙に頷いた。

『だから、私に言わないで！　なんでかわからないけど、そういう甘い雰囲気になってたの！』

『わかった。とりあえず図書室には近づかないことにしよう。本を持ってくるにしても侍女に頼めばいいし、聖女関係の本なら書斎で事足りる。下手に近寄ってはなにが作用し、そんな異常事態が発生するかわからないからな。あとは閉じこめられた部屋だが……』

『それが、王宮内ではあるみたいだけど、どの部屋かわからないの。家具もなかったし、ほとんど特徴のない部屋で。どこかの客室のひとつかな』

『いや、問題ない。貴女《あなた》が知らない部屋なら、これから先、貴女《あなた》が新たに部屋に入る際はひとつずつ慎重に確認していけばいいだけだ。それにもし鍵をかけられてしまったとしても、鍵開けの道具を持ち歩いていればすぐに脱出できる』

『鍵開けの道具か……わかった、すぐにリーゼに頼んで準備してもらうね』

そんなやりとりの末、今の私たちは廊下をやたらと警戒して歩いているのだった。

鍵開けの道具を衣装の下にこっそり忍ばせているとはいえ、また別の恋愛フラグがふいに現れないとも限らない。気分はもう地雷処理班だ。

そうして進んでいくと、廊下の向こうを、先日知り合った鷹匠《たかじょう》のディーツが歩いているのが見えた。なにか運んでいるのか、布がかけられた木箱を手に持っている。

数少ない知り合いを見つけて嬉しくなり、私は駆け寄って話しかけた。

「ディーツ、先日ぶり！　ここで会うなんて思わなかった」

「おや……こいつは、聖女様に騎士様。こんなところでお会いするとは」

驚いた様子でぴくりと足を止めた彼は、振り向くや肩の力を抜いて鷹揚《おうよう》に笑う。

「すいません、一瞬、衛兵かお貴族様にでも見咎められたかと思っちまいました」

「見咎められる？」

「ええ。なにしろ俺はこんな格好の上、いつも離れの庭にいて王宮内を歩くことは滅多にありませんから。俺を知らないお貴族様にばったり会うと、下手すりゃ、ここに不審者がおるぞ！　なんて声を上げられるもんで」

「ああ、それでびっくりしてたんだ」

冗談めかして言った彼に、ふふっと笑って納得する。確かに薄汚れた作業着姿の彼は、この優美な王宮内ではやや異質で、知らない人からは怪しく見えてしまうのだろう。

ヴァルターが、ディーツの持った箱に視線を向けて尋ねる。

「今日は、なにかものを受け取りにでも来たのか？」

「いえ、この木箱を探しにきた次第です。王宮内に、不要になった品が置いてある物置部屋がありましてね。ここで働く人間なら鍵を借りれば誰でも入れて、置いてあるものを好きに持っていっていいことになっているもんで、そこでもらってきたんです。鷹《たか》たちの餌箱にでもしようかと」

「へぇ……そういう部屋もあるんだ」

どんなものが置いてあるのか気になってくる。この世界は中世ヨーロッパ風のもので溢れているから、わくわくするような雑貨がありそうだ。

目を輝かせてそう考えていると、ディーツが苦笑して肩を竦《すく》めた。

「なに、雑多ながらくたが積まれているばかりで、聖女様が見ても楽しくない部屋ですよ。俺だって、こうして用がなきゃ特に立ち寄ったりもしない」

そんな会話をしていると、ディーツがなにか気づいた様子で「おっ」と声を上げた。

「そういや同僚に急げと言われてたんだ。すいませんが、この辺で失礼します」

「ううん、こっちこそ呼び止めてしまってごめんなさい。またね」

そのまま彼は一礼するや、急ぎ足で禽舎《きんしゃ》の方へ去っていった。師匠がいない間は同僚と二人で仕事を回しているようだから、色々と忙しいのだろう。

そうしてディーツの背を見送り、ヴァルターと再び廊下を歩いていると――

廊下の向こうから、聞き慣れない野太い声に呼び止められた。

「おお……これは！　なんと、奇跡の聖女様ではございませんか」

見れば、豪奢《ごうしゃ》な服を着たふくよかな中年男性が、喜色満面で駆け寄ってくるところだ。

従者を連れて謁見の間がある方向から来た様子を見ると、どうやら謁見に訪れた貴族らしい。

「尊き方にかような場所でお会いできるとは、光栄にございます。申し遅れました、私は伯爵位を頂いております者で、名は……」

跪《ひざまず》くや、揉《も》み手をしそうな勢いで自己紹介した彼に、私は距離を取りつつ頷く。

「そうですか。私の名はチハヤ。これから王宮内でまた顔を合わせることもあるでしょう。どうぞよろしくお願いします」

「ああ、なんと有難いお言葉でございましょう……！　この地にいらして以来、王宮でお過ごし遊ばしていることは噂《うわさ》に聞いておりましたが、なかなか拝謁《はいえつ》できる機会もなく。皆、貴女様《あなた》の一挙一動が気になっております。今日は、いかようにお過ごしだったのだろうかと」

にこにこ笑っているが、ぎょろりと探るような目でこちらを見る男性に、なんだか話していて落ち着かない気分になる。彼は、さらにずいっと距離を詰めてきた。

「時に、聖女様。我が伯爵家や他貴族に関して、なにか予知をご覧になったりなどは……」

そこで横に控えていたヴァルターが、私を庇《かば》うみたいにすっと前へ出た。

「伯爵。恐れながら聖下の尊き予知は、我々只人《ただびと》が徒《いたずら》に引き出せるものではありません。天の御心《みこころ》のままに授けられるものゆえ、それ以上はおやめになった方がよろしいかと存じますが」

ヴァルターの姿に目を瞠《みは》り、伯爵はへりくだった愛想笑いを浮かべる。

「おお、貴方《あなた》は彼《か》の英雄の……！　いやお恥ずかしい。決してそのようなつもりは。ただ、どのような未来が訪れるのかが気になったばかりでして。たとえば今後の麦の相場など、ほんの少々で構いませんのでお教え頂ければと……」

なおも続けようとする彼を、ヴァルターが冷徹《れいてつ》な眼差しで遮《さえぎ》る。

「ならば、言動はより慎重にされるのが賢明でしょう。聖女の異能を己《おの》が欲のままに乱用し、国を傾けた歴史は貴方《あなた》もご存じのはず。それとも、卿《けい》はそれをお望みか」

「い、いえいえ、まさかそんな！　予知を無理に引き出そうなどとは……」

しかし、そう言いつつも、後ろ暗いところがあったのだろう。

汗を拭き拭き、彼はわざとらしく廊下の向こうを見て声を上げる。

「そ、そうでした！　残念ながら急用がございまして。では、私はこれにて失礼致します」

そして彼は従者を引き連れ、慌ただしく去っていった。

私は嵐のように去った彼の後ろ姿をぽかんと見送り、ヴァルターにお礼を言う。

「ええと……ありがとう、ヴァルター。今の、結局なんだったの？」

「貴女《あなた》に群《むら》がろうとする貴族のほんの一例が、姿を見せただけです」

「私の予知を利用しようとして、近づいてきたってこと？」

確かに、なにかを聞きたそうにはしていたけれど。

問うと、ようやく従者モードからいつもの口調に戻ったヴァルターが答える。

「……そうだ。貴女《あなた》は王宮内からあまり出ないため実感が薄いかもしれないが、今の男のような輩《やから》は山ほどいる。貴女《あなた》の予知を己の利に繋げられないかと大勢が注視しているんだ。――予知ひとつで政敵の足を引っ張ったり、他を出し抜いて商売を成功させたりすることも可能だろうからな」

彼は肩を竦《すく》めて続けた。

「貴女《あなた》が生活する区画に近づけないよう、謁見に来た貴族の誘導を侍女に指示なさるなど、陛下もご配慮くださっているが。それでも、ああして隙を見て近づく輩《やから》はまた出てくるだろう」

「陛下が……そうだったんだ」

国王が様々な面で私を丁重に保護してくれていたことを知り、感謝の気持ちが湧いてくる。

道理でこれまで、侍女や侍従など王宮の人たちとしかほぼ顔を合わせなかったはずだ。

「それにしても、一部の人たちには、私が金の塊《かたまり》や便利な道具みたいに見えているのね。そう思うとなんだか複雑だなぁ」

元の世界では、お金とは縁遠い苦学生だったのに、と苦笑する。

でも普通に欲のある人からすれば、どうしたって「予知の聖女」はそう見えるのだろう。特に他国との戦《いくさ》も収まって平穏な今、貴族たちの関心はどれだけ財産を増やし、地位を上げるかに向かっていそうだ。

そんな状況で未来視の聖女が現れたとなれば、どうにか近づいて恩恵を受けたいに違いない。

上手くすれば、この国や他国についての未来さえ視《み》られるかもしれないのだから……

そこで、そういえば国王は、私へ予知についてなにも尋ねてこないな、と気づく。

聖女の異能は気まぐれなものと認識されているとはいえ、彼だってひとりの人間だ。特に一国の統治者として、この国の未来は人一倍気になるのではないだろうか。

けれど彼は私を保護したきり、予知に関して尋ねてくることは一切なかった。そもそもまともに顔を合わせたのだって、最初にこの世界にトリップした時だけだ。

「ねえ、ヴァルター。陛下は私についてなにか言っていなかった？　たとえば、こんな未来を見てほしいと思っているとか」

気になって尋ねれば、彼はあっさりと首を横に振る。

「いや、そのようなことは一言も仰《おっしゃ》っておられなかったな。ただ拝謁《はいえつ》する度《たび》、貴女《あなた》をしかとお守りするようにと」

「そっか……」

本当に国王は、私を丁重に保護してくれているだけらしい。私の生活に不備がないよう、有能な人を傍につけ、あとは好きに行動させてくれて……

それってかなりすごいことなのではないだろうか。欲がないというか、欲があったとしても口にしない、自分を律する強さがあるというか。

なんだか、予知でもなんでもいいから、彼にお礼をせねばという気持ちになってくる。

うむむと唸《うな》った私に、ヴァルターが提案してきた。

「もし気になるなら、今度お会いする際にでもお尋ねになればいい。あの方もお忙しい方ではあるが、貴女《あなた》が会いたいと望めば喜んで迎えてくださるだろう」

「そうね……前に一度会って以来だから、もう少しちゃんとお話ししてみたいし。後で謁見のお願いを出してみようかな？」

それで、私がお礼にできそうなことはないか、さりげなく尋ねてみて……

そう思った時だった。ある光景が、眩《まばゆ》い光と共に脳裏《のうり》を駆け巡る。

あまりに突然のことで、私はふらりと一歩よろめいた。

「え……？」

――それは、薄暗い部屋の光景。

灯りがともる室内で国王がひとり、瀟洒《しょうしゃ》な窓辺に佇《たたず》んでいる。

彼の居室なのだろうか。重厚な調度品が並び、毛足の長い絨毯《じゅうたん》が敷かれたその部屋は、壁際の立派な棚に鷹《たか》の置物がいくつも飾られ、彼の趣味を窺《うかが》わせた。

国王はどうやら、窓辺近くにある書棚前で本に読み耽《ふけ》っているようだ。

そんな彼に隅の方からゆっくり近づく、黒い外套《がいとう》のフードを目深《まぶか》に被った人影があった。その人物は音も立てずに国王へ歩み寄っていく。

しかし完全に気配を断つことはできず、やがて気づいた国王がその人物の方を振り向いた。

そして、そこになにを見たのか、国王の目が見る見る見開かれていく。

『そなたは……』

絞り出すように呟いた彼の喉元に、外套《がいとう》の人物は迷わず両手を伸ばし――

そこで、はっと意識が戻る。

緊迫した様子の予知だったからか、背にじわりと汗が滲《にじ》んでいた。

「今のって、一体……？」

「どうした、なにか視《み》えたのか？」

ヴァルターに尋ねられ、私は目を伏せて考えながら答える。

「うん。陛下に関する未来で……なんだったんだろう、あの顔の見えない人」

フードを目深《まぶか》に被っていて顔が見えなかったが、恐らくあれは男性だと思う。服越しでもわかるしっかりした身体つきだったたし、外套《がいとう》から伸びた両腕も男らしい硬さのあるものだったから。

なにより気になるのが、その人物の行動。

部屋にいる国王に音もなく近づき、無言で彼の首に両手を伸ばしていた。

もしかして、国王はこの人物に命を狙われているのではないだろうか。

ただ……そう思っても、はっきりとは言いきれなかった。

そもそも、警備の厳重な国王の居室に不審者が簡単に近づけるとは思えないし、そこに衛兵の制止もなく入れたなら、国王の信を得ている誰かの可能性だってある。国王も、驚きながらも相手が誰かわかっていた様子だったし。

それに不穏な雰囲気は感じたけれど、件《くだん》の人物は両手を伸ばしただけで、実際に国王に危害を加えたわけではないのだ。私が視《み》たのは、怪しい人物に国王が目を見開いた場面でしかなかった。

――でも、妙に胸騒ぎがしてならない。

目を伏せて考えていた私は、顔を上げるとヴァルターに言う。

「ヴァルター。今日か明日にでも、どうにかして陛下にお会いできないかな？　急いで直接お伝えしたいことがあるの」

「わかった。貴女《あなた》からの謁見希望なら、即座に了承頂けるだろう。すぐに申請する」

真剣な私の様子になにか感じたのか、彼は神妙に頷き、直後、話を通しに行ってくれたのだった。

数時間後。侍従を通して拝謁《はいえつ》の許可を受けた私は、謁見の間へやってきていた。分厚い大きな扉の前に着くと、横にいた衛兵から声をかけられる。

「どうぞ、中で陛下がお待ちでございます」

「ありがとう」

私は扉を開いてくれた衛兵たちに礼を言い、入室した。

そこは青緑色の絨毯《じゅうたん》が敷かれた広い部屋で、壁際に槍を持った衛兵が幾人も並んでいる。その中央奥にある肘掛け椅子に、モーゼス国王が座っていた。

「陛下。突然の面会をご了承頂き、お礼申し上げます」

「いや、こちらこそそなたとゆっくりと話がしたいと思っておったのだ。ちょうどよいところに声をかけてくれたものよ」

約二週間ぶりに会った彼は、相変わらず秀麗で威厳ある佇《たたず》まいだ。今でこそ三十代半ばの落ち着きある男性だが、若い頃は目を瞠《みは》るほどの美青年だったに違いない。

深紫地に金糸の刺繍《ししゅう》入りの衣装を纏《まと》い、椅子に座った彼は、悪戯《いたずら》っぽく目を煌《きら》めかせる。

「顔は見ずとも、そなたについての話はよく聞こえてくる。なにやら王宮内を賑《にぎ》わせておるようよの。先日は、川で溺れる子供を救ったのだとか」

「それも、やはりお聞きなんですね……」

うう。ということは、他の私の無茶な行動も色々と耳に入っているのかもしれない。

ヴァルターや侍従がありのまま報告しているだけとわかっていても、気恥ずかしくなってくる。

なにせ私は、神々《こうごう》しい聖女とは正反対の、庶民派聖女みたいになっていたから。

赤くなって身を縮めていると、国王がくつくつと笑った。

「なに、そなたを責めておるわけではない。ただ嬉しく感じただけのこと。歴代の聖女と同様に王宮を駆け回り、我が民を助けようとしてくれておるのがな。まさかそのような様子を、我が代で見られるとは思っておらなんだゆえ」

「そう言って頂けると、少し気が楽になります。それで——あの、陛下。今日お伺いしたのは、どうしても急ぎお伝えしたいことがあったからなんです」

慎重に話を切り出した私に、彼は興味深そうな目を向けた。

「余に話を？」

「はい。実は先程、貴方《あなた》の未来に関する予知が視《み》えたんです。時刻は夜更けで、場所はたぶん陛下の居室だと思うのですが、そこに外套《がいとう》を目深《まぶか》に着た怪しい人物が現れる予知で」

「ほう、怪しい者が……」

「それで、その人が陛下の喉元に両手を伸ばしたところで終わって……そんな不気味な雰囲気だったものですから、どうしても胸騒ぎがしてしまって」

「なるほど。余が悪漢に危害を加えられるのではと、心配してきてくれたというわけか」

真剣な眼差しになって頷いた彼は、ゆっくりと話し出す。

「確かに、そうした予知を視《み》れば不安になろう。しかしながら、余の居室は何者かがそうそう立ち入れる場所ではないのだ。常に扉の前に衛兵が控えている上、廊下も夜回りの兵が数人歩き続け、警備しておる。ゆえにもし不審な輩《やから》が廊下を歩けば、すぐに捕らえられるだろうよ」

「あの、ですが」

焦る私を、国王は落ち着いた声で制す。

「わかっておる。だからと言って万全はないと言いたいのであろう。今申したのは、現状を伝えてそなたの不安を多少なりとも取り除きたかっただけのこと」

「じゃあ……！」

「うむ。念を入れ、衛兵の数を増やそう。加えて、余自身も休息の場であろうと、これまで以上に油断なく過ごすつもりだ。今、余になにかあっては、国が荒れるだけだからな」

「よかった……ありがとうございます」

流さずに受け止めてもらえてほっとする。これならきっと、あの予知で視《み》た人物は、国王の部屋に近寄れないか途中で捕まるかして、未然に危険を防げるだろう。

安堵の息を吐いていると、国王がふっと目を細めた。

「チハヤと申したな。――礼を申す。予知は、そなたが天から授《さず》かりしもの。それを余のために使ってくれるとは、なんとも有難いことよ」

「いえそんな、私の方こそ色々ご配慮頂いて、逆にお礼をお伝えしたいぐらいというか」

慌てて返したところで、そうだ、お礼……！　と、さっき思ったことを思い出す。

「そういえば……あの、陛下は予知でなにかお知りになりたいことはありませんか？　もちろん、お聞きしても私が視《み》られるかはわからないんですが、できればお役に立ちたくて」

「余の知りたい未来、か……ふむ、特には思い浮かばぬな」

国王にあっさり返され、私はやや戸惑う。

「ええと、ひとつも、ですか？」

「思い浮かばぬというより、考えまいとしているという方が近いかもしれん。……人は欲深く、弱い生き物ゆえ。ひとつ知りたいと願えば、やがてもっと知りたい、すべて知りたいと変わってゆくものよ。そしてひとつ疑えば、すべてを疑い出すもの」

「陛下……」

それは恐らく、彼の父を思い浮かべて言っているのだろう。疑心暗鬼に陥《おちい》って家臣や家族を疑い、ついには実の息子を追放した前王のことを。国王はどこか遠い眼差しで静かに続ける。

「己を律するのは難しいことだ。だからこそ余は、初めから下手に望まぬようにしておる。さすれば、危うい方向に進まずに済むからな。そなたを保護しているのも、予知の恩恵を望むからというより、我が国の歴史と縁深い聖女を丁重にもてなしたいがため。しかし……そう返しては、どうやらそなたが困ってしまうようだ」

これではお礼を返せそうにないなと、しょんぼりとしていたのが伝わったのだろうか。

私を見て悪戯《いたずら》っぽく笑った彼は、言葉を続ける。

「そうよな。もしただひとつ、知ることが叶うならば……」

「ひとつ、知ることができるなら？」

身を乗り出した私に、彼は懐《ふところ》から小さな人形を取り出してみせた。それは年代物らしく、ボロボロな、金髪碧眼《へきがん》の男の子の人形。淡い黄色の布と青い糸で髪や目が表現されている。

それをじっと見下ろし、国王が思いをこめて呟く。

「余の弟が……フィリップが今も生きておるのか、それを知ることができたら嬉しいものだ」

「フィリップ殿下を……じゃあ、この人形は彼の？」

驚いて見上げると、国王は目を細めて頷いた。

「うむ。あやつを模《も》して作った、唯一の形見のようなものよ。姿絵なども父がすべて焼き捨ててしまったゆえ、これしか残っていなくてな。そして、弟が追放されてすぐ手の者に捜させたが、あれを見つけることは叶わなかった」

遠くを見つめて語る彼の眼差しには、静かな苦悩と切なさが感じられた。

「もしもあれが今も生きておるなら、元気に過ごしているのか……それだけはずっと気になっておる。……頭から離れぬのだよ。無邪気に余を慕ってくれていた、幼い頃のフィリップの顔が。そして絶望の中、王宮を追われた時に見せたであろう、あれの泣き顔がな」

「ずっと、心配なさっているんですね……」

前にヴァルターに聞いた話では、フィリップ王子が追放されてからもう十五年経っているはず。それだけ年月が経った今も、国王の心には弟が住み続けている。きっとこれから先、どれだけ平和な世になったとしても、ずっと……

でも、家族というのは、恐らくそういうものなのだろう。

私が幼い頃に死別した両親を忘れられないように。頭を撫《な》でてくれたおじいちゃんの掌《てのひら》のあったかさを、ふとした時に思い出すように。たとえ会えなくても、心の中にずっといるのだ。

彼の気持ちが理解できて、私は深く頷く。

「……わかりました。もしもそんな予知が視《み》えた時は、すぐに陛下へお知らせします」

「うむ、どうか頼む」

真摯《しんし》な眼差しで言った国王にお辞儀し、私は謁見の間を辞去したのだった。

第五章　予知、まれに進化

翌日から国王の周辺警護は厳重さを増し、それを遠目に眺めた私はほっと息を吐いた。

「これなら、陛下の未来も平和な方へ変わりそうね」

フィリップ王子の件も気になるが、これは今後、そんな予知が視《み》えた時に伝えればいいだろう。

安堵した私は、王宮のサンルームを訪れていた。明るい陽射しが差しこむ硝子《ガラス》張りの部屋で、中庭に面した室内は花や緑で溢れ、花の香りが漂《ただよ》っている。

ここは王族か高位貴族しか入れない休憩室で、さらには給仕の侍女もいて不審者が近づく恐れはほぼないため、今は護衛のヴァルターは傍にいない。

そうしてひとりお茶をしていると、緑を挟んだ奥の席に人影が見えた。どうやら、私より先に休憩している人がいたらしい。

貴族の子弟と思《おぼ》しき、白金《はくきん》の髪に薄青の瞳の美青年で、年齢は恐らく二十代半ば。清廉《せいれん》な水色の服を纏《まと》って座る姿は凛《りん》としていて、傍に咲く白薔薇《しろばら》となんとなく印象が重なった。

なにか悩みでもあるのか、もの憂《う》げに外を眺め溜息をついていた彼は、私と視線が合うや目を瞬《しばたた》き、席を立って歩み寄ってくる。

「これは……お初にお目にかかります、可憐《かれん》な方。幸運にも同席が叶ったというのに、ご挨拶《あいさつ》が遅れご無礼を。よろしければ私のことは、エリクとお呼びください」

男性の方から挨拶《あいさつ》するのが、こうした場のならわしなのかもしれない。

優雅に一礼した彼――エリクは、間近で見るとより麗《うるわ》しかった。百七十センチ半ばほどの長身に涼しげな美貌で、睫毛《まつげ》まで淡い白金《はくきん》色のため、硝子《ガラス》細工のような繊細な美しさがある。

ヴァルターやノアの美貌で慣れていなかったら、きっとぼうっと見惚《みと》れていたことだろう。

しかし若干の美形耐性がついていた私はそっと席を立ち、スカートの裾を持って挨拶《あいさつ》する。

「初めまして。私は予知の聖女、チハヤと申します」

「まさか、貴女《あなた》があの予知の……？」

はっと驚いた様子の彼は、すぐ姿勢を正し、丁重な仕草で胸に片手を当てて礼をしてみせた。

「よもや、このような場でお会いできるとは……軽々しくお声をかけてしまい、大変失礼致しました」

「いえそんな、話しかけて頂けて嬉しかったですから。貴方《あなた》もここでお茶を？」

「ええ。王宮に住む家族の様子を見にきた帰りに、休ませて頂いておりました。ここは花がとても美しく、心癒《いや》されますから」

周囲の緑に視線を巡らせて微笑んだ彼は、どこか労《いた》わるような眼差しを向けてくる。

「聖下も、お疲れでいらしたのでしょう。急にこの世界へ舞い降りてこられたと伺っております。その際は、随分と戸惑われたことでしょうから」

「あ、ありがとうございます……。確かに、その時はすごくびっくりしたけれど、もう慣れました。色々と親切にしてくれる人もいますから。もちろん、今も戸惑うことはありますけど」

「左様《さよう》でしたか……。ご一緒にしては不敬と存じますが、私も急に身の回りの状況が変わり思い悩む身ゆえ、お気持ちお察し致します」

「貴方《あなた》も？」

思わぬ言葉に目を見開くと、彼は「ええ」と頷く。

「ただ静かに日々を過ごしていたはずが、突然嵐に遭《あ》ったがごとく状況が一変しまして。それとも、人生とはそういうものなのでしょうか。……もうすぐ、自由の身になれると思っていたのに」

「自由の身……？」

一体なんのことかわからないが、遠くを見る彼の切なげな眼差しから、己の状況を憂《うれ》えているのはわかる。困惑していると、彼は失言だったと思ったのか、恥じ入るように首を横に振った。

そして気を取り直すみたいに、優美な微笑みを浮かべる。

「――失敬。お会いしたばかりの尊き女性に、つまらぬ愚痴《ぐち》をこぼしてしまいました。それよりも、聖下。こちらのサンルームの名物である菓子はもう召し上がりましたか？」

「お菓子？」

急な話題転換に戸惑いつつ聞き返したところ、彼は明るく答える。

「ええ。フィナという果物を甘く煮た上に蜜をかけたものです。とても甘く、濃く淹《い》れた紅茶とよく合う味で。私も昔兄に教えられ、今日初めて頂きましたが、なかなかのものでした」

「へぇ……そんなお菓子があるのね。おいしそう」

先程の彼の様子がまだ気になりつつも、これはいいことを聞いた、と嬉しくなる。フィナという果物は初めて聞いたけれど、どんな果物だろう。気になるから次回に頼んでみようかな。

そう思ったところで、背後から老齢の侍従にそっと話しかけられた。

「聖女様……恐れながら、ご歓談中に失礼致します。先程から、ノア様がお捜しのご様子で」

「えっ、ノアが？　わかったわ、教えにきてくれてありがとう」

きっと私が自室にいなかったせいで、彼に捜させてしまったのだろう。今日は珍しく、ヴァルターも一緒じゃなかったし。振り向いて答えると、侍従は丁重に頭を下げて言う。

「勿体《もったい》ないお言葉でございます。すぐに、ノア様にこちらに来られるようお伝えを……」

「ううん、きっと書斎よね？　私が行くわ。どっちにしろ、そろそろ戻るつもりだったから」

緑を眺めてお茶をしたお陰で、気分もだいぶリフレッシュできていた。それに今エリクから、いい情報を聞けたことだし。

そう思い、離席の挨拶《あいさつ》をしようと、彼へ視線を戻したのだが――

「って……あれ？」

振り向いた時には、彼の姿は忽然《こつぜん》と消えていた。さっきまですぐそこにいたのに……

彼の神秘的な美貌もあり、一瞬、白昼夢でも見たような心地になる。だが、ちゃんと現実だったらしく、テーブル上にさっきまではなかった白い花が一輪置いてあった。

日本の鈴蘭《すずらん》に似たそれには、さよならという意味があったはず。きっと彼が挨拶《あいさつ》代わりに傍の花を手折《たお》って置いていったのだろう。もしかしたら、よほど急ぎの用事があったのかもしれない。

それにしても、あまりに突然だけれど。

「エリクかぁ……。なんだか不思議な雰囲気の人だったな」

テーブルに置かれた白い清楚《せいそ》な花を見つめ、首を傾げる。

そんな風に知り合ったエリクがその後、私を悩ませる存在へ変わるとも知らず——


翌日。離れにある禽舎《きんしゃ》を訪れた時のこと。

やって来た私を、鷹匠《たかじょう》のディーツは気さくに迎えてくれた。

「おや、聖女様。いらっしゃい。どうしたんです、なんだか今日は疲れておいでのようだ」

「うん、考え事に疲れて、少し鷹《たか》を見て癒《いや》されたくなったの。ごめん、お邪魔じゃなかった？」

言葉通り、なんだか動物を見て癒《いや》されたくなり、今日はここを訪れることにしたのだ。

なにしろ王宮で飼育されている動物は、馬以外はこの禽舎《きんしゃ》の鷹《たか》だけ。だからアニマルセラピーを望むとなると、自然と行き先が限られてしまう。それに気さくな人柄のディーツがいるから、ここはなんとなく訪れやすかったのだ。

申し訳なさそうに言った私に、ディーツは相変わらず大らかに笑う。

「まさか。こいつらでよけりゃあ、好きなだけご覧になってください。残念ながら茶みたいな洒落《しゃれ》たもんはお出しできませんが、まずはそこにお掛けになるといい」

「ありがとう、座らせてもらえればそれで十分だよ」

微笑んでお礼を言い、勧められた椅子に座ると、のんびりと鷹《たか》を眺める。

こうして、鷹《たか》って格好いいし可愛いところもあるなぁ……などとぼんやりするのは、癒《いや》しになるし、結果、考え事も捗《はかど》ってくるのである。

そんな風に思案に耽《ふけ》るのは、最近色々考えることが増えてきたせいだ。まず、私が元の世界に帰るために解決しないといけないらしい、この国の問題。それがまだ見えてこず、今も眠る前にうんうんと考えこんでいる。

最近では、ヴァルターとの恋愛フラグを折る問題も出てきたので、前以上に「予知を視《み》たら、できるだけ細部まで覚えておかなきゃ……！」と気を張ってもいた。

なにせ予知は私にしか視《み》えないから、私が重要箇所を見落とせば事故を未然に防げなかったり、恋愛フラグが折れなかったりと、せっかくの映像が無駄になってしまう。だから視《み》えた時は必死で記憶に焼きつけるし、それが一日に何度もあるとぐったりするのである。

そう話せば、ディーツが同情した様子で息を吐いた。

「誰かについて考えると、そいつに関する予知が一瞬思い浮かぶってわけですか……そりゃあご苦労ですな。視《み》えるのが羨《うらや》ましいと思ったこともありますが、そんな感じなら俺はご遠慮したいもんだ。なにしろ、まったく覚えていられる気がしねえ」

「私も時々、遠慮したいというか、誰かに代わってもらいたくなる時があるよ。私より記憶力や注意力のある人だったら、きっともっと上手くやれているだろうになって思うもの」

「たとえば、護衛のあの騎士様とかですかい？」

ディーツが面白そうに、ヴァルターがいる扉の外へ視線を向けて言う。

禽舎《きんしゃ》内はある程度安全と判断したため、彼は今、外で警護してくれているのだ。

「うん。ヴァルターもそうだし、あとは教育係のノアとか」

絶対、彼らの方が私より遥《はる》かに予知能力を上手く扱うだろう。

特に聖女マニアなノアなら、聖女への熱意で嬉々として予知を使いこなしそうだ。

あれ、でも、自分が聖女になったら憧れの対象じゃなくなって、情熱が半減しちゃうかな？　……うーん、駄目だ。どうでもいいことばかりつらつら考えてしまう。

そんな風にうむむと唸《うな》っていると、ディーツが労《いた》わるように言った。

「まあしかし、そのお力を授《さず》かったのは他ならぬ貴女《あなた》様だ。それにはちゃんと意味があるんだと、俺は思いますよ」

「意味？」

「そうです。天の意志なんてご大層なもんは俺にゃあわかりませんがね。けど、どんなささやかな予知だって、きっとなにか意味があるんじゃないかと思いますよ」

「ささやかな予知、かぁ……」

その言葉でぼんやり思い出したのは、前に予知で助けた料理人や、ヨゼフたちの姿。

ヨゼフに関しては、ささやかどころか大事《おおごと》だった気もするけど。

そんなことを思っていると、ディーツが「うん？」と声を上げた。

「どうかしたの？」

「ああ……いや、すいません。ちっとばかり外が気になったもんで」

彼は不可解そうな顔でぽりぽりと灰色の髪を掻き、格子《こうし》の向こうを眺めていた。いつもと変わらない緑の風景が広がっているだけに思えるが、彼はまだ釈然としない様子で遠くを見ている。

「どうも最近、誰かが覗いている気配が時々あるんですよ」

「覗くって、ここを？」

「はい。けど視線をやると、すぐに気配が消えてなくなっちまって。それがどうも不気味でしてね。一瞬、白っぽい金髪がちらっと覗いた気がしたが、はっきりは見えませんで……」

「白っぽい金髪……」

その言葉に、昨日出会ったエリクの姿がふと浮かぶ。

どこか謎めいた雰囲気の彼は、確かにそう呼ぶに相応《ふさわ》しい淡い金髪だった。

もしかして、彼がこの辺を歩いていたのだろうか。うーん……でも、こんな庭の奥深くまで彼が来る理由が思い浮かばない。貴族の青年には関係ない場所だし、きっと他の誰かだったのだろう。

そう思い直していると、顔を顰《しか》めたディーツがぼやく。

「まあ、誰が覗いていたにしろ、ここも一応王宮内だ。そうそう不審な輩《やから》は入ってこないでしょうが、万一のこともありますから用心しておこうと思いますよ。こいつら鷹《たか》を売れば大層な高値になるもんで、盗人《ぬすっと》の類《たぐい》が紛れこまないとも限りませんのでね」

「ああ、確かに……みんな、綺麗で立派な毛並みだものね。訓練された鷹《たか》なら、さらに付加価値が付いて、欲しがる人も多いんだろうし」

「そういうことです。それに聖女様こそ、お気をつけくださいよ」

「私？」

目を瞬《しばたた》く私へ、彼は気さくさを潜《ひそ》め神妙な表情で言う。

「ええ。鷹《たか》とは比べ物にならないくらい貴女《あなた》様の身は尊いんだ。こんな不敬な口を叩いてる俺が言うのもなんですが、御身を大切になさってください。なにかあってからじゃ遅いんですから」

「ディーツ……そうね。ありがとう」

確かに彼の言う通りだ。怪しい気配を感じるなら、しばらくここには近づかない方が賢明かもしれない。万一ここで私に危険があれば、ディーツや他の鷹匠《たかじょう》にも心配や迷惑をかけるだろうし。

私が運河に飛びこんだ後、蒼白になっていたノアを思い出して頷く。

その後、他愛ない会話をしつつ見学をしていると、ヴァルターが扉を開けて中に入ってきた。

「チハヤ様。馬車の用意ができたそうです。そろそろ出発してもよろしいでしょうか？」

「あっ、もうそんな時間なんだ。了解、すぐ行くわ」

返事をして、椅子から立ち上がる。今日も午後から、馬車で近くの町に出掛けることになっていたのだ。もう出発の時間になっていたことに驚きながら、私はヴァルターのもとへ歩み寄る。

扉の前で振り返り、ディーツにお礼を伝えた。

「じゃあ、今日も鷹《たか》を見せてくれてありがとう。あと、しばらくは念のため、ここにあまり立ち寄らないようにするから」

「ええ。俺も貴女《あなた》とお話ししたいんで、色々と落ち着きましたらまたおいでになってください」

「うん、その時はまたよろしくね」

気さくに言った彼に微笑み返し、私は禽舎《きんしゃ》を後にしたのだった。


それから数日間は、何事もなく平穏に過ぎていった。

午前中はノアの授業を受け、午後はヴァルターと町へ出掛ける日々。この世界に来て三週間近く経った今では、この生活もだいぶ身体に馴染《なじ》んできていた。

町へのお出掛けも、最初の頃は馬車の窓から風景を眺めるだけだったが、今では馬車を降りて徒歩で見て回るようになったため、より町の人々が身近に感じられて嬉しい。

今日は、屋台で見た郷土料理の真っ赤なパンに目を奪われたところ、それに気づいたヴァルターが買い、毒味してから味見させてくれた。一口食べたら思いのほか辛くて、悲鳴を上げてしまい、彼にくっと笑われていた。

また、そうこうしている間に、わらわらと寄ってきた町の子供たちと仲良くなったのだ。そしてそのうちのある少女が辻馬車に轢《ひ》かれる予知を視《み》て、彼女を助けるために奔走《ほんそう》していたら、いつの間にか夕方になっていた。

少女を無事助けることができて、ぐったりしつつも達成感に満ちた帰り道。私は馬車の座席で、うとうとと眠りに落ちていた。まどろみの中、光と共にある光景が脳裏《のうり》に浮かんでくる。

ああ、これ、きっと予知夢だ……遠い意識でぼんやりと思う。

——それは、いつか視《み》た光景に似ていた。

貴族の屋敷のような趣味のいい部屋で、私とヴァルターがテーブルに向かい合い座っている。

どうやら今日は食卓の場面らしく、テーブル上には素朴《そぼく》でおいしそうな料理が並んでいた。

以前の予知同様、私たちは聖女の衣装や騎士服ではない服装をしていて、料理を口に運ぶ私を、ヴァルターが眺めている。

よほどおいしいのか、私は子供のように目を輝かせながら食べていた。それをヴァルターは呆れたような、けれど愛《いと》しげな眼差しで見つめている。

『チハヤ。口元に屑《くず》がついている』

そう言って彼が口元を指先でそっと拭《ぬぐ》えば、私は照れくさそうに笑って——

そこで、ぼんやりと目が覚めた。

じんわりと幸せで、そして少しだけ切なくなる夢だ。

だって、ヴァルターが私をあんな目で見ることなんて実際にはきっとないから。けれど予知の中の彼はいつも優しげな眼差しで、なぜか胸がぎゅっと痛くなる。

それにしても、右半身がやけにあったかいような……

なんでだろう？　と視線を向けると、そこには見慣れた黒い騎士服を着た身体。

隣に座るヴァルターの肩にいつの間にか寄りかかっていたことに気づき、慌てて離れる。

「あっ、ごめん、ヴァルター！　眠っているうちに寄りかかっちゃったみたいで」

しかし、謝っても返事はない。あれ？　もしかして眠っているのかな。

不思議に思って見上げれば、彼は驚愕《きょうがく》しているらしき顔でこちらを見つめていた。

「……今のが、貴女《あなた》がいつも視《み》ている予知なのか？」

「え？」

私も驚いて目を見開く。それってまさか……

「ヴァルターにも、今の映像が視《み》えてたの⁉」

「ああ。俺がどこかの居間で、貴女《あなた》と食卓を囲んでいる様子が視《み》えた。そうか、やはりあれは予知だったのか……」

彼はまだ驚いた様子で、口元に右拳を当てて唸《うな》っている。

私は甘い場面を彼に見られて気恥ずかしくも、一筋の光明が差した心地になっていた。だって、なぜそれが可能になったかは謎だが、彼にも視《み》えたなら、今後は二人で予知を確認できるかもしれない。注意深い彼なら色々と見逃さないだろうから、百人力だ。

私は目を輝かせて言う。

「ヴァルター、もう一回。もう一回試してみよう！　私、今から色んな人のことを思い浮かべてみるから、予知が視《み》えたら言って」

「そうだな。俺も本当に視《み》えたのか確認したい。そうしてもらえれば助かる」

「うん！　じゃあ、さっそくやってみるね」

頷いた私は意気揚々《いきようよう》と、今まで出会った人々を思い浮かべたのだった。だが――

ふっと浮かんだ映像に、やった、視《み》えた！　と、ヴァルターの方を振り向くも、そこにあるのは不思議そうな彼の表情。私は戸惑いつつ尋ねる。

「あ、あれ？　今予知が視《み》えたんだけど、ヴァルターには視《み》えなかった？」

「ああ、なにか視《み》えたのか？」

「うん。ノアが、ものすごい勢いでなにかを執筆している予知。鬼気迫《ききせま》る感じというか、時々目頭を押さえて、涙を堪《こら》えながら書いている感じだった。そんな映像だったんだけど、そっか、今のは視《み》えなかったんだね……」

うーん、なんでだろう。さっきと同じ体勢じゃないと駄目なのかな？

今はお互い少し距離を置いて隣に座っているが、さっきは彼の身体に私の右半身が寄りかかっていた。試しに先程のように、ぽてんと彼の肩に寄りかかる。

よし……この体勢で再度試してみよう。じゃあ、もう一度。

ヴァルターのことを思い浮かべてみると、やがて私と彼の結婚した未来が視《み》えた。

今度は視《み》えたらしく、ヴァルターが驚きを隠せない様子でこちらを向く。

「今のは問題なく視《み》えたぞ。朝陽の差しこむ中、幸せそうに寝台で眠る貴女《あなた》に俺が上掛けをかけていた。……というか、以前のものも似たような状況だったと聞いたが、予知の中の貴女《あなた》は眠りすぎじゃないか？」

「うう。それは私もちょっと思ったけど、一旦置いておこう！　それよりヴァルター、不思議じゃない？　なんで一緒に予知が視《み》られる時と、視《み》られない時があるんだろう」

難しい顔で考えこむ私に、ヴァルターも深く考えながら口を開く。

「そもそも、どうして今日俺に予知が視《み》えたのか、それが不思議だ。今までそんなものが視《み》えたことは一度もないというのに」

「そうだよね……。いつもと違うことをしたからかな。隣に座って肩が触れ合っていたから？」

「しかしそれを言うなら、以前に貴女《あなた》が初めて結婚後の予知を視《み》た時、俺たちは手が触れ合っていたはずだぞ。手が一瞬触れて、予知を視《み》た貴女《あなた》が驚いたように身を離した覚えがある」

「え？　……ああ！　言われてみれば確かにそうだ。手が触れ合って、でもその時はヴァルターには予知が視《み》えなかったわけで……うーん、ますます頭がこんがらがってきた」

その後も私たちは、うんうんと頭を悩ませ、試行錯誤を続けた。

――数十分後。ようやく結論に至る。

「よし……色々試していって、だんだん法則性が見えてきたね」

「ああ。二つの状況が重なると、どうやら俺にも予知が視《み》えるようだな」

ヴァルターもやや疲れた様子ながら、やりきった感のある表情だ。

わかったのは、どうやら手がちょこんと触れたぐらいでは駄目で、私と彼の身体がしっかり触れ合っている時だけ、彼も一緒に予知を視《み》られること。

そしてヴァルターが視《み》られるのは、あくまで彼自身も関わる未来だけ。他人に関する予知はまったく視《み》えないようなのだ。

理屈はよくわからないが、私と身体の面積が大きく触れ合うことと、彼自身に深く関わる予知であること。その二つが合わさると、普段なら視《み》えない彼にも映像が伝わる……ということらしい。恐らくだけど、以前ノアが「異能は進化する」と言っていたから、私の最近の願いを受けて、こうした形に予知が進化したのかもしれない。

その説明に、ヴァルターが納得した様子で頷く。

「つまり、誰かと予知を共有したいという貴女《あなた》の願いが、進化を引き起こしたわけか。そして、俺が深く関わる未来に限り、貴女《あなた》と触れ合っていれば俺にも視《み》えると」

「そうみたい。だから、私たちが結婚する未来は視《み》えたんだ。全部視《み》えるわけじゃないのは惜しいけど……でも、これは大進歩だよ！　ヴァルター」

私は拳《こぶし》をぐっと握って目を輝かせる。

視《み》た映像を誰かと共有できることも単純に嬉しいが、しっかりした彼が同じ映像を視《み》ることで、より効率よく恋愛フラグを折っていけると思えば、心強くなってくる。

「とりあえず、馬車に乗ってどこかに出掛ける時は、今日みたいに肩を貸してもらっていいかな？　重いだろうから、そこはちょっと申し訳ないんだけど。辛い時は言ってね」

「貴女《あなた》は羽のように軽いから、それはまったく問題ない。他にも王宮内でもし仮眠を取る際に呼んでもらえれば、すぐ傍へ行く。できる限り、予知が視《み》える可能性がある時は同席していた方がいいだろう」

「ありがとう！　じゃあ、今度からその時は一声かけるね」

これなら、恋愛フラグもすべて折ることができそうだ。

私とヴァルターは、よし、と会心の笑みで頷き合ったのだった。


その日以降、馬車に乗る間は彼に肩を貸してもらい、もたれかかって眠るようになった。慣れるまでは首を寝違えたりしたけど、ちょうどいい位置がわかってくると、かえって眠りやすくなった。それにヴァルターに身を預けるのは、不思議と気分が落ち着く。たぶん、彼なら自分を確実に守ってくれるという安心感があるからかもしれない。

実際、彼は馬車が大きく揺れて私がバランスを崩しかけた時も、すぐに抱き寄せて支えてくれた。眠っている間も真摯《しんし》に守ってくれるんだなぁと、半分眠っていた意識の中で驚いた覚えがある。

だからか、そこまで睡眠欲がなかったはずの私も、最近はこのお昼寝タイムがお気に入りだ。

あと、単純に眠る癖がついてきているせいもある。

そうしてヴァルターと一緒に予知を視《み》るようになって以来、恋愛フラグを折る作業はぐんと効率よくなった。そのため、日中に王宮内で仮眠を取る際も、できるだけ彼に傍にいてもらうようになっている。今も、私はうとうとと目を擦《こす》りながら彼を捜していた。

いつもは傍で護衛してくれている彼だが、さっき国王からお呼びがかかり、一旦席を外したのだ。もし戻ってくるようなら、一緒に予知を視《み》てもらえたらと思っていた。

彼を捜しつつ書斎から自室へ続く廊下を歩いていると、向こうからノアがやってくるのが見えた。

「あっ、ノア。ヴァルターを見かけなかった？」

「ヴァルターですか？　彼でしたら先程、謁見室を出て厩《うまや》に向かうところを見かけました。なんでも、一度騎士団の本部へ連絡を取る必要があるとのことで」

「そっか。陛下になにか急ぎのお仕事でも頼まれたのかな」

だったら、私の仮眠に付き合っている暇はないだろう。今日は諦めた方がいいかもしれない。

そう思っていると、ノアに不思議そうに尋ねられた。

「なにかヴァルターにご用事でしたか？」

「ううん、大したことじゃないの。これから少し眠るつもりだから、彼に部屋に来てもらえたらと思って」

「ええと……お眠りになる際に、彼をお召しに？」

驚いたように目を見開いたノアに、こくんと頷く。

「そう、最近は眠る時、よくヴァルターが一緒にいてくれるから」

「い、一緒にお眠りになられるのですか……？」

慄《おのの》いた様子のノアに、眠気でうとうとしていた私は、深く考えずにまた頷いた。

「うん。馬車の中でもそうしているから、なんだか彼がいないとちょっと落ち着かなくて」

「馬車の中でまで……」

なぜかノアが石みたいにぴしっと固まっていたが、私は頭が働かず、ぼんやりしたまま小さく手を振る。

「駄目だ、眠い……じゃあね、ノア。呼び止めちゃってごめん」

そうして私はノアと別れて自室に戻るや、ばたんと寝台に横になり、すやすやと眠りに落ちていったのだった。

※　※　※

ノアはチハヤと別れた後、ふらふらとよろめきながら廊下を歩いていた。

未だに先程の衝撃から立ち直れずにいるためだ。

まさかチハヤとヴァルターが、知らぬ間にそこまで深い仲になっていたとは。しかも、まだ日の高いうちに寝室を共にするだけでなく、馬車の中でまで互いを求め合っていたなんて――

年齢の割にそうした経験がほぼないノアは、赤くなるやら青くなるやらで忙しい。

「そのようなご様子は、これまでまったく見えなかったというのに……」

苦悩した顔も無駄に麗《うるわ》しいノアに、通りかかった侍女がうっとり見惚《みと》れていたが、それに気づく余裕もない。頭に浮かぶのは、普段のチハヤたちの様子ばかり。

ノアにとってチハヤは、聖女という敬愛する存在であり、その元気さが見ていて微笑ましい女性でもあった。年齢は二十一歳だと聞いたが、愛らしい見た目も活き活きとした内面も、まるで少女のような人だと感じている。

一方、ヴァルターは誰が相手だろうと物怖《ものお》じせず意見を言う性質で、騎士としては優れているが、ひとりの友人としては扱いが難しい。元々ノアもヴァルターも貴族の家の出で、幼少時はノアの妹も交えて共に過ごした時期がある。そのため幼馴染《おさななじみ》として気心が知れているが、それでも癖がある男であることは否《いな》めなかったのだ。

そんなチハヤとヴァルターが言い合う様《さま》は、溌剌《はつらつ》とした妹をしっかり者の兄が窘《たしな》めているようでもあったし、息の合った喧嘩《けんか》友達のようでも、元気のいい猫同士がじゃれ合っているようでもあった。

最初はヴァルターが失礼な真似をしないかと内心ハラハラしていたノアも、すぐに微笑ましい思いで二人のやりとりを眺めるようになったのである。

――だがここに来て、二人の仲が思っていたものとはだいぶ違うらしいと知ってしまった。

「まさか恋仲だったとは……それも昼から閨《ねや》を共にするほどの」

それを知ればこそ、最近のチハヤがやけに眠そうにしているのも頷けた。ヴァルターに激しく求められ、体力が追いつかなかったのだろう。呻《うめ》きつつ、片手で額《ひたい》を押さえる。

しかし本当に、普段の彼らの様子からはまったく想像もつかない。

そもそも、結婚前にそんな行為をするとはなんとみだらな……と考え、いや、そう考える自分の方が不敬なのだ、とすぐ思い直す。なにしろ聖女は自由に行動すべき存在であり、さらに言えば恋愛事など、個人の自由の最たるものなのだから。

だがそうは思っても、ヴァルターには一言物申したくなる。尊き聖女に手を出すなど、なんと無謀な真似を。いずれ彼女は元の世界に戻る身だというのに……

そんな時、廊下の向こうから来るヴァルターが目に入り、ノアは迷わず声をかけた。

「……ヴァルター」

「ノアか。どうした？　据わった目をして」

怪訝《けげん》そうに返したヴァルターに、ノアは感情を抑えてできるだけ冷静に口にする。

「先程、チハヤ様が貴方《あなた》を捜しておられました。……お眠りになられるため、できれば貴方《あなた》に傍にいてほしいと」

「ああ、俺が席を外していたからか。今向かったところですでに就寝中だろう……今日は間が悪かったな」

ごく自然に答えた彼に、やはり何度も褥《しとね》を共にしているらしいと愕然《がくぜん》とする。

気づけばノアは、ヴァルターの両肩を掴んで必死に諭《さと》していた。

「ヴァルター。わかっているのですか？　チハヤ様は聖女であらせられるのですよ。たとえ互いに深い想いがあるとはいえ、そのような不埒《ふらち》な行いをするなど……」

するとヴァルターが、ああ、と肩を竦《すく》める。

「お前はなにか誤解しているようだが、俺とあの人の間に艶《つや》めいたことなどひとつもないぞ」

「え？」

「眠る際に共にいるとは言っても、ただ枕代わりに肩を貸しているだけだ」

「肩を、貸しているだけ……？」

ただそれだけ？　と拍子抜けしたノアに、ヴァルターが言う。

「ああ。そうしている間だけ、俺たちの未来を共に視《み》ることができる。だから求められれば肩を貸しているが、俺から彼女に指一本触れることはない」

「そんな……肩を貸すなど、辛くはないのですか……？」

彼らの仲が清いものだとわかると、先程とは打って変わり、想う女性にそれ以上触れられないのは辛いことではないかと思ったのだ。戸惑い尋ねるノアに、ヴァルターが頷く。

「彼女にも言われた。辛い時は、そう言ってほしいと。だが彼女の体重を受け止めるぐらい、ささやかなものだ。それで普段は視《み》ることが叶わない未来を垣間見《かいまみ》られるなら、俺はいくらでもする」

気負うでもなく静かに言うと、ヴァルターはすっと去っていった。

残されたノアは呆然としながら、今の言葉を反芻《はんすう》していた。

彼らの仲は清いままだった。そして、ヴァルターの本気と、チハヤの想いの深さを知り、驚愕《きょうがく》と共にかすかに胸が震えるような心地になっていく。

つまり――こういうことか。普段は切ない恋心を周囲に隠し、ヴァルターと元気に言い合っているチハヤだが、それでも気持ちを抑えきれず、時折彼に傍にいてほしいと望む。そして彼女を憎からず想うヴァルターもまた想いは口にせず、ただ黙って彼女に肩を貸す。

そうして艶《つや》めいたことなどなにもなく、ただひと時、彼らは肩を寄せ合って過ごすのだ。

なぜ互いに想いを言葉にしないのかと言えば、聖女はいずれこの世界を去る存在であり、彼らの恋が成就《じょうじゅ》することはないと知っているから。

けれど、叶わぬ想いと知りつつも彼らは寄り添うことをやめない。そうして身を寄せ合って過ごす時だけ、彼らの明るい未来を夢に見ることができるから……

そこまで考えた時、ノアの中に言葉にできない感情がぶわっと溢れ出す。切なく苦しい、胸が熱くなるような思いだ。それは日本で言えば「無理、尊い」や「萌え」といった言葉が近い感情なのだが、そういう概念のない世界に育ったノアにはそれがわからない。

ただこの思いの丈をどこかにぶつけなければ、いや、紙にしたためておかなければと、彼は急ぎ自室に戻るや、ぎゅっと羽ペンを握った。

胸に溢れるのは、悲恋であると知りながら、それでも互いを求めてやまない二人の清廉《せいれん》な姿。

そして普段は猫がじゃれ合うような無邪気なやりとりをしているのに、その裏で切ない恋心を秘めていた、純なる彼らの姿。

「ああ、なんということでしょう……！　そんな二人に、私は浅慮にもみだらな誤解をして……」

思わず熱くなった目頭を押さえつつ、ノアはペンを走らせ続ける。

やがて夜が明ける頃には、寝不足で目の下に隈《くま》を作ったノアと、一冊の本が出来上がっていた。

「で、できました……！」

そのままノアは、ぱたりと机に伏せて眠りに落ちる。

ある騎士と、ある聖女の恋模様を描いたその本『貴女《あなた》に肩を貸す、ただそれだけで』は、やがて侍女らに貸し出されるや、瞬《またた》く間に王宮中に広がり、切ない恋物語として人気を博《はく》したのだった。

第六章　白薔薇《しろばら》の君と金の騎士

異世界トリップしてから、早いものでもう四週間。今日も居間はリーゼたち侍女によって美しく整えられ、開け放した窓からは清々《すがすが》しい風が入り、カーテンを揺らしている。

そんな爽《さわ》やかな秋晴れの朝、私は姿見の前で腕組みし、うーんと唸《うな》っていた。

「私の格好、もしかしてどこか変なのかな……？」

というのもここ数日、廊下ですれ違う侍女たちからちらちらと視線を感じたからだ。

なんだろう？　と目を向けると、すぐに慌てて視線を逸らされる。

中には、なぜか頬を赤らめている侍女もいて、もしや私の装《よそお》いがおかしいせいで、「変だけど指摘しづらい」「見ているだけでも恥ずかしい」みたいな感想を抱かせたのではと思ったのだ。

でも、リーゼが着せてくれた服は姿見で見ても綺麗な仕上がりで、問題なく思える。

今日の衣装は薄荷《はっか》色の生地に繊細な花が刺繍《ししゅう》されたもので、爽《さわ》やかな美しさが目を惹きつけた。

ということは、もしやあれだろうか。衣装は素敵だけど、私に似合ってないせいで悪目立ちしているとか……うう、これは否定できない。

「どうかなさいましたか？」

しょんぼりしていると、朝食後のお茶をワゴンに載せて持ってきたリーゼに不思議そうに聞かれる。事情を話せば、彼女は困ったように「ああ」と苦笑した。

「それはもしかしたら、あれのせいかもしれません。最近、王宮内で流行の本がございまして」

「本？」

「ええ。ノア……いえ、ノワールという名の謎の著者が書いた本なのですが、その内容が少々、チハヤ様とある方を彷彿《ほうふつ》とさせるというか、関係が大幅に脚色されていると申しますか……」

「へぇ……そんな本があるんだ」

自分に似た登場人物が出るなら、ちょっと気になる。もしかして、元気な町娘が駆け回るような話だろうか。興味を惹かれてさらに尋ねようとしたところで、扉を叩く音が響いた。

「あっ、はい！　どうぞ」

すると、入ってきたのは、老齢の侍従だった。

「失礼致します。ノア様より言伝《ことづ》てがございまして、参りました」

「ノアから？」

なんだろうと思っていると、彼は恭《うやうや》しくお辞儀して告げる。

「はい。急ではございますが、ノア様は本日一日ご実家に戻られることになりまして。恐れながら授業ができなくなった代わりに、チハヤ様にぜひ見学して頂きたいものがあるとのことで」

「あ、急用ができたんだ……わかったわ。でも、見学ってどこを？」

ノアの授業で今まで課外授業はなかったので不思議に思い問えば、侍従は微笑んで答えた。

「はい。近衛騎士の摸擬試合をご覧頂きたいとのことでして」

「近衛騎士の、模擬試合？」

予想外の言葉に、私は目を瞬《しばたた》いたのだった。


十五分後。私はリーゼと共に侍従に案内され、近衛騎士たちの鍛錬場を訪れていた。

本宮の玄関を出てしばらく歩いた先にある、灰茶色の大きな石造りの建物だ。

「ここが鍛錬場かぁ……」

まるで砦《とりで》のような武骨な建物内を、物珍しい思いで見回す。

煉瓦《れんが》が敷かれた道を進む間、幾人もの近衛騎士たちとすれ違った。普段は専属の護衛騎士であるヴァルター以外とはあまり顔を合わせない私からすると、なんとも新鮮な光景だ。

でも、ノアはなぜ急に、近衛騎士たちの様子を私に見せようと思ったんだろう？

そう首を傾げながら、案内された観客席に着く。この鍛錬場は、円形の試合場をぐるりと囲む形に観客席があり、安全な場所から試合を観戦できるのだ。

そこで、騎士たちの様子を眺めようとしたところ——

すぐ隣に立つリーゼが、遠くに目をやり、あっ、と声を上げる。

「チハヤ様、ご覧くださいませ。向こうにヴァルター様のお姿が」

「えっ、ヴァルターが？」

驚いて見てみると、試合場の中心に確かに彼が立っていた。どうやらこれから試合をするらしく、がっしりした体格の騎士と向かい合って一礼している。

いつも午後は私を護衛している彼だが、専用の部屋で待機している以外の時間は、どうやらここで過ごしたりもしていたようだ。リーゼが納得した様子で言う。

「もしかしたらノア様は、ご自分の護衛であるヴァルター様の実力を知るためにと、この見学を勧められたのかもしれませんわね」

「そっか……そういえば、彼が実際に剣を使っている姿って、まだ見たことがなかったものね」

戦っている彼を直《じか》に見られると思うと、わくわくしてくる。

一体、どんな感じなんだろう。そう考えているうちに、試合が始まった。

「それでは、互いに礼！　次の試合、始め！」

審判が声を張り上げたと同時に、ヴァルターと対戦相手が剣を打ち合う。

きぃん、と刃がぶつかる硬質な音。素早い動きで地を踏む二人の足音。

初めはのんびり眺めていた私だが、すぐに息を詰めて見入ることになった。なぜなら、ヴァルターの戦いぶりが予想以上にすごかったから。

相手は百九十センチ以上ある屈強な体格だが、ヴァルターの方が明らかに押している。

動きに無駄がなく、流れるような剣さばきで、かつ鋭いのだ。頭や脇腹を狙われても、即座に相手の剣を弾き返し、続く動きで急所へ刃を向ける。初めは力で押していた相手がどんどん後退していく。やがて剣を弾き飛ばしたヴァルターの刃が、相手の喉元へ迫り――

「やめ、そこまで！　勝者、ヴァルター……!!」

慌てたように審判が声を上げ、ヴァルターはぴたりと刃を止めた。そのまま彼が剣を腰に収めると、息を詰めていた対戦相手が、はぁっと安堵の息を吐く。

もちろん試合に使っているのは刃先を潰した剣で、実際に斬られる恐れはないのだが、それでもヴァルターの気迫に、実戦と同じ心地になっていたのだろう。そしてすっかり疲労した騎士は、同僚に肩を貸され場外へ退出していく。

ヴァルターはまったく疲れた様子を見せず、試合場の中央に凛《りん》と佇《たたず》んでいた。

「ヴァルター、すごいなぁ……！」

感嘆して呟くと、リーゼも感心した様子でしきりに頷く。

「本当に……あ、チハヤ様、次の試合が始まります。どうやら勝ち抜き戦のようですわね」

「えっ、また試合するんだ？」

驚いて横を見やれば、次の対戦相手が前に進んできたところだ。本当にすぐに次の試合が執《と》り行われるらしい。審判が声を上げた。

「では、次の試合、始め！」

向き合う二人が礼をするや、即座に剣の打ち合いが始まる。

今度の相手は、背が高く素早い騎士で、それに合わせてヴァルターも動きを変えていく。疾風《しっぷう》のように幾度も振るわれる剣を、ヴァルターは時に刃で受け流し、時に後ろに一歩飛んで上手く距離を取りながら、相手の動きをじっと見つめ続けていた。

やがて相手の癖や隙を掴んだのか、一歩踏みこんだヴァルターが目にも留まらぬ速さで急所を斬りつける。目を見開いた対戦相手がぐぅっと呻《うめ》き、身体を傾がせた。

急所に一撃を受けた彼は、そのまま地にぐらりと倒れる。それを確認し、審判が声を響かせた。

「そこまで！　勝者、ヴァルター!!」

声が響き渡ると同時に、場内から歓声や、ほうっと息をつく音が聞こえてくる。

どうやら今のが決勝戦だったらしく、ヴァルターの周りに他の騎士たちが歩み寄り、健闘を称える言葉をかけている。中には、彼に憧れの目を向ける年若い騎士もいた。

その喧騒《けんそう》に、私も詰めていた息をはぁっと吐いたのだった。

試合を二つ見ただけなのに、熱中していたからか、まるで手に汗握る長編映画を見たような心地だ。感嘆しながら、隣にいるリーゼに話しかけた。

「すごい、あっという間だったね。それに、話に聞いたことはあっても、ヴァルターがこんなに強いなんて知らなかった」

「ええ。次はどうなるかしらと、ハラハラしている間に終わってしまいました」

リーゼも熱中して見ていたのか、頬に片手を当て、はぁ……と息を吐いている。

やがて騎士たちに囲まれていたヴァルターが、私たちに気づいてこちらに視線を向けた。彼の背後では、同様に私に気づいた騎士たちがはっとし、跪《ひざまず》く。

そんな背後の様子も気にせず私の前まで来ると、ヴァルターは額《ひたい》に汗を浮かべた姿のまま声をかけてくる。普段より少し髪が乱れ、それがどこか野性味を感じさせた。

「チハヤ様。珍しいな。ここにいらしていたのか」

「うん。ノアに見学するように言われて来たの。ヴァルター、いつもここで鍛錬してたんだね」

遠くの騎士たちに聞こえない大きさでの会話だったため、彼も肩の力を抜いた普段の口調だ。

「ああ。身体をなまらせないよう、こうして時々近衛騎士たちに相手をしてもらっている。軽い運動になって、これもなかなか悪くない」

「そ、そっか。あれで軽い運動なんだ……」

他の騎士たちはへとへとなのに、ますます彼の鍛え方に驚かされる。

それにヴァルターは、活き活きしているように見えた。きっと剣の稽古《けいこ》が好きなのだろう。本当に彼は、剣と共にある騎士なんだなぁ。

そう思って見上げていると、不思議そうに顔を覗きこまれた。

「どうかしたのか？」

「ううん、ヴァルターってやっぱり強いんだなと思って。……あの、今日は疲れているだろうから、護衛はしなくて大丈夫だよ。私、あまり部屋から出ない予定だし」

「いや、特に疲れてはいないが」

「でも、連続で戦っていたじゃない。それによく考えれば、私がいつもじっとしていないせいで、毎日気の休まる時がなかっただろうし。だから今日くらいは……」

そう言ったのは、改めて、彼を振り回すことを申し訳なく感じたからだった。

ただでさえ私は、危うい予知を視《み》ると、すぐ駆け出してしまう。その度《たび》に付き合っている彼は、身体はもちろん精神的にも疲れることが多かったのではと思ったのだ。

だから今日くらい好きな剣の稽古《けいこ》に専念して、リフレッシュしてもらって……

しかし、言いかけた言葉を、小さく息を吐いたヴァルターに遮《さえぎ》られる。

「――チハヤ様」

そして次の瞬間、こちらに歩み寄ってきた彼は予想外の行動に出た。

「えっ……!?」

なんと、座る私の膝裏と背に手を回したかと思うと、そのままぐいっと抱き上げたのだ。

いわゆるお姫様だっこだ。急に視界が高くなり、彼の体温も近くなり、私は大いに慌てる。

「ち、ちょっと、ヴァルター。なんで急に……!」

そんな私に、彼は駄々をこねる子供をあやすように囁《ささや》く。

「こうして貴女《あなた》を抱えられる力だって十分に残っている。だから、変な心配はしなくていい」

「心配っていうか、ただ貴方《あなた》に無理をしてほしくないだけで……!」

「それを心配と言うんだ。――それは俺の役目であって、貴女《あなた》に譲る気はない。どうか黙って俺に守られていてくれ」

耳朶《じだ》に囁《ささや》かれる低い声が、耳に心地いい。それがさらに私を狼狽《ろうばい》させる。

「わ、わかったから、もう下ろして。私、重いから……」

「重くなどない。いつも言っているだろう、貴女《あなた》は羽のように軽いと。今までどれだけ貴女《あなた》の身体を受け止めてきたと思っているんだ」

そう囁《ささや》くや、彼は言葉通り軽々と私を運んでいく。

どうやらこのまま私を部屋に連れていくつもりらしい。もうすぐ護衛が始まる時間だし、その方がきっと手間がないと思ったのだろう。

なんと返していいかわからなくなった私は、結局、熱くなった頬を隠すため、彼の逞《たくま》しい胸にぽてんと額《ひたい》を預けた。照れくさいけれど、彼に抱き上げられるのは不思議と嫌じゃなく、それがまたなんとも居《い》た堪《たま》れなかったのだ。

騎士たちの前を通りすぎた時、彼らが「まさか、実際にお二人の様子を拝見できるとは……」「思っていたよりも甘かったな……」などとざわめいていた気もするが、心臓がどきどきと落ち着かない私は、すぐにそれを記憶の彼方《かなた》に追いやってしまったのだった。


そんなことがあった数日後。私は本を手にひとり、サンルームでぼんやり物思いに耽《ふけ》っていた。

自室で本を読んでいたのだが、なぜか先日のヴァルターの戦いぶりが頭に浮かんで何度も読む手が止まり、これでは駄目だと、なんとなく場所を移してみたのだ。

先日同様、植物で溢れた硝子《ガラス》張りの室内は、華やいだ香りと澄んだ空気が心地いい。楚々《そそ》とした動きで行きかう侍女たちも品があって、上質なサロンにいるような心地になる。

けれど、やっぱりなんだか身が入らず、ついにぱたんと本を閉じた。

「あーもう、変だわ。なんで同じことばかり考えちゃうんだろう……」

それに、ヴァルターに抱き上げられたことを思い出すと、やけに胸が落ち着かないのだ。あやすように囁《ささや》かれた彼の低く落ち着いた声が、今も耳から離れない。

声フェチの自覚は特になかったけど、もしかして私、ああいう声に弱かったのかな？

うーんと頭を抱えかけたところで、窓の外の景色がふと目に入る。

このサンルームは二階にあり、中庭に面しているため、下の風景が一望できるのだ。

「あれ……もしかして、あそこにいるのってエリク？」

遠くに見えたのは、先日知り合った白金《はくきん》色の髪の青年エリク。また王宮を訪れていたらしい彼は今、木陰に立ち、なにかをじっと見つめている。その視線の先には――

「……国王陛下？」

まさに国王が文官らを引き連れ、中庭を歩いているところだ。静謐《せいひつ》の塔の手前で、中庭を眺めながら紙束を手に話している様子を見るに、庭の建造計画でも相談しているのかもしれない。

その様子を、なぜエリクが陰からじっと見つめているのか。

それも、どこか狂おしい感情を抑えているかのような、苦しげな表情で。

「どうしたんだろう、あんな顔で見ているなんて……」

気になって身を乗り出した時。後ろからふいに名を呼ばれた。

「――チハヤ様」

「わっ！」

思わず肩が跳ね、慌てて振り向けば、そこにはいつの間に来たのかヴァルターが立っていた。

「ヴァルター……び、びっくりした。どうしてここに？」

全然足音が聞こえなかったから、まだ心臓がばくばくしている。

いつもとは異なり、黒い騎士服に黒い外套《がいとう》を重ねた姿の彼は、そんな私に呆れたように言う。

「サンルームに向かわれたと聞いて参った次第です。しかし来てみれば、今まさに窓から身を乗り出そうとしている最中……貴女《あなた》は、そんなに危険な場所がお好きなのか？」

「こ、これは……違うの！　知り合いが中庭にいたから、気になってよく見ようとしただけで」

慌てて説明すると、ヴァルターが眉を上げた。

「知り合い？」

「そう。エリクっていう二十代半ばほどの男性。数日前にこのサンルームで知り合ったから、たぶん公爵家か侯爵家の人だと思う」

サンルームは王族のほかは高位貴族しか入れない場所で、ここに入室するには、各家に贈られた指輪を見せる必要があると聞いている。

なんでも、公爵や侯爵など、王族と縁深い血統の家だけに入室を許すと過去の王が決めたらしく、今もその古い慣習が受け継がれているのだとか。もしかしたら、国の重鎮だけで打ち合わせをしたい時などに用いられた部屋なのかもしれない。

そういう場所だからこそ、私も護衛をつけずにひとり安心してここにいられるのだ。

ちなみに、私やヴァルターは聖女とその護衛として特例により顔パスで入れるが、エリクは指輪を見せて入ったはず。だから先程のように答えたのだが、ヴァルターは怪訝《けげん》そうに眉を寄せる。

「公爵家か侯爵家の者で、エリク……？」

そして彼は、驚くべきことを言った。

「チハヤ様。悪いが、今ある公爵家や侯爵家にそのような名の者はいないぞ」

「えっ？」

一瞬、なにを言われたかわからずぽかんとした私に、彼は淡々と続ける。

「俺の生家は侯爵家で、どの家にどんな人物がいるのかはあらかた頭に入っている。幼い時分から社交界での付き合いもあるからな。だが、二十代はおろか別の年代でも、エリクという名の者はどの家にもいないはずだ。聞き間違いではないのか？」

「でもはっきり名乗っていたし、今もそこにちゃんといて……」

狼狽《うろた》えながら窓の外を指差すと、ヴァルターがすっと一歩進み出て、エリクを目で探す。

「どの男です？」

「ええと、あそこの木陰に……」

しかし再度見た時には、エリクはすでにいなかった。先日と同様に、風のように忽然《こつぜん》と姿が消えている。私は呆然と呟いた。

「な、なんで？」

まるで白昼夢みたいだ。確かに先日、会話した人だし、そこにいたはずなのに……

動揺していると、隣でヴァルターが真剣な眼差しで言った。

「――チハヤ様。その男は、身分を詐称して貴女《あなた》に近づいてきた可能性がある。次からはもう下手に近づかない方がいい。というより、その男が現れたらすぐに俺に知らせてくれ」

「わ、わかった、すぐ伝えるわ。でも、身分を詐称って……？」

まだ困惑している私に、彼は静かに答える。

「入室用の指輪をやすやすと偽造できるとは思えないが、誰かから体《てい》よく借りるか、盗んで入りこんだ可能性もあるということだ。先日も貴女《あなた》に近づこうとした貴族がいただろう。あれと同様か、それよりもたちの悪い輩《やから》の可能性がある」

「エリクが？　礼儀正しくて、そんな風には見えなかったけど……」

だがそれは、私が彼の思惑に気づけなかっただけなのだろうか。

念のため、サンルーム内の侍女たちにエリクについて尋ねたが、入室時に彼が見せた指輪は、古いが確かに本物だったという。そして彼の優雅な物腰もあり、誰もが彼を高位貴族だと信じていた。

基本的に、侍女たちは長い王宮勤めで、謁見に来た貴族を見覚えているため「あの方は、どこぞの家の何々様」とおおよそ見当をつけられる。

だが、領地に長く籠《こも》っていた貴族が初めて王宮を訪れることもまれにあり、今回はそのパターンと思っていたのだそうだ。

しかし、ヴァルターはそんな男性は確実にいないと言う。

――一体、どういうことなんだろう。頭がこんがらがってくる。

「もう、わけがわからなくなってきた……まるで靄《もや》の中を歩いてるみたいだわ」

笑顔で歩み寄ってきた人が、実は悪い人かもしれない。

もちろんそれは日本でも普通にありえたことだけど、この世界では私が予知能力を持っているせいでさらにややこしくなっている気がする。色々な人を、嫌でも呼び寄せてしまうというか。

思わず頭を抱えたところ、ヴァルターが当たり前のように言う。

「周りが靄《もや》のように感じて判断に迷うというなら、ただ俺を信じていればいい。俺は小言を言うことはあっても、貴女《あなた》を騙《だま》したり謀《たばか》ったりは決してしない」

「ヴァルター……」

さらりと言った彼をまじまじ見上げると、不思議そうに尋ねられた。

「どうした？」

「あ、ううん。貴方《あなた》って、本当にいつもはっきり言うんだなぁと思って」

私だったら「自分を信じろ」なんて言うのは躊躇《ためら》いそうだ。たとえ信じてほしかったとしても、そう言いきれるだけの自信がないから。しかし、彼は平然と返す。

「事実を口にするのに躊躇《ためら》う必要はないだろう。それに、信じてもらわないことには、貴女《あなた》を思うように守れない。——他の男が貴女《あなた》に近づいたと聞いただけでも、我慢ならなかったというのに」

そして息を吐いた彼は、私をじっと見つめ囁《ささや》く。

「叶うなら、俺以外の男を近づけさせないでくれ。傷つけられでもしたらたまらない」

「う、うん……」

それは護衛の彼が、みすみす私に不審人物を近づけたことを苦く思っての発言だとわかっている。わかっているけど……。なぜか胸が落ち着かなくなって目を逸らせば、怪訝《けげん》そうに訊かれた。

「チハヤ様？　どうかしたのか」

「な、なんでもない！　あの……どうか気にしないで」

私は熱くなった顔を伏せ、慌てて返す。どうしてか胸の鼓動がやけに煩《うるさ》くて、彼の顔を上手く見られなかったのだ。最近の私は本当に変だ。一体どうしちゃったんだろう？

そんな風に心の中で、ぼんやりと首を傾げるのだった。


その後、本を片付けてから戻った私の部屋。頬の火照《ほて》りがようやく治まった私は、さっきから疑問に思っていた彼の服装について尋ねた。

「そういえば、ヴァルター。どうして今日は外套《がいとう》を着てるの？」

いつも黒い騎士服姿の彼だが、今日はその上に黒い外套《がいとう》を重ねている。それがまた彼によく似合っていて、凛々《りり》しさを際立たせていた。

「ああ、これか……。貴女《あなた》に事情を伝えた後、数刻後には出発するため着てきたんだ」

「出発？」

「そうだ。急ではあるが、陛下の命で一時王宮を離れることになったから、それを伝えに来たんだ。貴女《あなた》には後程改めて侍従が伝えに来るだろうが、直接話しておきたいと思ってな」

思わぬ話の流れに「え……」と驚いていると、ヴァルターが説明をしてくれる。

「急を要する任務のため、陛下も致し方なしとご判断されたとのことだ。無論その間、別の護衛が貴女《あなた》の傍につくから心配はしなくていい」

「私の護衛に関しては別にいいんだけど……でも急な任務って」

そういえば、先日も彼は国王に呼び出されていた。それに彼自身には驚いている様子がないから、前々から「流れによっては、急務を頼むかも」みたいな話があったのかもしれない。

もしかして、戦いに向かうのだろうか。心配になり見上げれば、彼は首を横に振る。

「内容についてはご命令により明かせないが、そこまで危険な任務じゃない。ただ、俺が適任と判断されただけだ」

「でも……」

ヴァルターは危険な任務じゃないと言うけれど、心配になってくる。彼は騎士だし、緊急の討伐などで召集されたと考えるのが自然だろう。それも聖女の護衛を外れるほど重要で、彼にしか任せられないくらい危ないものなのかもしれない。だからこそ、離れている間になにかあったらと思うと気が気でないのだ。

それに、この世界に来てから彼と離れるのは初めてだったため、やはり寂しく感じてしまう。

いつの間にか、彼が傍にいるのが当たり前になっていて――

瞳を揺らす私をどう思ったか、彼は安心させるように言う。

「大丈夫だ。恐らく何日か不在になるだろうが、代わりに腕が立ち信頼できる者を貴女《あなた》の傍につけて頂くよう進言してある。決して貴女《あなた》に危険を近づけたりはしない」

「ヴァルター……」

どうやら私が感じた不安は、警備が手薄になる点についてだと思ったらしい。それであらかじめ気を回してくれて――。彼はいつもそうだ。どんな時も真摯《しんし》に私を守ろうとしてくれる。そして、そんな有能な騎士だからこそ、何事もなく無事に戻ってくると思えた。

うん……私も、これくらいで寂しがってたら駄目だ。ヴァルターは大事な仕事に行くんだから。

その間、私は私で、自分のできることをしなくちゃ。そう思い直して顔を上げる。

「……ありがとう、ヴァルター。わかった。どうか気をつけていってきてね」

「ああ、すぐに戻る。それと……」

「それと？」

尋ねると、ヴァルターはどこか申し訳なさそうに囁《ささや》く。

「――しばらくは、眠る際に傍にいてやれなくて悪い」

「そんなこといいのに……って、あれ、ノア？　どうしたの？」

見れば、ちょうど部屋に入ってきたノアが、ふらりと壁に寄りかかっていた。

驚いて声をかけたところ、彼は口元を押さえ、なぜかはらはらと涙をこぼしながら言う。

「いえ、私のことはどうかお気になさらず……なにやら胸がいっぱいになってしまいまして。気を落ち着けるため、少々執筆して参ります」

そして私たちを再度見て、うっと目頭を押さえ、ふらふらと部屋を出ていく。

「ええと、大丈夫ならよかったけど……」

急に涙が出るとか、花粉症かなにかかな？　しかし、なんでまた執筆なんて……

不思議に思いつつノアを見送る隣で、ヴァルターが嘆息した。

「よくわからないが、あれに関してはあまり気にしない方がいい。変に真面目すぎるせいで、一直線に思いこむと時々ああなるんだ。昨日もおかしかった」

どうやらノアは以前からそういう傾向があるらしい。そういえば、最近彼はよく目の下に隈《くま》を作っていた。仕事などで真面目に考えすぎて、夜もあまり眠れていないのかもしれない。

あとで、リーゼから教えてもらった、ぐっすり眠れるお茶でも差し入れしようかな？

そんなやりとりの後、支度を整えたヴァルターは、任務に向けて出発したのだった。


そして数時間後。代理の護衛騎士がやってきた。

昼の燦々《さんさん》とした陽射しが差しこむ居間で跪《ひざまず》いたのは、短い金髪に青い瞳の、二十代半ばくらいの明るい雰囲気の青年。

「お初にお目にかかります。俺はヴァルター不在の間、貴女《あなた》をお守りさせて頂くことになった騎士、カイと申します。以後よろしくお願い申し上げます」

凛々《りり》しい美丈夫のヴァルターや、儚《はかな》げな美青年のノアに比べ、カイはあっさりと爽《さわ》やかな顔立ちで、目に優しいタイプの美青年だ。

若葉色の騎士服を着こなした長身は程よく筋肉がついていて、しなやかさと逞《たくま》しさを感じる。

「カイというのね、私はチハヤ。お世話をかけるけど、しばらくの間護衛をお願いします」

お辞儀すると、彼は自身の胸をとんと叩いて屈託なく笑った。

「お任せください。聖女様を護衛できるのは光栄の極みですし、ヴァルターからも色々言われていますから、全力を尽くしてお守り致しますよ」

その言葉に、私はあれ、と首を傾げる。

「カイはヴァルターと知り合いなの？」

「知り合いというか、まあ腐れ縁みたいなものですかね。今は別々の騎士団に所属していますが、あいつとは騎士になった当初の同期でして」

「へぇ……そうだったんだ」

道理で気心知れた口ぶりなわけだ。そして彼がヴァルターの古い知り合いとわかり、さらに心強く思えてほっとする。気さくで話しやすそうな人で、そこもよかった。

そうして新たに護衛になったカイと、その日の午後に町へ出掛けた時のこと。

のんびり後ろを歩いていたカイだったが、私に近寄る不審な人間を見つけた途端、眼差しを細めてすっと剣を抜き、目にも留まらぬ速さで相手の喉元にぴたりと剣を突きつけた。

「――何者だ。名を名乗れ。事と場合によっては容赦しない」

そう告げる彼は、初対面時の明るい青年とは別人のようで驚いたものだ。

その後、路地を歩いていた際にも「聖女様、こっちですよー」と彼に急にぐいっと腕を引かれ、何事かと思った次の瞬間、さっきまでいた道に水がばしゃっと降ってきて……

どうやらどこかの家のおじさんが、私たちがいるのに気づかず窓から水を撒《ま》いたらしい。

「おお、人がいたのか、すまん！」と謝る彼に、カイはひらひらと片手を振って「いいってことよ、親父さん」と飄々《ひょうひょう》と答えていた。時に鋭い剣技で護衛しつつも、事を大袈裟《おおげさ》にしないよう振る舞う様《さま》は見事で、彼が柔軟な優れた騎士であるとすぐ理解できた。本当にヴァルターは、最適な人を代理として推薦してくれたのだろう。

そんなカイは今、王宮の廊下で私の後ろを歩いている。並ぶ半円形の窓から差しこむ夕日が床を茜色《あかねいろ》に染め、そこに私たちの影が長く伸びていた。

「そういや気になってたんですが、聖女様の予知は、どんな風にお視《み》えになるんです？」

カイに興味深そうに尋ねられ、くすりと微笑む。半日一緒に過ごして彼の気さくさに慣れたため、私もだいぶ肩の力を抜いて話せるようになっていた。

「チハヤでいいよ、カイ。そうね……誰かを思い浮かべると時々視《み》えるもの、って感じかな」

「じゃあチハヤ様は、たとえば俺のことを思い浮かべれば、俺の未来が視《み》えたりするわけですか」

「うん、時々ね。絶対っていうわけじゃないけど」

面白そうに目を煌《きら》めかせた彼に、実際に視《み》て話した方が早いかなと、私はカイのことを思い浮かべてみる。しかし、しばらくしてもなにも視《み》えなかったので、ならばと、今度は自分と彼について思い浮かべる。すると、ある映像が光と共にふっと頭に浮かんできた。

――それは、険しい顔をしたカイが、廊下で私を背に庇《かば》う光景。

彼の前の床には、ずたずたに切り裂かれた蛇の死体が転がっていた。そしてその蛇は、血に濡《ぬ》れた布を咥《くわ》えていて……。ぞっとした瞬間、はっと意識が戻る。

「今のって……」

「どうかしたんですか？」

「今、すごく気味の悪い予知が視《み》えて……ずたずたに切り裂かれた蛇の死体が転がっているところに、私たちが遭遇した場面だったの」

不安な思いのまま説明すれば、カイが顔を顰《しか》める。

「蛇の死体ですか。そりゃ、なんとも穏やかじゃありませんね」

「あと、蛇が布を咥《くわ》えていたのも気になるの。血に染まった布に文字が……ええと、こういう記号みたいなものが書かれていたわ」

掌《てのひら》に指で書いてその記号を伝えたところ、カイの眼差しがすっと細められた。

「チハヤ様。そいつは、古い言葉で聖女を意味する記号です」

「え？　じゃあ、これって私への……」

「ええ。わざわざそんな記号が書かれてるってことは、恐らくその死体は、貴女《あなた》への忠告みたいなものなんでしょう。『次にこうなるのは貴女《あなた》だ』――そんな意味合いの」

「私への忠告……」

呟いた途端、肌が粟立《あわだ》つ。つまり、次はお前をこんな風に切り裂いてやるぞってこと？

一体、誰がなんのために……。それに今気づいたけれど、あの蛇はきっと、私が前に予知夢で視《み》たのと同じ蛇だ。黒と橙の斑《まだら》模様《だいだい》で、ヴァルターが希少種だと言っていた毒蛇。

だとすれば、予知夢で蛇を廊下に置いた人と、今回の蛇を切り裂いた人は、同一人物の可能性が高いということだろうか。希少種ならなおさら、似た蛇をそうそう捕まえて来られるとも思えないし。

以前視《み》た予知夢について話すと、カイが真剣な眼差しで頷いた。

「……なるほど、前も廊下で蛇に遭遇する予知を視《み》たんですか。それは確かに同一犯の可能性がありそうだ。一度目は貴女《あなた》を軽く脅《おど》かすため生きた蛇を置き、二度目はさらに脅《おど》かそうと、その蛇を殺して貴女《あなた》の前に置いたと考えれば、今回の予知も筋が通ります」

「一度目の脅《おど》しで私が屈しなかったから、二度目もまた蛇で脅《おど》しをかけようとしたってこと？」

「恐らく、そういう理由なんでしょう。……しかし、こいつは、思っていた以上に穏やかじゃない任務になりそうだ」

カイは柳眉を顰《ひそ》め、鋭い視線を窓の外へ向けたのだった。


——そして彼の懸念通り、翌日以降、私の周囲で不審な出来事が起こるようになった。

たとえば、私の衣装が洗濯場から盗まれ、無残に切り裂かれた姿で廊下に置かれたり、誰かにじっと見られている気配を感じたり。

どれもすぐにカイが調査してくれたが、犯人はわからず終い。もちろんそれらの出来事は即座に国王へ報告され、見回りの兵士も増やされたのだけど、それでもその隙を突くみたいに、同様の出来事がまた起こる。まるで、どこかから私の行動を窺《うかが》っているかのような周到さで——

ついに、廊下で蛇に遭遇するあの予知夢の光景にも遭遇してしまった。

それは曇《くも》った日の昼のこと。一度夢で見た内容とはいえ、いざ目の前にするとやはり恐怖で身が竦《すく》んだ。なにしろ、毒蛇をこんなに近くで見るのは初めてだったから。

「ひっ……」

威嚇音《いかくおん》を発した蛇がうねりながら近づいてきて、私は思わず後ずさる。そして蛇がさらに私に近づいた時、なにかが風のようにびゅっと横を通りすぎていった。——カイだ。

剣を抜き、目にも留まらぬ速さで斬りかかった彼は、蛇を一刀両断する。

そして剣を腰に収め、真剣な表情でこちらを振り返った。

「チハヤ様、ご無事でしたか？」

「カイ……！　ありがとう、大丈夫」

「いえ、向こうに不審物があったとはいえ、気を取られて距離があいちまってすみませんでした」

見れば、カイが走ってきた方角に、確かに布らしきものが置いてある。それを彼が検分している間に、前を歩いていた私が少し先を進んでしまっていたようだ。

蛇を見下ろしたカイが、驚嘆した様子で呟く。

「それにしても、本当に貴女《あなた》の言った通りの光景が現れるとは……これが予知ってやつですか。なんとも不思議なもんだ」

「うん。でも、前に視《み》た予知とはちょっと内容が違うの」

そう……微妙に違う。前に視《み》た予知では、蛇に遭遇するのは離れの庭へ続く廊下だったけれど、今実際にそれが起こったのは、離れのずっと手前にある西棟の廊下だったから。

だからこそ、ここなら安全と思いこみ、カイと距離が少しあいたまま先へ進んでしまったのだ。

それを伝えると、彼は両腕を組んで感心したように言う。

「なるほどなぁ。つまり、なにかが影響して未来が微妙に変わったってことですかね」

「なにかが影響して？」

「ええ。本来なら犯人は、貴女《あなた》が離れの庭への廊下を歩いていた際に蛇を置き、貴女《あなた》を脅《おど》かすはずだった。だが、なにかが影響してそれが無理になったため、別の場所で貴女《あなた》を脅《おど》かさざるを得なくなった。——そんな風に未来が変わったのかと思いましてね」

そう言われ、もしかして、とピンとくる。

「あっ、あれかな？　先日鷹匠《たかじょう》のディーツに、禽舎《きんしゃ》近くで怪しい視線を感じるって言われて、用心して離れの庭に行かないようにしたの。だから、そこに通じる廊下にも最近近寄っていなくて」

「ああ、だからかもしれません。貴女《あなた》が行動を変えたため、予知で視《み》た未来も微妙に形を変えたってことなんでしょう」

「なるほどね……。ささやかな行動でも、こんな風に未来へ影響を与えるんだわ」

しみじみ納得する私に、カイが続けて言う。

「それなら、だ。貴女《あなた》が先日視《み》た蛇の死体の予知についても、たった今、未来が変わったってことになりませんかね？　それが起こらない未来へと」

「それが起こらない未来？」

カイが事切れた蛇を見下ろして「ええ」と頷く。

「今貴女《あなた》が遭遇したのは、一度目の予知で視《み》た生きた蛇だ。本来ならこいつは、二度目の予知で視《み》た蛇の死体となって再び貴女《あなた》の前に現れるはずだったんでしょうが、今倒しちまいましたから。それなら、ずたずたの死体姿で貴女《あなた》の前に現れる未来は、もう実現しないことになるはずです」

「あっ、そうか……！　確かにそういうことになるわ」

彼の言う通り、視《み》たのがすべて同じ蛇なら、もうこの蛇を使って脅《おど》されることはなくなるはずだ。

これと似た蛇を犯人がまたどこかから捕まえてこられるなら、話は別だけど……

ほっと息を吐いた私に、カイが慎重に言う。

「とはいえ、対処するなら徹底的にやっておくのが一番でしょう。念を入れて、蛇をその辺に埋めておきますかね」

「そうね。そうして土に還せば、二度目の予知が起こらなくなる可能性はより高まるでしょうし」

危険はできる限り排除しておきたい、と頷く。

そして私たちは、蛇の死体を布に包んで一番近い庭に持っていき、土中に埋めた。

土を被せ終えると、カイが手についた砂を払いながら言う。

「これで蛇の予知に関してはもう大丈夫と。一旦、部屋に戻って今後のことについて話し合いませんか？　他にもまだ気になることがありますんで」

「確かに、どこに犯人がいるかもわからないし、私の部屋で話すのが一番よね。そうしましょう」

それに、気味悪い出来事があった場所からは、できるだけ早く離れてしまいたい。

そうして私たちは二階にある自室に戻ったのだった。


十分後。部屋に戻ると、カイは私を長椅子に座らせ、話を切り出す。

窓の外、曇《くも》り空はいつの間にか暗くなり、雨が降り出しそうな気配があった。薄暗い中、窓際に立つカイの金髪や青い瞳もかすかにくすんで見える。

「――さて。まずはチハヤ様に改めて確認したいんですが。これまでも、ああして何者かに暗《あん》に脅《おど》されるような出来事は度々《たびたび》あったんですか？」

「いいえ。さっきも話したけど、蛇が出てくる予知を視《み》ただけで、実際にこうした目に遭《あ》うことはなかったわ。だから最近、色々なことが起こってびっくりしてる」

「つまりつい最近から……もっと細かく言えば、ヴァルターが貴女《あなた》の傍を離れ、俺が代わりに護衛になってから起こったってことで間違いないですか？」

「うん、間違いない。ちょうどその頃からだわ」

それまでは、恋愛フラグを折ったりと、比較的のんびり過ごせていたのだ。

誰かに狙われているのかも？ と感じた時はあっても、現実にはなにも起こらなかったから。

頷いた私に、カイが顎《あご》に片手を当てて考えを口にする。

「今まで一度もなかったのに、あいつがいなくなった途端に起こったってことは——あれですね。犯人があいつだっていう馬鹿げた仮説を除外すれば、あいつのいなくなった隙を見計らって、犯人がこれ幸いと行動を起こしたように見えます」

「それって、犯人がヴァルターを邪魔に思っていたってこと？」

「ええ。チハヤ様もご存じでしょうが、グラスウェルの件で国中に名が知れたため、あいつほど英雄として有名な騎士もいない。そして癪《しゃく》ではありますが、俺は辺境では名が通っていても、この中央付近では無名と言っていい騎士です」

肩を竦《すく》めたカイが続ける。

「だから、油断ならないあいつが一時姿を消し、腕が立つかも不明な代理騎士——つまりは俺がついた今が、貴女《あなた》を襲う好機だと判断したってことなのかなと」

「なるほど……それで犯人は、急に行動を起こしたのね」

もちろんそれは彼の推測だが、あながち外れてもいない気がした。カイが言う通り、不穏なことが起きるタイミングが、あまりにも狙い澄ましたようだったから。

私を狙おうと思えばいつでもできたはずなのに、ヴァルターがいる間、犯人はそれをしなかった。

そして彼が王宮を離れた今、私を害そうとして……

……ううん、でも、なんか少し違う気もする。

二つの蛇の予知はどちらも私を脅《おど》かすだけで、実際に危害を加える風ではなかった。もし私を確実に害したかったら、毒蛇を床に置くのではなく、食事に毒を盛るなどするだろう。

犯人の狙いはむしろ――。私ははっと気づいて顔を上げる。

「もしかして犯人は、私を害したいというより、怯えさせたかったのかな？」

「ああ、かもしれませんね。貴女《あなた》を怖がらせ、部屋に籠《こも》らせたかったのかも」

「でも、なんでそんなことを……」

ただ、私を害そうとしなかったのは、なんとなく理由がわかる気がした。

この国は聖女を不当に扱ったことで国が傾いた歴史がある。それを犯人も知っていたからこそ、下手に危害を加えられなかったのだろう。たぶん犯人の目的は国の転覆《てんぷく》ではなく、なにか別のことなのだ。だからと言って、私を脅《おど》してなんの得があるかはわからないけれど。

うーんと考えていると、同じく考えを巡らせていたカイが言う。

「大方、貴女《あなた》に視《み》られたくないことでも計画してるってところじゃないですか？」

「私に視《み》られたくないこと？」

「ええ。チハヤ様の予知は、誰かについて考えると頭に浮かぶものだと仰《おっしゃ》っていた。ってことは、顔を合わせた機会が多い人物の未来ほど、視《み》えやすいって理屈になる」

「確かに、近くにいる人や親しくなった人ほど予知は視《み》えやすいわね……」

その最たる例がヴァルターだろう。毎日顔を合わせるため、どうしてもよく頭に浮かんだ。その度《たび》に結婚後の甘い予知が視《み》えて、恥ずかしさに頭を抱えたのだから。

「つまり、犯人は私と面識ある人？　ううん……正しく言えば私と知り合いか、関わりある人の可能性が高いってことよね。外で顔を合わせたりすることで彼らについて私が思い浮かべると、予知を視《み》る可能性が高くなる。だから私を部屋に籠《こも》らせ、外出を自重させたかった……？」

「恐らくそういう理由でしょう。邪魔なヴァルターが消えたことで、より邪魔者である貴女《あなた》を遠ざけ、これからなにか行おうとしていた。そして、その内容は貴女《あなた》に視《み》られちゃ困るものだった。……そんな感じですかね」

「そっか……ありがとう、カイ。段々、現状が理解できてきたわ」

だから犯人は、何度も私を脅《おど》そうとしたのだろう——自分の目的を達成するために。

それがなにかはわからないけれど、暗い執念《しゅうねん》のようなものを感じた。

「さて、現状を整理したところで今後についてですが。チハヤ様はこの件に、どう対処していかれるおつもりですか？」

ふいに真剣な目で尋ねられ、私は静かに考えをまとめていく。

姿の見えない犯人。不気味な蛇を使った脅《おど》し。それだけ、犯人にとって私が邪魔だということ。

逆に言えば、私なら計画を打ち砕けると、その人は危ぶんでいるということだ。

だったら――

私は顔を上げて答える。

「私は……今まで通り行動するつもりよ。予知を視《み》て、それが変えた方がいい未来だと思ったら、行動していい方に変えてみせる」

「たとえ貴女《あなた》自身が危険な目に遭《あ》ったとしても？」

「うん。今までも川で溺れかけたり色々あったから、危険な目に遭《あ》うのは今更だし。それに、誰かが悲しい未来を迎えるのを見過ごしたくないから。――なにより、卑怯な手で人を脅《おど》す相手には絶対に負けたくないもの」

真っ直ぐ見つめて言えば、カイが面白そうに青い瞳を煌《きら》めかせた。

「ははぁ、そうきましたか。――うん。これは確かにヴァルターに聞いた通りの方だ」

「ヴァルター、貴方《あなた》になんて言っていたの？」

不思議に思って尋ねると、カイは小さく笑う。

「いつも無茶な真似をして、目の前の誰かを助けようとする人。危なっかしくて目が離せないって、ぼやいてましたよ。だから、傍でよく見てやってくれって言われましてね」

それを聞いた私は、いかにも彼が言いそうな台詞《せりふ》だな、と笑ってしまった。

そして、なんだか彼がすぐ傍にいるようで心強くなる。『貴女《あなた》はなぜそう無茶ばかりする。カイがいたからよかったものの』そんな呆れた小言が今にも聞こえてくるようだ。

それを思い浮かべてふふっと微笑んでいると、カイが肩の力を抜いたみたいに言う。

「それじゃまあ、チハヤ様のやる気も確認できたわけですし、俺もやられっぱなしは性に合わないんで、明日からも気張って犯人に対抗していきますかね」

「うん、そうしましょう！　それで、なんとかして犯人を見つけてみせるわ」

私はぐっと拳《こぶし》を握り、力強く頷いた。


翌日からも、不審な出来事がある度《たび》、カイと協力して片付けていった。

同時に、普段通り出会った人を思い浮かべ、予知を視《み》ていく。もし気になる予知があればカイに相談し、問題なければ、また別の人について思い浮かべる……その繰り返しだ。

残念ながら犯人に繋がる予知はなかなか視《み》えなかったけれど、そうして、まだ見ぬ犯人の行動を探っていったのだった。

そんな日々の中、ふと思うのは、ヴァルターの姿。カイは頼りになるけど、もしヴァルターがここにいたらこう言ったかも、なんてつい考えてしまうのだ。それだけ彼は、いつの間にか私の日常の一部になっていたのだろう。

そして、最後にはいつも「無事に彼が帰ってきてくれるといいなぁ」と願うのだった。

そんな風に不穏な気配を警戒しつつ過ごし、一週間経った頃。

昼過ぎ、いつものごとく部屋に来たカイが、思い出した様子で「おっ」と声を上げた。

「そういやチハヤ様。あいつ、ようやく任務から戻ってきたみたいですよ」

「えっ、あいつって、ヴァルターが？」

驚いて問いかけると、頷きが返ってくる。

「ええ、さっき顔見知りの近衛騎士と玄関ホールですれ違った時に聞いたんですが、あいつを見かけたって言ってましたから確実です。どうやら無事仕事も終わったみたいですね」

「そっか。とうとう帰ってきたんだ、ヴァルター……！」

離れていたのは七日ほどだけれど、なんだかずっと会っていなかった心地がする。

彼の遠慮ない物言いがやけに懐かしくなり、ついそわそわしてしまう。ずけずけ言われるのが最初は嫌だったはずなのに、今は慣れたせいか逆に恋しい気分になって……変なの。

そんな私の様子が伝わったのか、カイが小さく笑って言う。

「そろそろ陛下への報告も終わった頃でしょう。いっちょ、今から会いに行ってみますか？　俺もあいつと積もる話がありますし」

「うん！　行ってみよう」

私は目を輝かせて提案に頷いたのだった。

そのまま二人で廊下を歩き、ヴァルターがいるはずの謁見の間を目指す。自室で待っていればいずれ彼が訪れるとわかっていても、少しでも早く彼の元気な姿を見たかったのだ。

十分ほど歩いた頃、廊下の向こうにヴァルターの姿が見えた。彼はドレス姿の女性たち数人に囲まれていて、隣でカイが、あららと肩を竦《すく》める。

「あいつ、あんなところでなに捕まってんだか。大方、父親と謁見に来た令嬢たちにこれ幸いと群《むら》がられたんでしょう。あいつ、貴族の出なのになかなか夜会にも顔を出しませんから」

「ああ、それでなんだ……」

呟きながら私は、その光景に目を奪われていた。久しぶりに見たヴァルターは相変わらず凛々《りり》しくて、しばらく離れていたせいかやけに格好よく見える。

そして彼に身を寄せ、熱心に語りかける三人の令嬢の姿。彼女たちは皆、金の巻き毛に水色の瞳など、華やかな容姿に魅惑的な肢体をしていた。予知で視《み》た私とヴァルターより、よほどお似合いの姿で――そう感じた瞬間、なぜか胸がぎゅっと痛くなる。

やがて視線の先で、ヴァルターが令嬢たちとの会話を切り上げ、廊下の向こうへ去っていった。すぐに彼女たちの残念がる声が聞こえてくる。

「もう……！　今回も駄目でしたわね」

「ええ。運よくお姿を見かけてお声がけしたのに、本当にヴァルター様は凛々《りり》しくも冷たい方で……そこも素敵ではあるのだけれど」

隣にいる令嬢が頬に手を当て、ほうっと息を吐けば、その向かいにいる令嬢も頷く。

「とても理想が高くていらっしゃるとは噂《うわさ》に聞いていたけれど、本当に私たちに見向きもしてくださらないのね。一体、どんな女性ならあの方のお心を奪えるのかしら……」

顔を見合わせて息を吐き、彼女たちは去っていく。どうやらヴァルターは、彼女たちをこれまで何度も袖にしてきたらしい。あんなに美しい女性たちを——

ぼんやりとその様子を見つめる私に、カイが肩を竦《すく》めて聞いてくる。

「チハヤ様、いいんですか？　あいつ、さっさと向こうに行っちまいましたが」

「あ……うん、いいの。彼も忙しいみたいだし、それに、きっと後で話せるだろうから」

はっとした私は、ぎこちなく返す。なぜだろう……なんだか胸がもやもやして、ヴァルターを追いかける気持ちになれなかったのだ。

するとカイは、じっと意味深げにこちらを見てから、また肩を竦《すく》めた。

「まあ、貴女《あなた》がそれでいいならいいんですが。んじゃ、とりあえず部屋に戻りましょうか」

「そうね……」

頷き、私は彼と連れ立って廊下を引き返したのだった。

——その後、戻った自室。

私は居間にいるリーゼに「少し寝室で休む」と伝えると、寝台に身を横たえる。胸がもやもやしたままだったので、ひとり静かに考えたかったのだ。

ずっと、ヴァルターに会いたいと思っていた。

カイは気さくだし頼りになるけど、ふとした時に頭に浮かぶのはなぜか、ヴァルターの姿。だから、さっき久しぶりに彼を見た時はじんわりと嬉しくなった。

けれど、令嬢たちに囲まれる彼の姿を見たら、急に胸がぎゅっと苦しくなって。

「なんでかな……まだ胸が痛いや」

胸元にそっと右手を当て、ぽつりと呟く。

そして、彼女たちに見向きもせず立ち去ったヴァルターを見て、ほっとしたような複雑な気持ちになった。彼にとっては、あんなに綺麗な女性たちでも視界に入らないのだ。

令嬢のひとりが言っていたけれど、それだけ彼の理想が高いということなのだろう。

それならきっと、私みたいな平凡な女なんて、彼の目にはまったく入らないはずだ。

ううん……そもそも、彼は初めからはっきり言っていたじゃないか。命令だから護衛するが、私に敬意や忠誠を感じているわけではない、だからあまり手を煩《わずら》わせるなと。

そう、彼は最初から、私のことを好意的に思っていないと、はっきり言葉にしていたのだ。

ただ最近の私が、それをあまり考えないようにしていただけで。彼と過ごす時間が楽しくなってきて、そのことから目を逸らしていただけで――

また胸がぎゅっと痛み、自分の気持ちにぼんやりと気づいていく。

「ああ……そっか、そうだったんだ」

私はたぶん、彼に少しでも好意的に思ってほしかったのだろう。そして、聖女としてじゃなく、ひとりの女性として見てほしかったのかもしれない。

それはきっと、私が彼のことを少しずつ好きになっていたから。

初めは嫌な人だと思っていたのに、真摯《しんし》に私を守ってくれることに驚いて、その後、冷静で頼りがいがある人だと次第に知って……今では一緒にいると誰よりほっとするようになった。

結婚する予知を視《み》てからは、協力のためさらに共に行動するようになり、それがいつしか楽しくなっていた。私が無茶をするとすかさず彼が窘《たしな》めてくれるのが、なんだか嬉しかったのだ。

それに予知で視《み》た、愛《いと》しげな眼差しで私を見る彼。

『――チハヤ。まだ眠っていろ。後で俺が起こす』

そう優しく囁《ささや》く彼の姿を思い浮かべると、胸が締めつけられるように苦しくなる。

それは恐らく、現実でも私のことをあんな風に見てほしくて、でもそうなることはきっとないとわかっていたから……だからあの光景が切なく、苦しいのだろう。

そっか……私、ヴァルターのこと、いつの間にか好きになってたんだ。

「今頃気づくなんて……どれだけ鈍いんだか」

掠《かす》れた声で呟き、すぐに、わかりたくなかった別の事実にも気づいてしまう。

これが、絶対に叶うはずがない恋であることを。

なぜならヴァルターは、結婚の予知を伝えた時、私との結婚はありえないとはっきり言っていた。そして私も、そんな未来は到底考えられないと頷いた。だからこそ私たちは、協力して恋愛フラグを折ることになったのだ。

――つまり、私たちが結婚する未来なんてどう考えてもないもの。もうすでに幾度もフラグを折ってしまったし、なによりその未来は、彼が変えたいと願っているものなのだから。

たとえ今の私が、その未来をどれだけ望んでいたとしても……

ぎゅっと瞼《まぶた》を閉じる。気づくのが遅かったなぁ、馬鹿だな、なんて思いながら。

けれど、今気づけてよかったとも思った。だって、もし彼と顔を合わせた時に気づいたら、きっと平気な顔なんてできなかっただろうから。

「そうだよ……普段の顔で、彼にお帰りなさいって言わなきゃ」

それでいつもみたいに明るく言うんだ。

ヴァルター、貴方《あなた》がいなかった間、またあの予知を視《み》ちゃったよ。私たちが結婚するなんてありえないから、早く未来を変えないと、って。

そうして、やれやれと肩を竦《すく》めたヴァルターと、また恋愛フラグを折りに駆け回るのだ。

だってそうしなければ、彼は好きでもない私と結婚する未来を迎えてしまう。彼を好きだからこそ、その未来だけは絶対に変えなければいけないと思ったのだ。

気づけば、天井を見上げていた私の目から、ぽとりと涙がこぼれていた。

ぐし、と袖で目元を拭《ぬぐ》い、それ以上は泣くまいとぎゅっと口を引き結ぶ。

明日にはヴァルターと顔を合わせるだろうから、泣き腫《は》らした目元でいるわけにはいかなかった。

だって彼は、私の注意深く有能な——ただの護衛なのだから。

その日、私は初めての恋を自覚し、同時に失恋したのだった。


翌日の午後。護衛に復帰するヴァルターが部屋にやってきた。

最近、私の周囲で不審な出来事が何度もあったため、当面はカイも護衛として残り、二人態勢で護衛を務めてくれるという。

久しぶりに会う黒い騎士服姿のヴァルターは目を細め、歩み寄ってきた。

任務で忙しかったのか、顔にかすかな疲れの色が見えるが、怪我などは特にしていない様子にほっとする。

「チハヤ様、ようやく戻った。遅くなって悪かった」

「ううん……無事だったなら、それ以上のことはないよ。お帰り」

少しぎこちなくなりながらも微笑んで返せば、心配そうな眼差しが返ってきた。

「それにしても、体調は大丈夫なのか？　昨日部屋に伺った際、リーゼから貴女《あなた》が伏せっていてお会いできないと言われたが」

どうやら昨日、彼は私の部屋に来てくれたらしい。けれど、自分の想いに気づいて動揺した私は、ひとりになりたいからと言って部屋に閉じ籠《こも》っていた。

なにかを察したリーゼが、彼の面会をそれとなく断ってくれたのだろう。

「大丈夫。ちょっと具合が悪かったんだけど、眠ったらすぐに治ったから」

明るく返しつつも、私は顔を上げることができなかった。目が合うと私の気持ちが彼にばれそうで、それが怖くて視線を合わせられなかったのだ。

しかし、そんな不自然な様子はすぐ悟られてしまう。

「……本当に、どうしたんだ？　いつもの貴女《あなた》なら元気よくぽんぽんと話すものを、妙に大人しいというか。もしや熱があるんじゃないのか」

気遣わしげに言った彼は、私の額《ひたい》にそっと手を伸ばす。節くれだった手に触れられ、心臓が跳ねた私は、気づけば彼の手を軽く払って一歩後ずさっていた。

「だ、大丈夫！　本当に、熱があるとかじゃないから」

「だが……」

驚いた様子のヴァルターに、さらに動揺した私は視線を泳がせて言う。

「ごめん、せっかく心配してくれたのに……それより、私のことはいいからカイのところに行ってあげて。貴方《あなた》が戻ったら、話したいことが色々あるって言っていたから」

「カイのところは別に後で構わないんだが……」

頑《かたく》なな様子の私にそれ以上言っても無駄と悟ったのか、ヴァルターが息を吐く。

「……わかった。カイのもとには向かうが、どこかへ出掛ける際は必ず俺を呼んでくれ。貴女《あなた》をひとりで行動させるわけにはいかない」

どこか納得していない様子ではあったが、そう言うと、彼は部屋を出て行った。

彼の姿が見えなくなると、私はようやくほっと息を吐く。彼に触れられた額《ひたい》がまだ熱く感じられる。頭の中がぐちゃぐちゃで、どうしたらいいかわからなかった。

そんな風に、その場はなんとかやりすごしたのだが——

翌日以降も、私はヴァルターと自然に会話することができなかった。笑顔を作ろうと思っても、どこかぎこちなくなってしまい、慌てて目を伏せる。

その度《たび》、ヴァルターが眉を寄せてじっと見つめてくるのを感じた。

「チハヤ様、やはり貴女《あなた》はどこか様子が変だ」

廊下で追及され、私は弁明する。

「本当になんでもないの。ええと、あれじゃない？　少し離れていたから変わって見えるだけで、私はいつも通り……」

「いつも通りの貴女《あなた》なら、こんなことは言っていない。なにか悩みでもあるのか？」

「別に悩みなんて……あるはずないよ」

ぎこちなく言った私の声は、尻すぼみになってしまう。

本音を言えばあるのだが、それを彼に明かすわけにはいかない。

だから私は代わりに、伝えておきたかった別のことを告げる。

「あ、あの……そうだ！　ヴァルター。今まで一緒に予知を視《み》てくれてありがとう。でも、これからは一緒に視《み》なくて大丈夫だよ。ひとりでもなんとかできそうって、最近わかってきたから」

「急になにを言って――」

驚いた様子で目を見開いた彼に、私はなんとか微笑む。

「本当なら予知は私ひとりで視《み》るものなのに……自信がなかったせいで、巻きこんじゃってごめん。でも、本当にもう大丈夫だから」

それは昨日、彼への失恋を自覚した時に言おうと決めたこと。

予知を視《み》て恋愛フラグを折ることによって、私たちが結婚する未来を変える。それ自体は変わらないけれど、どうしても、あの幸せな光景を彼と視《み》るのが辛くなってしまったのだ。

私は望んでいるが彼は望んでいない、夫婦になる未来を。

「チハヤ様……」

物言いたげな彼の顔を見ていられず、私はそのまま「ごめん」と顔を伏せ、立ち去ったのだった。

――そして戻った自室。

寝室に入った私は、寝台に上がり膝を抱いて座る。深く息を吐くと、腕の中に頭を埋《うず》めた。

「……駄目だなぁ、私」

駄目だとわかっているのに、ヴァルターの前だとどうしても自然に振る舞えない。彼に優しくされる度《たび》に胸が波立ち、以前のように行動できなくなってしまう。

そもそも、前の私はどうやって彼と話していたんだろう？　そんな簡単なことさえわからなくなってくる。でも連日これではさすがに不審だし、失礼すぎるだろう。

「もう……本当にどうしたらいいの」

彼の傍にいたいのに、同じくらい離れたい。心が相反してぐちゃぐちゃだ。そうしてぎゅっと膝を抱えていると、しばらくしてそっと扉を叩く音が聞こえた。

返事をして顔を上げれば、リーゼが静かに部屋に入ってくる。

彼女は心配そうに尋ねてきた。

「チハヤ様、如何《いかが》なさいました？　もしや、お加減がお悪いのでは……」

「リーゼ……違うの。ただ頭がぐちゃぐちゃで、どうしたらいいかわからなくて」

「左様《さよう》でございましたか。……お傍に行ってもよろしいですか？」

「うん……」

彼女は寝台の上にいる私に歩み寄ると、屈《かが》んでそっと顔を覗きこむ。

「ああ、こんなにもお辛そうなお顔で……」

労《いたわ》しげに呟き、手巾で優しく目元を拭《ぬぐ》ってくれた彼女は、真剣な声音で言う。

「もしも違っていたら申し訳ございません。……チハヤ様は、ヴァルター様を好いていらっしゃるのではございませんか？」

「……うん」

「やはり……。最近のご様子を拝見していて、もしやそうなのではと感じておりました。それに、ヴァルター様とお話しする貴女《あなた》様がとても楽しそうでいらしたから」

「リーゼには、そんな風に見えてたんだ……」

ぼんやりと見つめる私に、リーゼは切なげに目を細める。

「ええ。私はお二人の会話を傍でずっと聞いていましたから、知っております。チハヤ様とヴァルター様の未来と、お二人がそれを変えるべく動いていらっしゃったことを。……お気持ちを自覚された今となっては、さぞお辛いことだったことでしょう」

「リーゼ……」

「少々の間、ご不敬をお許しください」

そう言い、彼女は私を包むようにそっと抱き締めた。まるで遠い昔に母がそうしてくれた時のようで、私は肩の力を抜いて身を預ける。私を抱き締めたまま彼女は囁《ささや》く。

「つまらない昔話でございますが、どうかお聞きくださいませ。……チハヤ様。私には、夫がいたのでございます。今はもう離縁してしまいましたが」

「離縁……？」

掠《かす》れた声で尋ねれば、リーゼが頷いた気配があった。

「ええ。政略結婚で、顔も知らなかったその方と結婚し、妻となりました。初めは冷たい方だと思っていましたが、共に時間を過ごすうち、いつしか私は彼を愛しておりました。……言葉少なで、けれど誰より優しい方だったのでございます」

そうして彼女は遠い昔を思い出すみたいに続きを語る。

「ですが、夜会でとある話を耳にしました。彼には、幼い頃から想いを寄せる女性がいたのだと。けれどその女性も彼も、政略結婚により望まぬ結婚をするほかなかったのだと。そして——その女性が夫と離縁し、自由の身になったことを知ったのです」

「そんな……」

驚いて身体を離した私に、リーゼは静かな眼差しで続ける。

「彼が初め私に冷たかった理由が、わかった気がしました。そして今この時が、彼とその女性が結ばれる好機だとも思いました。ですがそのためには、私の存在が邪魔だった。……だから私は離縁を願い出たのです。彼に想いを遂げてほしくて」

「それで、離婚を……？」

「ええ。そうして実家に帰り……しばらく経ってから、ヨゼフを身ごもっていることに気づきました。父がいないのは哀れなことをしましたが、それでも生まれたあの子は元気に育ってくれて、なんと嬉しかったことか。そしてあの方も、きっと遠い場所で愛する女性と共にいるだろうと……」

そこでリーゼは言葉を切り、遠くを見るような目で首を横に振った。

「けれど、しばらくして知ってしまったのです。私の夫だったあの方は、今も独り身であることを。幼い頃に想いを寄せていたあの女性と再婚せず、ひとり屋敷を守っているのだと。そして――自分の中にはある女性がいるため、もう誰とも添う気はないと語っていたのだと」

「それってもしかして……」

思わず目を見開く。つまり、彼もまたリーゼのことを愛していたのではないだろうか。

共に過ごすうち、優しく穏やかなリーゼを愛したけれど、そのリーゼが望んだからこそ、離縁を承諾し、ひとり屋敷で彼女を想って生きる道を選んだのだ。

なんと返していいかわからず、瞳を揺らす私に、リーゼは切なげに微笑む。

「……愚かな女だったのでございます。彼を愛したからこそ臆病になり、彼に捨てられる前に、自分から離れてしまおうと思った。それこそが彼の幸せであり、私の幸せだと信じて……結果、互いに不幸せな道を歩んでしまいました」

「でもリーゼ、だったら彼のもとに戻ったら――」

すぐにでも受け入れてもらえるのでは。そう言いかけた私に、彼女は首を横に振る。

「いいえ。浅はかに離縁を申し出た私が、今さらどんな顔で彼の前に出ていけるでしょう。ヨゼフを彼の目の届かぬ場所で生み、生まれてすぐの姿さえお見せしなかったというのに。ですから……このままでいいのです。これは私が自ら《みずか》選んだ結果なのだと思っております」

強い瞳で語るリーゼに、私はそれ以上なにも言えずただ耳を傾ける。

「ただ……ひとつだけ、今も思うのでございます。彼から離れると決めた時、その理由をきちんとお話しすべきだったと。ただ離縁してほしいと願い出るだけでなく、貴方《あなた》を愛しているからだと、ちゃんとお伝えすべきだったのだと」

「リーゼ……」

そこまで語った彼女は、私の顔を覗きこみ、目を見つめて言った。

「チハヤ様。私には、貴女《あなた》様やヴァルター様のお気持ちの深いところはわかりません。……ですが、貴女《あなた》様には、どうか私のように後悔だけはして頂きたくないと思ったのです。それがどんな未来に繋がったとしても、想いを伝えないまま、後悔することだけは」

そして静かな声音で彼女は続ける。

「貴女《あなた》様は、これまで幾度も未来を変えてくださいました。ヨゼフを助け、他の多くの者を助け、悪い未来をよい未来へ、よい未来をよりよい未来へと。……けれどチハヤ様。未来は必ずしも変えなくてもよろしいのですよ」

「変えなくても、いい……？」

「ええ。それを貴女《あなた》様が望み、そして彼の方《かた》も望む未来なのであれば、変える必要などどこにもないのです」

「でもヴァルターは、そんな未来はありえないって」

「それは、初めの頃のお気持ちでございましょう。……人の気持ちは変わります。私がそうであり、夫だった彼がそうであったように。そしてチハヤ様、貴女様《あなた》のお気持ちが花咲くように変わっていかれたように。そして貴女様《あなた》は、今のあの方のお気持ちをご存じではないはずです」

「ヴァルターの気持ち……」

私は気づけば目を見開いていた。

確かに、彼からはっきりと聞いたわけじゃなかった。今、私をどう思っているか。

もしかしたら、今も彼にとって私はただ面倒な存在で、渋々護衛をしているだけなのかもしれない。でも、もしそうだとしても、彼の口からちゃんと聞くべきだ。

なにより、私が彼を好きになったことも、まだ彼に伝えていない。

振られるにしたって、まずはそれからだ。

――そうだ。そうやって私は、いつだって目の前のことに立ち向かってきたんだから。

私は胸に力が宿るのを感じながら、力強くリーゼを見つめ返した。

「うん……そうだね。私、玉砕覚悟で伝えてみる。もし駄目だったとしても、彼の記憶に焼きつけてみせるんだ。なんかすごい勢いで告白されたぞって、ずっと彼に覚えていてもらえるように」

するとようやく、リーゼはふふっと笑ってくれた。

「それでこそチハヤ様……私が心よりお仕えしたいと思った方でございます」

囁《ささや》いた彼女は、最後にもう一度ぎゅっと私を抱き締める。

それは母のようでもあり姉のようでもある、力強く優しい激励《げきれい》の抱擁《ほうよう》だった。

間章　騎士の焦燥

「おーい、ヴァルター。さっきからなに苛《いら》ついてんだよ」

「苛立《いらだ》ってなどいない」

向かいの席に座るカイに呆れた様子で指摘され、ヴァルターは短く返す。

苛立《いらだ》っているつもりはなかった。ただ、自分と距離を取ろうとする最近のチハヤを思い浮かべる度《たび》、焦《じ》れるような、胸が波立つような思いになるだけで。

そう口にすると、卓に頬杖をついたカイが言う。

「だから、それを苛《いら》ついてるって言うんだよ。つうか、眉間の皺《しわ》すごいぞ」

今彼らがいるのは護衛騎士が詰める部屋で、二人きりである状況と昔馴染《なじ》みの気安さも手伝って、互いに遠慮ない口調で話している。チハヤの護衛として同行する時以外は、ここで休憩しつつ待機しているのだ。

卓上には酒精の薄い葡萄酒《ぶどうしゅ》が注がれた木杯があった。それを飲んで一息つけばいくらか気が安らぐものだが、先程から収まる様子もないヴァルターの機嫌の悪さに、カイはだいぶ辟易《へきえき》している。

「まあ、気持ちはわかるけどよ。――任務から戻って早々に陛下へ報告して、すぐにでもチハヤ様のもとに向かおうとしたところで、令嬢たちから足止めを食らったんだろ？　その直後のお前がやたらと怖かったたって、怯えてる奴もいたそうだし」

「ふいに令嬢たちに呼び止められたと思ったら、どうでもいい話を延々と聞かされたからだ」

思い出して、ヴァルターは息を吐く。

今度の夜会にぜひご一緒して頂けないかしら。あら、私もお願いしたいわ。それよりヴァルター様、今日も凛々《りり》しく素敵ですこと。よろしければ私と中庭の散歩でも。やだずるいわ、私だって。

そんな中身のない話を、彼女たちは飽きもせず繰り返していた。そしてきつい香水の香りがする身体を寄せてくるものだから、冷えた眼差しで距離を取り、さっさと会話を切り上げただけだ。

淡々と語るヴァルターに、カイが苦笑した。

「つうか、相変わらずなんだな、お前の女性に対して興味なしなところは。あれだけ美人揃いだったってのに」

「なら、お前が代わりに会話すればいいだろう。……俺にはどの女性も同じに見える」

それはヴァルターの心からの本音だった。

幼い頃より、彼には女性の美醜《びしゅう》の区別がほとんどつかなかった。

女神のごとき美貌の少女だと紹介されても、髪や目の色以外、他の少女たちと違いが感じられなかったし、麗《うるわ》しい才媛だと言われた令嬢も、彼女の隣にいる女性とほぼ同じに見えた。その度《たび》に周囲の男たちからは、信じられないと目を剥《む》かれたものだ。

他人の美醜《びしゅう》と、女性に対しての興味が極端に薄いせいなのだろう。

そんな事情もあって、これまで幾度も縁談を持ちこまれたが、すべて断ってきたのだ。妻と他の女性の違いがわからない男が夫など、相手の女性が不幸になるだけに決まっている。

だからこそチハヤと己が結婚する未来を聞かされた時も、ありえないと思った。

誰かと結婚する未来など、自分の歩む道に存在するとは思えなかったから――

カイが首の後ろで両手を組み、椅子の背に寄りかかって言う。

「しっかしまあ、お前が早々に戻ってきてくれて助かったぜ。最近、チハヤ様の周りはとみにおかしかったからな」

「ああ。――あの人を狙う気配があったと言っていたな」

目を細めてヴァルターが言えば、カイも真剣な眼差しになって頷く。

「そうだ。お前がいなくなったのを、これ幸いとばかりにな。まあ、どれも蹴散らしてきたけど、正直、すごい執念《しゅうねん》だと思ったぜ。諦めが悪いっつうか」

「それに関しては礼を言う。お前を護衛にと進言しておいて正解だった」

カイは、辺境では腕ききの騎士として名を馳《は》せる男だ。飄々《ひょうひょう》とした青年の顔をして、剣を持たせれば数十人の敵を流れるような剣さばきで倒していく。

各騎士団との交流戦があれば、決戦で打ち合うのはいつもヴァルターとカイだった。

そんな密かに有能な騎士だからこそ、ヴァルターと同様に戦《いくさ》へ駆り出されることが多い。だが、国王直々《じきじき》の指名であり、カイ自身もこの任務に乗り気だったため、代理の護衛としてチハヤの傍に置くことが叶ったのだ。

しかし彼女を狙った犯人は、無名の騎士が代理でつけられたとでも思ったのだろう。

「どんな奴かは知らないけどな、よっぽど後ろ暗いところがあるんだろうよ。でもまあ、他のお嬢さんなら怯えて縮こまってたんだろうが、チハヤ様は気丈な方で助かったぜ。怯えるどころか、犯人を見つけてみせるって元気に言ってくれてさ」

「元気に言った……？」

ヴァルターが怪訝《けげん》そうに返す。王宮に戻ってから彼が見たのは、ぎこちなく自分から視線を逸らし、口数も少ないチハヤばかりだったからだ。

だからこそ、姿の見えない相手に狙われ、怯えているのかと思っていたのだが——

「おいおい、なに言ってんだよ。お前が言ったんだろうが。あの人は無茶ばかりして、だがなにがあろうとめげない女性だって。話の通りだと思ったぜ。いつも元気で明るく笑っててさ」

その言葉を、ヴァルターはどこか遠くに聞いていた。

チハヤがおかしかったのは、自分の前でだけだったのだ。

そして彼女は、カイの前では溌剌《はつらつ》と笑っていたらしい。

ふと思い出すのは、自分に「もう一緒に予知を視《み》てくれなくていい」と目を伏せて言った彼女の姿。もしかしてそれは、他に一緒に予知を視《み》る相手が……カイがいるから必要ないという意味だったのだろうか。つまり、カイは眠る彼女に寄り添ってその身を支え——

そう思った瞬間、ヴァルターは持っていた木杯を握り潰していた。

「うわっ、なんだよお前！　急にびっくりするだろ」

「……悪い、苛立《いらだ》っていたようだ」

「いや、素直に認めたのは偉いけど、目が据わってて怖いって！　お前、ただでさえ顔が整ってるから、瞬《まばた》きもせずに睨まれるとまじで怖いんだよ！」

そんなカイの賑《にぎ》やかな抗議を聞き流し、ヴァルターは席を立つ。

耳に蘇《よみがえ》るのは、チハヤの元気な声。

――ヴァルター、もう一回、もう一回やってみよう！　やったね、ヴァルター。

思い出すのは、元気にはしゃぎ、嬉しそうに微笑む姿。そして、安心したように自分に身を寄せ、すやすやと眠る彼女の姿。

それらを自分以外の男が見たかと思うと、なぜか無性に我慢ならなかった。

第七章　温《ぬく》もりの距離

リーゼに元気づけられた翌日。私はさっそくヴァルターのもとへ向かった。

彼が詰める護衛騎士の部屋は、私の部屋から廊下を進んだすぐ先にあり、ここなら危険はないためひとりで行ける。部屋の前まで来ると、深呼吸してから扉を叩いた。

「あの……ヴァルター。お話があるんだけど、ちょっといい？」

彼が出てきたら初めに、最近の自分の態度を謝ろう。目を合わせなかったり途中で会話を切り上げたり、何度も失礼な態度を取っていたから。

それでその後、彼への想いを伝えて……あ、まずい、考えただけで緊張してきた。

速くなり出した鼓動に、落ち着け、と言い聞かせて必死で呼吸を整える。告白が初めてな私にとって、今からすることはハードルが高すぎて、どうしても緊張してしまうのだ。

やっぱり、好きだと自覚した直後に告白するって、ちょっと早すぎない？

何度かそう思ったのだが、いや、すぐ言わないと、私は永遠に女として意識してもらえない気がする、と決意したのだ。なにしろヴァルターとは、これまでずっと口喧嘩《くちげんか》仲間のような間柄。というか、彼はどうも私を、目を離すと危うい子供だとでも思っている節がある。

だから、まずは私が、彼を好きな大人の女性であることをちゃんと伝えて――

そんなことをどきどきしつつ考えて待っていたが、なかなか返事がない。もしかして不在だったかな？　と、そっと扉を開く。すると、そこには……

「あれ、眠ってる……？」

焦《こ》げ茶の調度品が中心のシックな室内で、ヴァルターが窓際の椅子に両腕を組んで座っていた。

午後の陽射しが差しこむ中、瞼《まぶた》を閉じてみじろぎもしない様子を見るに、どうやら眠っているらしい。迷った末、私は近寄ってみることにした。起こさないよう足音を立てず、ゆっくりと。

そして、彼の顔をこっそり覗きこもうとしたのだが――

「わっ！」

急にぐいっと手首を引っ張られ、バランスを崩す。そのまま、あっという間に膝裏をすくい上げられたかと思うと、彼の膝上に乗せられる体勢になっていた。

いわゆる膝抱っこ状態だ。膝裏と背に手を回されしっかり固定されているため、もがいてもびくともしない。なぜこんなことに、と驚いていると、上から男らしい声が聞こえてきた。

「……なんだ、誰かと思えば貴女《あなた》か」

見れば、ヴァルターが薄《うっす》ら瞼《まぶた》を開けたところだ。

「な、なんだって、それはこっちの台詞《せりふ》だよ。仮眠中に近づいたのは悪かったけど、急に引っ張るからびっくりしたじゃない」

というか、できれば早く膝上から下ろしてほしい。彼の胸に抱き寄せられている形で、嬉しいけれどすごく落ち着かないのだ。

「第一ほら、もうすぐ護衛の時間だし。だから一緒に席を立って……」

なんとか逃れようと彼の胸をそっと押して提案するが、彼は腕の力を緩めないまま言う。

「悪いが、今日はカイが護衛担当で俺は休暇となっている。それに、仮眠中に何者かが近づく気配を感じたから、すぐ取り押さえただけだ。……まさか、貴女《あなた》とは思わなかったが」

「あっ、今日は貴方《あなた》がお休みの日だったんだ」

それで珍しく仮眠していたのか、と納得する。

彼は特に出掛けず、この部屋で軽い休憩を取っていたのだろう。それがわかるとなおさら、寝ているところを起こしてしまい、申し訳なかったなと思う。

これ以上邪魔しないように、再度彼の膝から下りようとしたが、やはり彼は私を解放しようとしない。密着した状態が続いて次第に顔が熱くなり、私は焦って言う。

「あ、あの、ヴァルター。近づいたのは私だってもうわかったんだし、そろそろ下りてもいいかな」

「――駄目だ。放したら、また貴女《あなた》はすぐに身を翻《ひるがえ》してどこかへ行ってしまうだろう」

「それは……」

「それに俺は王宮に戻ってから、貴女《あなた》が目を輝かせているところも、元気に笑っているところも見ていない。……なぜ貴女《あなた》は、俺の前で笑わない」

どこか焦《こ》がれるような響きの、男らしい低い声が耳元に囁《ささや》いてくる。

どうしよう、なんかヴァルターがいつもと違う気がする。

普段の彼ならしない、この捕まえ方もそうだし、普段より余裕がない感じというか。それだけ私の最近の態度は、彼を戸惑わせてしまったんだろうか。そう思い、見上げて謝る。

「ヴァルター……あの、ごめんね。最近、失礼な態度ばかり取っちゃって」

「別に怒っているわけじゃない。――ただ、貴女《あなた》がなにを思い悩んでいるのか気になっただけだ。それに、カイと共に予知を視《み》たのかが知りたかった」

「カイと？」

なぜ私がカイと一緒に予知を視《み》ると考えたんだろう、ときょとんとする。

あれは、ヴァルターと私が協力して恋愛フラグを折るため、一緒に視《み》るようになったものなのに。

不思議に思っていた私は、彼がまだ半分、夢うつつの状態にあることに気づく。普通に喋っているが、目がどこかぼんやりして見えるのだ。どうやらそれで、普段と様子が違っているらしい。

そういえば先日彼と再会した時も、顔に疲れが滲《にじ》んでいた。どんな任務だったかはわからないけれど、きっと過酷な仕事だったに違いない。

そんな彼を起こしてしまったことに、改めて罪悪感を覚える。

「えっと……ずっと私の態度が変だったから心配かけたってことだよね……ごめん。私が笑うぐらいでヴァルターが元気になるなら、いくらでも笑うよ。ほら」

そう言って微笑んでみたが、これでは駄目なのか、じっとこちらを凝視する彼にねだられる。

「違う。もっと子供のような無邪気な笑い方だ」

「無邪気って、私、そんなに子供っぽい笑い方してないと思うけど」

不本意な、と少し頬を膨らませれば、彼が首を横に振る。

「いいや、いつもはもっと目を輝かせて楽しそうに笑っている。その様子に俺は……」

「俺は？」

すると、次第にヴァルターの目の焦点が合ってきた。やがて彼は、はっとしたように目を見開き、まじまじと私を見つめてくる。

「……チハヤ様？」

「うん、私だよ」

「この体勢は……」

呟いた彼は、自分が膝上に私を抱き上げている状態だとようやく気づいたらしい。いつも真っ直ぐに人を見る彼にしては珍しく、ふいと視線を逸らして謝ってくる。

「――悪い。どうやら寝惚《ねぼ》けていたようだ」

「ううん、私も眠っているところを邪魔しちゃったから、これでおあいこだよ」

よし、これでようやくここから脱出できそうだ。ほっとして彼の膝から下りようとしたが、なぜかヴァルターは抱き寄せる力をぎゅっと強めてくる。えっ、なんで。

「あ、あの、ヴァルター。もうちゃんと目覚めたんだし、そろそろこの体勢はやめようよ。ね？」

動揺しながら上擦《うわず》った声で言えば、ヴァルターが吐息をつくみたいに告げた。

「目覚めたからこそ、貴女《あなた》が逃げないようしっかりと捕まえ直しただけだ」

「逃げたりなんて……」

「昨日まで何度も逃げていただろう。——もう貴女《あなた》の後ろ姿ばかり見つめるのは御免だ」

うう、それを言われると弱い。

どきどきして今にも心臓が破裂しそうだったが、結局、自業自得と諦めた私は、逞《たくま》しい胸にそっと額《ひたい》を預け、彼が納得するまでこの体勢でいることにした。

だって彼が嫌でないなら、こんな風に傍にいられる時間は、恥ずかしい以上に嬉しいことだったから。たとえ彼が、私を好きでこうしているわけじゃないとしても——

思った瞬間、胸がぎゅっと切なくなる。

ヴァルターは不思議だ。私を驚くほど嬉しくもさせるし、どうしようもなく苦しくもさせる。

これが、好きってことなのかな……。そう心中で呟いた時だった。

廊下の向こうから誰かが駆けてくる音が聞こえ、すごい勢いでノックされたかと思うと、すぐさま扉が開けられる。

「ヴァルター、失礼します！　過去の聖女様について調べていたところ、気になる記載がありまして。これはぜひ、あなたにも伝えておかなければと……！」

ノアが息せききってやって来たらしい。なにか大発見があったのか、息を弾ませ、喜色を滲《にじ》ませた彼は、ヴァルターの膝上にいる私を見て、目を見開いた。

「え……チハヤ様？」

彼は震える指先を私たちに向けるや、がくりと床に崩れ落ちてしまう。

「えっ!?　あ、あの、ノア？」

よくわからない反応に驚いて呼びかけるが、ノアには聞こえていないみたいだ。

床に片膝をついたまま、いつぞやのように目頭を押さえ、はらはらと涙を流している。前回以上に滂沱《ぼうだ》たる涙といった様子の彼は声を震わせ、感銘を受けたとばかりに呟いた。

「ああ……なんということでしょう。肩だけでは、やはり物足りなかったとは。しかし……わかります、ヴァルター。それが男の中に潜《ひそ》む熱情というもの。想いが深ければこそ、どうしても先を追い求めてしまうものなのでしょう」

「おい、ノア。なにをわけのわからないことを言って――」

ヴァルターも怪訝《けげん》そうに声をかけるが、ノアの勢いは止まらない。

涙を手の甲で拭《ぬぐ》いながら立ち上がり、もう片方の手でヴァルターの言葉を制して言う。

「いえ――仰《おっしゃ》らずとも貴方《あなた》の想いはわかっています。耐えるだけでなく求めることこそが、真の想いなのだと。しかし、突然のご本人たちからの供給は嬉しいですが、いささか心臓に悪い……」

そう言ってノアが心臓を押さえよろめくと、扉の隙間からなりゆきを見ていたらしい侍女たちがわっと駆け寄ってきた。

彼女たちはなぜか拳《こぶし》を握り「ノア様、お気持ちはわかりますが、お気を確かに！」「第二章の〝ひと時の別離編〟も素敵でしたわ。続きも楽しみにしています……！」などと不思議な励まし方をしている。やがて持ち直したノアが、涙に潤《うる》む菫色《すみれいろ》の目を拭《ぬぐ》いつつ言った。

「ありがとうございます……同志の皆さん。それではチハヤ様にヴァルター、失礼致しました。……どうか存分に、存分にお続けになってください」

そして麗《うるわ》しい仕草で一礼するや、彼は侍女たちを引き連れて部屋を出ていった。

私とヴァルターは彼らの背を見送り、ぽかんとするばかりだ。

「え、ええと……なんだったんだろう、今の。というか、同志って一体……？」

あっという間の出来事すぎて、呆然としてしまう。普通なら、こんな膝抱っこ状態を大勢に見られて居《い》た堪《たま》れない心地になるはずが、恥ずかしがる暇もなかった。

戸惑う私に、ヴァルターが深刻な顔で頷く。

「前にも増しておかしかったな、あいつ。――大丈夫だろうか。子供の頃でも、あそこまで様子がおかしかったことはなかったが」

「うん……でも、なんだかやけに嬉しそうだったね。幸せそうだったというか」

あとなぜか、こちらを眩しげに見る侍女や、潤《うる》んだ目で私たちを拝む侍女もいたけれど、あれもちょっと謎だ。もしかして私、庶民派聖女を自認していたけど、実は案外、神々《こうごう》しく思ってもらえていたのかな。そう考えている途中で、あれ、と気づく。

「そういえばヴァルターって、子供の頃からノアと知り合いだったんだっけ」

「ああ。親同士が親しかったため、幼少時は共に遊んだこともある。とはいえ、あいつは本を読むのが好きで、俺は外を駆け回るのが好きで、あまり趣味は合わなかったがな。十五を超えてからはなおのこと、あいつは王宮研究室へ、俺は騎士団へ入り、より疎遠になっていったが」

「でも、縁あって王宮で一緒に働くことになったんだ。そう思うと、なんだか不思議だね」

思わず、ふふっと笑う。幼馴染《おさななじみ》である彼らは二人とも優秀だったため、こうして再び顔を合わせることになったのだろう。

そして国王への忠誠のもと、私を守り、知識を身につけさせてくれて——

そう考えていた時。頭の中を、眩《まばゆ》い光と共にある映像が駆け抜けていった。

——それは、以前も視《み》た光景。

「えっ……？」

私は驚きながら、その光景に意識を奪われていく。

夜更けすぎの国王陛下の居室。窓から夜空が覗き、燭台の灯りが皓々《こうこう》と室内を照らす中、国王が書棚に向かい、本を開いてなにか考え事をしている。

棚には鷹《たか》の置物がいくつも置かれ、彼の趣味を窺《うかが》わせた。

そこにゆっくりと近づく影があった。隅から現れた、フードを目深《まぶか》に被った黒い外套《がいとう》姿のその人物は、無言で国王の背に歩み寄っていく。

やがて気配に気づいて振り返った国王の目が、大きく見開かれていく。

『そなたは……』

ここまでは、前の予知と一緒だ。しかし今回は前よりも映像や音声がクリアで、その後のかすかな呟きも耳に入ってきた。国王があえぐように口にする。

『まさかそなたは、フィリップなのか……？』

その言葉を聞くや、怪しい人物は国王の首に両手を伸ばす。手袋を嵌《は》めた手に首を絞められ、国王が苦悶《くもん》の表情を浮かべ――。そこで私は、はっと意識が戻る。

「今のって……」

いつの間にか息を止めてしまっていたらしく、息苦しく、額《ひたい》には薄《うっす》らと汗が滲《にじ》んでいた。

はぁ……と呼吸を整える私に、何事かといった様子でヴァルターが問いかけてくる。

「どうした。まさか、予知を視《み》たのか？」

「うん……それも、前と同じ予知を視《み》たの」

「前と同じ？」

驚いた顔の彼に、頷き返す。

「そう、陛下が怪しい人物に襲われる予知。ただ、予知が進化したからか、前よりも鮮明で。それに陛下が怪しい人物を見てこう言っていたの。『まさかそなたは、フィリップなのか？』って」

「なんだと……？」

事態の深刻さを理解した彼は、私を膝から下ろし隣の椅子に座らせると、真剣に尋ねてくる。

「つまり陛下を狙っているのは、行方不明と思われていたフィリップ殿下だというのか？」

「きっと、そうなんだと思う。だから陛下はあんなに驚いていたんだわ。ここにいるはずもない、生死さえ不明だった弟が急に現れたんだもの」

まるで亡霊を見たか、はたまた奇跡を見たような心地だったのだろう。

次第に、国王の身が心配になってくる。なぜならこの予知を再び視《み》たということは、以前と未来が変わっていないことを意味しているからだ。

最初に予知を視《み》た時に国王に伝え、彼の周辺警護を厳重にしてもらったが、それではなにも未来は変わらない——このままだとフィリップ王子が国王に近づき、彼を手にかける事態を防げないことになるのだ。

「……ヴァルター、まずいと思う。フィリップ殿下がどうしてそんなことをしようとするのかわからないけど、このままだと最悪の事態になる気がするの」

緊迫した表情で見上げれば、ヴァルターが神妙に頷いた。

「ああ、俺もそう思う。しかし現状では謎が多すぎる。殿下が今までどこに身を隠されていたのか、そしてどうやって警備が厳重な陛下の居室へ辿り着けたのか。もしや、それが容易にできる立場にいるということなのか……？」

考えつつ言った彼に、私は、あっ、と声を上げる。

「もしかして、フィリップ殿下は警備兵に紛れこんでいるとか？　それなら、近寄れるんじゃ」

「いや、陛下のお傍に侍《はべ》る兵や騎士は、何段階もの精査を経《へ》た上で決められている。その中にもし怪しい人物が紛れこめばすぐに気づかれるだろう」

「そっか……」

「それにもし紛れこめたとしても、二人組が基本の兵が、ひとりで夜半に国王の私室に入るなどありえない。それも、貴女《あなた》が言うような怪しい風体であればなおさら無理だろう。もしもそんな行動をとろうとしたら、すぐに不審に思った同僚たちに捕まえられるはずだ」

「うーん……兵士の線は薄そうだね。じゃあ、どうやってフィリップ殿下はあそこまで入りこめたんだろう。というか、そもそも私たち、彼がどんな外見かも知らないのよね……」

父である前国王が燃やしたため、フィリップ王子に関するものは姿絵の一枚も残っていないと国王が言っていた。先日、幼少期の王子を模《も》した人形を見せてもらったから、国王と同じ金髪に青い瞳だとはわかっているが、言ってしまえば情報はそれぐらいだ。

それと、十五年前に十歳だったから、現在は二十四、五歳であるということだけ。

金髪碧眼《へきがん》の二十代半ばの青年なんて、捜すにしても範囲が広すぎる。

難しい表情になったヴァルターが静かに言った。

「とりあえず、俺は陛下に、今視《み》た予知について報告してこよう。警備を厳重にしたが、それでも未来は変わらなかったと。そして、件《くだん》の怪しい人物が殿下である可能性が高いことも」

「そうね……まず本人に警戒してもらう必要があることだし。じゃあ私はその間、図書室に行って調べ物をしているね」

「俺も、フィリップ殿下についてなにかご存じのことがないか、改めて陛下にお尋ねしてみよう。

その後、殿下についての文献が少しでも残っていないか調べるつもりだ。すべて燃やしたと言われているとはいえ、少しはなにか手掛かりが残っているかもしれない」

「わかった。じゃあ後で、図書室で落ち合うことにしましょう」

「ああ。承知した」

告白の件はうやむやになってしまったが、今はそれどころではないと、私は思考を切り変える。

そして今後の行動を決めた私たちは、すべきことに向けて動き出したのだった。


ヴァルターと別れた後、私はカイの護衛で図書室へ向かう。念のため彼に入り口で見張りをしてもらい、書棚前で手に取った本の内容を確かめていく。

選んだのは、フィリップ王子が王宮にいた時代に、王族について書かれた書物。

残念ながら私は文字を読む能力は持っていなかったが、ノアの授業のお陰で、難しくない文章なら読めるようになっていた。単語だって、今では結構覚えている。

前代の王家の禍根《かこん》の話を聞いてから気になっていたフィリップ王子の名もそのひとつで、彼に関する記載がないか探していく。

そうして選んだ本を、後でヴァルターとじっくり確認できたらと思ったのだ。ちなみに彼と相談した結果、現時点では国王に報告する以外、他の人に今回の予知は明かさないと決めていた。

どこにフィリップ王子が潜《ひそ》んでいるか不明な現状で大勢に事情を話すと、予知の話がどこから王子に漏《も》れ、警戒されるかわからないし、まだ事がはっきりしていない以上、彼が犯罪者であるような噂《うわさ》を広めるわけにはいかないと判断したためだ。

だから扉の前で待っているカイにも、ただ調べ物をするとだけ伝えてある。

文献を探し続け二時間ほど経ったが、前国王の命令は徹底していたようで、どの本もフィリップ王子や彼の母親について書かれていたのだろうページが破られたり、塗り潰されたりしていた。

「駄目だわ……こっちも破られてる」

溜息をついて確認を終えた本を重ねていると、ヴァルターが図書室にやってきた。

入り口でカイと会話した後で入ってきた彼は、真っ直ぐ私のもとへ歩み寄ってくる。

「なにか見つかったか？」

「ううん、全然。関係ありそうな本を見つけても、ページが破られていてどれも読めないの」

「そうか、そこまで徹底しているとはな……」

「本当に、まるで初めから存在がなかったかのようにされているのね……。フィリップ殿下からしてみれば、これってやるせないことよね、きっと」

呟きながら、会ったこともないフィリップ王子に思いを馳《は》せてしまう。

幼い身で王宮を追われ、ひとり市井《しせい》で生き延びて……彼は一体、どんな気持ちでこれまで生きてきたのだろう。突然自分の身を襲った不幸に、戸惑いや悲しみを募らせていたのではないだろうか。

本来なら、王宮でなんの不自由もなく過ごす立場だったのに。

けれど父に疎《うと》まれ、追放されて――

「そもそも、どうして前陛下はフィリップ殿下を突然追放したのかしら？　いくら妾妃に面立ちが似てきたからって言っても、あまりに突然に思えるけど」

昨日今日で顔立ちががらっと変わるわけもないから、考えてみれば不自然だ。まるで、追い出すための理由を無理やり後づけした感じというか。

「言われてみれば、確かにそうだな。もしかしたら世に伝わる話以外にも、前陛下が殿下を許せなくなる出来事があったのかもしれない。とはいえ、前陛下がすでにお亡くなりになっている以上、俺たちには想像することしかできないが」

「幼い息子を急に許せなくなるような出来事、かぁ……」

考えてみるが、なかなかそれらしいことは思い浮かばない。

その後もヴァルターとひとしきり書物を調べたが、有益な情報は得られなかった。ただ、フィリップ王子の面差しが記載された一文だけは奇跡的に残っていた。

「やっぱり淡い金髪に碧眼《へきがん》で儚《はかな》げな容姿だったみたい。前に陛下に見せてもらった人形と同じだわ。じゃあ、今は繊細な外見の男性になっているのかしら」

「どうだろうな。十五年も経てば、幼い頃とは印象ががらりと変わっていることもあるだろう」

「そうよね……。そのまま育てば、淡い金髪の儚《はかな》げな美青年になってるんだろうけど。育ってきた環境で、体格だって変わるだろうし」

自然と頭に浮かんだのは、先日国王をじっと見つめていたエリクの姿。

そういえば彼は白金《はくきん》の髪に薄青の瞳で、繊細な印象の二十代半ばの青年だった。もしフィリップ王子が幼い頃の雰囲気のまま成長したら、彼のようになるのでは。

それに、もの憂《う》げに呟かれた彼の言葉も妙に気になった。なぜなら彼は、王宮に住む家族の様子を見に来たと言い、さらには「突然自分を取り巻く状況が変わった」と嘆いていたから。

まさか――

「チハヤ様？」

「あ、ううん。ごめんなさい、ちょっと考え事をしていて」

答えつつも、エリクのことを目まぐるしく考えていた。

もしかして、彼がフィリップ王子なの？　だとすれば、彼が王族や高位貴族しか入れないサンルームに入れた件も納得がいく。彼にも入室用の指輪が与えられていたんだろうから。

それになにより、彼は国王を狂おしげな眼差しで見つめていたのだ。

その考えを話せば、ヴァルターが重々しく頷いた。

「なるほどな……。可能性としてそれもありえるだろう。しかし、貴女《あなた》に近づいてきた行動を思うと、印象が繋がらない気もする」

「行動が安易すぎるってこと？」

「ああ。予知で視《み》た、陛下のもとへ姿を隠し慎重に忍びこんだフィリップ王子を思うと、どうも繋がらない気がするんだ」

「姿を隠し、慎重に……」

その言葉で、ふっと頭に浮かんだのは、何度も私に脅《おど》しをかけた見えない誰かの存在。

姿を隠したまま執拗《しつよう》に脅《おど》しを続けて――

もしかして、私を脅《おど》した犯人も、フィリップ王子だった？

まさか……と思ったが、そう考えればすべて辻褄《つじつま》が合う。王子が密かに国王殺害の計画を立て、それを遂行する上で邪魔だったため、私に脅《おど》しをかけていたと思えば……

むしろ、彼以上に私の予知を邪魔したい人物もいないだろう。

思いつきではあるが、この推測は当たっているような気がした。

そして、そのフィリップ王子の正体がエリクかどうかはまだわからないが、少なくとも、王子は王宮内のどこかに隠れているはずだ。彼は王宮にいる私を何度も脅《おど》すことができたのだから。それに、彼が国王の居室に入りこめたヒントも、きっと王宮内にあるはず。

そこまで考えた私は、ぐっと顔を上げた。

「……とりあえず、エリクである線もまだ捨てきれないから、彼のことは侍従たちにそれとなくお願いして捜してもらいましょう。できればもう一度会って話がしたいし」

「わかった。確かに、それが賢明だろう」

頷いた彼を見つめ、私はさらに思ったことを告げる。

「あとね、ヴァルター。――私、自分のすべきことがようやく見えてきた気がする」

「すべきこと？」

「うん、予知で未来をしっかり視《み》て、視《み》えない部分は自分の足で探すの。ここに来るまでは私、ずっとそうしていたのに、予知に頼って自分の目でちゃんと探してなかった。でも、誰かを助けるためには、自分で行動することも大切なんだってわかったわ」

それに、と意思をこめて静かに続ける。

「きっとこれが、私がこの世界に来た理由なんだと思う。命を狙われた陛下を助けて、ひいてはこの国の平和を守ることが。だったら私、できる限りのことをしたい。もう後悔しないように、やれるだけやりたいの。そのために、貴方《あなた》にも協力してほしい。いいかな？」

「チハヤ様……」

真っ直ぐ語る私を、ヴァルターは目を見開いて見ていた。

やがて彼は、ふっと笑って言う。

「……愚問だな。俺は貴女《あなた》の手であり足であると言ったはずだ。貴女《あなた》が望むなら、望みのままに動こう。まずは、目の前の本を片付けていくか」

「うん、ありがとう！　じゃあ、こっちから読んでいこう」

嬉しくなって頷いた私は、棚から本を抜き出して広げる。

そうして私たちは、しばらく文献を読むのに集中したのだった。


それから数日間、二人でできる限りの時間を使って文献探しを続けたが、フィリップ王子の情報はなかなか掴めなかった。エリクの足取りも掴めず、その後、王宮内で彼を見かけたという情報も得られなかった。だが、わかったこともある。

予知の内容をヴァルターと吟味《ぎんみ》して気づいたのだが、国王の服装と、窓からかすかに見えた月の形から、事件が起こるのは今の季節である可能性が高いこと。

遥《はる》か先の未来ではなく近々――恐らく、数週間以内に起こるようなのだ。

しかし、わかったのはそれだけで、日にちの範囲は未だ広いし、フィリップ王子の正体も、彼がどうやって国王の居室に忍びこんだのかも依然、謎のままだ。

悩みながらも諦めきれず、私は今、寝室で文机《ふづくえ》に向かって真剣に本を読んでいた。

現在は事情が事情のため、ノアの授業を一旦中断させてもらい、午前中の時間をこうして調べ物に充《あ》てているのだ。ノアには「急ぎ調べたいことがある」とだけ伝えたが、どうやら彼にも探し物があるらしく、理由も問わずすんなり受け入れてもらえて、正直ほっとした。

そんなわけで、私は自室で調べ物の最中。

今読んでいるのは聖女の異能についての本で、私の予知能力をもっと進化させる方法が書かれていないか調べているところだ。フィリップ王子について文献で情報を得るのは難しいとわかったので、それなら私の予知を進化させ、そこからなんとか彼の手掛かりを掴めたらと思ったのだ。

読み進めるうち、あるページに目が惹き寄せられる。

「聖女の異能で解決した出来事は、そのひとつひとつに重要な意味がある……かぁ」

それは、花籠《はなかご》の聖女について書かれた文章。

彼女は元々、園芸が特技だった女性で、この世界にトリップしてからはその特技が進化し、手を触れるだけで枯れた植物を生き返らせるようになったのだという。

やがて彼女は、国に蔓延《まんえん》する病《やまい》を治す唯一の薬草が絶滅しかけていたのを生き返らせ、国の危機を救ったらしい。

——ただ、この本によると、その前にある出来事があったというのだ。

彼女は王宮でなく、辺鄙《へんぴ》な町にトリップしたそうで、そこである隠居老人と出会った。繰り返し咳をし吐血する彼は、もう先が短い様子で、哀れに思った彼女は彼のため、病《やまい》に効くという薬草を探したらしい。そして萎《しお》れかけていた薬草を生き返らせ、彼に煎《せん》じて呑ませた。

それにより、老人は一命を取り留めたのだという。

やがて彼女はその異能によって聖女だと見出され、王宮に連れていかれることになった。

そうして当時の国王に求められるまま、蔓延《まんえん》していた病《やまい》を治すため枯れかけた薬草を生き返らせたが、それを薬にするのに思わぬ時間がかかった。——その薬草は、絞り汁を加工して薬にする必要があったのだ。それは技術を要する作業のため、思うように薬が仕上がらない。

そこに現れたのが、以前助けたあの老人だ。

なんと彼は、引退前は国一の薬師だった人物で、以前己を助けた聖女の恩に報《むく》いようと、王宮までやってきたという。彼は率先して薬を飲みやすい液状に加工し、王宮で働く元弟子たちと共に、その技術を近隣の医師たちへ広めていったという。

彼らの活躍により、薬はあっという間に大量に仕上がり、結果として多くの民を助けることができたらしい。思わず感心して呟く。

「すごい……ささやかな出来事だと思っていたことが、後に大きな鍵になったんだ」

聖女は、まさか老人が国一の薬師だと知って助けたわけではなかっただろう。

けれどその小さな出会いが結果として彼女を助け、国をも助けた。そのように、聖女の取った行動は、一見ささやかなものでもちゃんと意味があるのだと、本には綴《つづ》られている。

「私にも、もしかしたらそんな感じの出来事があったりしたのかな……？」

でも、考えてもそれらしい記憶は浮かんでこない。それに、偶然起きた出来事が壮大に脚色されて後世に伝わるのは、よくあることだし……

そう考えながらぱたんと本を閉じると、扉を叩く音が聞こえてきた。

「チハヤ様、そろそろ昼食のお時間でございます」

「あっ、もうそんな時間なんだ。リーゼ、ありがとう」

お礼を言い、本を机に置いて席を立つ。窓の外へ視線を向ければ、清々《すがすが》しい秋晴れの空が視界に飛びこむ。そして寝室を出て居間へ向かうと、どこかそわそわと嬉しそうなリーゼが目に入った。

「あれ？　リーゼ、もしかしてなにかいいことでもあった？」

「あ……おわかりになりましたか。実は今日、ヨゼフが王宮に来ているのです。それでお恥ずかしながら、どうにも心落ち着かなくなってしまいまして」

テーブルに並べられた料理に合わせ、お茶を淹《い》れようとしていたのだろう。ティーポットを持ったまま照れくさそうに微笑むリーゼに、つられて私も微笑む。

「そっか、それは嬉しいよね。普段離れて暮らしている息子さんと久々に会えるんだもの」

先日の運河で溺れた件以来だから、久しぶりの再会のはず。お母さんとしては、やはり楽しみでそわそわしてしまうのだろう。リーゼが目を細めて続ける。

「私も嬉しいのですが、ヨゼフも王宮の庭を思いのほか気に入ったようで、また遊びに来たいと手紙でも申していたものですから」

「えっ、ここに来るのを怖がったりはしていないの？」

ヨゼフは運河近くの木から落ち、あと少しで溺死するところだったのだ。

むしろあまり来たがらないのではと思ったが、どうやらそうでもないらしい。

「ええ。幸いながら、木から落ちた直後のことはあっという間で、怖がるよりとにかくわけがわからず、びっくりするばかりだったらしく」

ほっとした様子で、リーゼは続ける。

「あれから日が経った今では恐怖も薄れ、チハヤ様にお会いできたことですとか、楽しかった思い出の方が強くなっているようなんです。それに、なんでも王宮の庭には秘密の通り道があるとかで、そこでまた遊びたいと、手紙で楽しそうに語っておりまして」

「へぇ……男の子が好きそうな、抜け道みたいなものでも見つけたのかな」

ヨゼフは、繁《しげ》みに開いた穴すらも秘密基地への入り口に見える、やんちゃで冒険心溢れる年頃だ。きっとそんな場所を見つけ、探検したいと感じたのだろう。想像すると微笑ましくなってくる。

ずっと本とにらめっこしていたせいか、私も気分転換したくなってきたので、そっと申し出てみた。

「ねえ、リーゼ。昼食を食べ終えたら、一緒にヨゼフに会いにいかない？　午後のお茶の準備は、今日はもう必要ないから」

「いえ、ですがまだ仕事中の身で、そのようなことをするわけには……」

恐縮して断ろうとするリーゼに、私はううん、と首を横に振る。

「違うの、私もヨゼフに久しぶりに会いたくて。面会室に行く私に侍女として同行する形にすれば、リーゼも職務中ではあるけど少しだけ長くヨゼフといられるでしょう？　それなら私も気分転換できるし、一石二鳥だなと思ったの」

「まあ、チハヤ様……。お気遣いくださり、ありがとうございます」

目を見開いた彼女は、やがて感謝の言葉と共に微笑んだ。

そうして私が昼食を終えたら、二人でヨゼフに会いにいくことが決まったのだった。


リーゼにも軽く食事を取ってもらってから、二人で一階の面会室に向かう。

面会室は王宮の西玄関から廊下を西へ向かって進んだ先にある。その奥には住みこみで働く侍女や侍従たちの生活棟があるため、彼らが面会しやすいようこの位置に作られたのだろう。

こんこんと扉を叩いて開くと、瀟洒《しょうしゃ》な部屋の中では、栗色の髪の幼い少年が長椅子に座って待っていた。リーゼの姿を見るや、彼――ヨゼフはぱっと嬉しそうに藍色《あいいろ》の瞳を輝かせて立ち上がり、次に私を見て、恥ずかしそうにもじもじする。

彼が話しているところは先日もあまり見た覚えがなかったけれど、この様子だと内気な性格なのかもしれない。リーゼが彼の傍に歩み寄り、屈《かが》んで声をかける。

「ヨゼフ、久しぶりね。今日はチハヤ様も貴方《あなた》に会いにきてくださったの。貴方《あなた》が元気にしているか気にかけてくださって。……さ、チハヤ様にご挨拶《あいさつ》しましょうか」

リーゼに優しく促《うなが》され、ヨゼフは再びもじもじした後、ぺこりとお辞儀する。

「はい、母様。……聖女様、こんにちは」

「こんにちは、ヨゼフ。久しぶりね。会えて嬉しいわ」

しゃがんで目を合わせて言えば、ヨゼフが頬を薔薇色《ばらいろ》に染めて、こくんと頷く。

「ぼくも……聖女様に、ありがとうしたかったの」

そして、すぐリーゼのスカートの後ろに隠れてしまった彼に、リーゼが苦笑する。

「申し訳ございません、このようにとても内気な子で」

「ううん、急に私が会いにきちゃったから、戸惑うのも仕方ないよ。まだ会うのは二度目なんだし。……ねえ、ヨゼフ。よかったら、一緒に中庭を探検してみない？　お母さんから聞いたけど、抜け道があるんでしょう？　私にもよかったら教えてほしいの」

「ぬけみち……ぼく、聖女様におしえる！」

頼まれて嬉しかったのか、ヨゼフがスカートの後ろから顔を出し、ぱぁっと顔を輝かせる。

その愛らしい表情に、私とリーゼは顔を見合わせ、くすりと微笑んだのだった。


――五分後。


面会室を出た私たちは廊下に面した扉から、近くの中庭へ出る。背の低い木や花壇が並ぶ、可愛らしい見た目の庭だ。すると、ヨゼフがなにか見つけたのか、草むらの方へとたとたと走っていく。

しゃがんだ彼は、小さな桃色の花を一輪摘《つ》むと、また私の方へ駆け戻ってきた。

リーゼから躾《しつ》けられているのか、花壇の花には手をつけようとせず、ちゃんと隅に咲く野花らしきものを選んで摘《つ》んできたのが偉いなと思う。

「はい、聖女様……お花」

「ありがとう、すごく綺麗ね」

ふふっと微笑んで受け取る。素直で一生懸命なところが可愛くて、リーゼが彼を大切に思う気持ちがわかる気がした。そして、彼もリーゼのことが大好きなのだろう。なにしろ、働いている母を眺めようと、木に登ろうとしたくらいだから。あんなに遠い場所にある木だったというのに……

そこで、あれ？　と思う。

改めて考えると、ヨゼフの落ちた木があった東の運河は、面会室からだいぶ離れていた。

あの時は、小さい子供だから侍従や庭師たちが彼の姿を見逃してしまったのだろうと納得したけれど、今になってやや不自然に思えてきた。

それだけ長い道のりを歩けば、自然と誰かの目に留まる可能性が高くなるだろうし、そもそもヨゼフの小さな足で行くには、あそこは遠すぎるような――

「ねえ、ヨゼフ。前に木に登った時のことだけど、あそこまで行くのは大変じゃなかった？」

不思議に思って尋ねると、彼はふるふると首を横に振る。

「だいじょうぶ。影さんの後、ついていったから」

「影さん？」

「うん。くろい……おおきな影さん。ぬけみち、しってるの」

「ええと……その人の後をついていったら、いつの間にか運河にある木の傍にいたってことなのね」

そう確認したところ、うん！　とヨゼフが頷く。

うーん、一体誰のことだろう。もしかしたら、黒い服を着た庭師や侍従の後をついていったのかもしれない。彼らなら、きっと近道だって知っているだろうし。どうやらそれが手紙でヨゼフが語っていた抜け道であり、そのお陰で運河まで楽に辿り着けたらしい。

「そっか。でも、あまり知らない人の後をついていかないようにね。中には、貴方《あなた》を攫《さら》ってしまうような悪い人もいるかもしれないから」

「うん……ぼく、気をつける」

真剣な顔で頷いたヨゼフだったが、向こうに気になるものでも発見したのか、あっと声を上げると、とたとたと駆けていく。

「えっ？　ちょっと、ヨゼフ⁉」

驚いて声を上げる私を一度振り返った彼は、「聖女様に、おしえるの」と言って、そのまま木立の方へ駆けていってしまった。

「どうしたんだろう……とりあえず、ついていってみましょうか」

「ええ、そうですわね」

私とリーゼは不思議に思いつつ、ヨゼフの後を追う。

やがて小さな背中に追いつくと、彼は木立の前にある繁《しげ》み辺りでしゃがみこんでいた。

「ヨゼフ、一体どうしたの？」

後ろから覗きこむと、彼の視線の先には、草に紛れ、表面が苔《こけ》むした平たい大きな石があった。

彼はうーんと力を入れてそれを持ち上げようとしているようだ。

だが力が弱いせいで、少ししか持ち上がらない。

「それ、持ち上げたいのね。リーゼ、一緒に持ってもらっていい？」

「畏《かしこ》まりました」

ヨゼフを下がらせ、リーゼと平たい石の両端を持って持ち上げると……結構重い。だが、ぐぐっと動かし、なんとか横にずらすことができた。すると——

「えっ？　なにこれ」

驚いたことに、石の下には、人ひとり通り抜けられるくらいの真っ黒い空洞がぽっかりと空《あ》いていたのだ。目を凝《こ》らしてみると、暗い穴の中に薄《うっす》らと階段のようなものが見える。

「あった、ぬけみち……！」

ヨゼフは嬉しそうに言い、迷いなく穴の中へ足を踏み入れようとする。

「ヨゼフ、ちょっと待って。そんな怪しい穴に入るなんて危ないから……！」

慌てて呼び止めるが間に合わず、彼はそのまま穴の中へ消えてしまった。放っておくこともできず、ええい、それなら私も！　と、私も勇気を出して穴へ足を踏み入れてみる。

後ろからリーゼの驚く声が聞こえた。

「チハヤ様!?　そんな、危のうございます」

「大丈夫、ちゃんとした階段になってるみたいよ。リーゼも入ってみて」

「か、畏《かしこ》まりました……」

ごくりと唾を呑みこんだリーゼが、私の後に続く。そうして階段をおそるおそる下りた私たちは、壁に手を当てて手探りで前へ進んでいった。

穴の中は、身を屈《かが》めれば大人でもなんとか通れる、小さなトンネルといった感じだ。

灯りなんてもちろんなく、あるのは私たちが入ってきた入り口から差しこむほのかな陽光と、遥《はる》か向こうに見える、出口らしい箇所に差す細い光だけ。それを目指し、一歩ずつ慎重に進んでいく。

進むほどに、遠くにある光が近づいてくる。その光の手前には、先程と同じく階段があった。

それを上《のぼ》ると――

「わぁ……！」

そこには、見覚えある風景が広がっていた。

以前ヨゼフを助けた、あの東側の運河の風景だ。見回す限り木立が続き、白い花が咲く繁《しげ》みがあり、向こうには穏やかな運河が流れている。そのすぐ傍で、ヨゼフが嬉しそうにこちらを振り返って立っていた。はしゃいだ声で彼は言う。

「ここ、前もとおったの。くろい影さんがとおるの、あっちでみたから」

どうやら今通った暗い穴の道が、彼の言っていた秘密の抜け道だったらしい。

リーゼが驚いた様子で背後の穴を振り向いて呟く。

「まさか、このような道が中庭にあっただなんて……」

「思っていたより、ずっとしっかりした道だったわね。これなら成人男性だって通れそう。それにしても……なんであんな苔《こけ》むした石でわざわざ隠してあったのかしら」

不思議に思って首を傾げた私に、リーゼがはっとして言う。

「チハヤ様。……もしかしたらこれは、有事の際の脱出路だったものかもしれません」

「脱出路？」

「ええ。敵が王宮に攻めこんできた際、国王陛下が脱出するために作られた、秘密の通路のことです。よもや、このような場所に残っていたとは思いもしませんでしたが」

彼女の言葉を、私はどこか目が覚める思いで聞いていた。

「国王が王宮の外へ脱出する際の、秘密の通路……」

つまりそれは、外から王宮内にいる国王のもとへ行ける道でもあるのではないだろうか。

今通ったのは中庭と運河を繋いだ短い道だったが、もし他にもこんな道が王宮内にあるのだとしたら……そこを通ればきっと、国王の居室へだって行けるはず。

そして、そんな秘匿《ひとく》された道を知っているのは、きっと王族だけで——

はっと気づいた私は、真剣な眼差しでヨゼフに問いかける。

「ねえ、ヨゼフ。教えてちょうだい。貴方《あなた》が見た黒い影さんについて。その人がどんな人だったか覚えてる？　例えば、髪や目の色とか」

「ううん……おかおはわからない。かくれてたから」

「隠れてた？」

「そう。あたまにかぶってて、みえなかったの」

「それって、こういう格好じゃなかった？」

私が上着を脱ぎ、フードのように頭に被ってみせると、ヨゼフは「うん、それ！」と頷いた。その言葉に、やはり……と確信を持つ。侍従や庭師がそんな怪しい風体をしているとは思えないし、なにより全身黒色でフードを目深《まぶか》に被っていたなら、予知で視《み》たフィリップ王子と同じ服装だ。

それに、王族しか知り得るはずもない道を知っていたあたり、きっとヨゼフが見たのは、国王の居室へ近づくための経路を確認していたフィリップ王子だったのだろう。

やっぱり、彼はいるんだ。この王宮内のどこかに――

重大な事実を知った私は、早くそれをヴァルターに伝えたくなり、リーゼに声をかける。

「リーゼ、突然ごめん！　私、ちょっとヴァルターのところへ行ってくるね」

「えっ、あの、チハヤ様!?」

「急用ができたの。二人は気にしないで、ここでゆっくりお話ししていて」

そして私は彼らを振り返り、微笑む。

「ありがとう、リーゼ、ヨゼフ。――今わかったわ。私にとっての大きな鍵は、貴方《あなた》たちとの出会いだったんだって。お陰で、謎の正体が掴めそうよ」

そう感謝を伝えると、リーゼは頬に手を当てて不思議そうに目を瞬《しばたた》き、その隣にいるヨゼフはきょとんとした後、照れくさそうに微笑んだのだった。

リーゼたちと別れて東側の運河を後にした私は、途中で出会った侍従に護衛代わりに途中までついてもらい、ヴァルターのもとへ向かう。

ここなら安全と思える区域まで来たら、侍従には元の仕事に戻ってもらい、ひとりヴァルターを捜す。もしかしたら図書室にいるかもと考えて向かったところ、途中の廊下で彼とばったり会った。

「あっ、ヴァルター！」

「チハヤ様……！」

どうやら急いで廊下を歩いていた様子の彼は、私を見るなり駆け寄ってくる。

私も彼の前まで行くと、逸《はや》る思いで先程のことを口にする。

「あのね、さっき、中庭ですごく重要なことがわかったの」

「そうか。俺も貴女《あなた》から聞いた予知を絵にして、気づいたことがあった」

ヴァルターもなにかを掴んだのか、目に強い光が宿っていた。

そして、私たちの声が見事に重なる。

「これがわかれば、きっとあの予知も……！」

「これで恐らく、あの未来も……！」

思いきり声が被り、目を瞬《しばた》いた私たちは次の瞬間、同時に噴き出してしまった。二人とも、早く相手に伝えたくて仕方なかったらしい。

ヴァルターが肩の力を緩めて言う。

「とりあえず、こんな往来ではなく部屋の中で報告し合おうか」

「うん！　そうしよう」

そうして私たちは室内に入り、向かい合って椅子に座ると、互いが得た情報を擦《す》り合わせていく。

私は、中庭で見た秘密の抜け道の話を。ヴァルターは、ついさっき国王の居室で覚えたという違和感についての話を。

「――なるほど。つまり、殿下はその抜け道と同様のものを通って現れる可能性が高いわけか。そして、それが陛下のお部屋のどこかにあるのだと」

驚きながら言うヴァルターに、私は頷いて答える。

「そうだと思う。廊下にいる兵士に見咎められずに入れたわけだし。それに、貴方《あなた》が今教えてくれた陛下の部屋の様子から、フィリップ殿下が現れる日もだいぶ絞られてきたわ」

少しずつ謎が解け、霧《きり》に包まれていた情景が徐々に明らかになっていく心地がする。

そうして日が暮れても話し続け、結局、夜通し話し合いに熱中し続けた私たちは、寝不足になりつつも、目を爛々《らんらん》と輝かせていた。

これで犯人に――フィリップ王子にきっと対抗できる。そう思えたから。

「ヴァルター、決まったね。この方法でやってみよう」

「ああ。――これで、陛下に危険を近づけることなく、彼《か》の方《かた》を捕まえてみせる」

ヴァルターの瞳にも、希望と強い意志が見える。

私たちは顔を見合わせ、よし！　と力強く頷き合ったのだった。

第八章　月夜の侵入者

そして、私とヴァルターが話し合ってから、十日後の晩の、国王の居室。

気品ある調度品が並ぶ部屋の中、書棚の前に立つ国王の姿や、傍の棚に飾られたいくつもの鷹《たか》の置物が、揺らめく燭台の灯りに照らされている。

窓の外には月の浮かぶ夜空が見え、遠くから小夜鳴鳥《さよなきどり》の声が聞こえていた。

他に聞こえるのは、国王が本をめくる音と、かすかな衣擦《きぬず》れの音ばかり。とても静かな夜更けだ。

いや――それだけではない。そこに、きぃと扉が開くような音がかすかに混じって聞こえてくる。

その音がした直後、部屋の隅からゆっくりと国王へ近づく人影があった。

どこから現れたのか、フードを目深《まぶか》に被った黒い外套《がいとう》姿のその人物は、足音を殺して国王に近づいていく。そして、国王の背まであと数メートルの距離に迫った時――

寝台の後ろに隠れていた私は、ぱっと飛び出て、彼の前に立ちふさがった。

「そこまでです。フィリップ殿下」

「……！」

驚いた様子で彼――フィリップ王子は動きを止める。まさか国王以外の人間がいるとは思わなかったのだろう。動揺し、警戒した様子で身を低くしている。

そしてここには私だけでなく、ヴァルターもいた。

私と共に隠れていた彼は、国王と私を背に庇《かば》うように、すっと一歩前へ進み出る。

「下手な動きはなさらない方がいい。貴方《あなた》がフィリップ殿下であらせられることも、これから取られる行動についても、こちらはすでに把握している」

ヴァルターが鋭い眼差しを向け、剣を構えるや、フィリップ王子がじり、と後ずさった。

「………………」

無言でなにか考えた様子の王子は、次の瞬間、胸元から小さなナイフを取り出し、ヴァルターへ躊躇《ためら》いなく投げる。しかし、瞬時に反応したヴァルターはそれを剣で弾き落とした。

王子も防がれるのは想定内だったたか、それとも初めから一瞬の隙を作るために投げたのか。

ヴァルターがナイフに気を取られたわずかな隙に、彼の横を駆け抜ける。そして、新たに懐《ふところ》から取り出した刃物で国王に斬りかかろうとし——だが、それを許すヴァルターではなかった。

「させるか……！」

瞬時に身を翻《ひるがえ》して彼の懐《ふところ》へ踏みこんだ彼は、王子の手を剣の柄《つか》で打ち据える。

「ぐっ……」

痛みに呻《うめ》いた王子の手からナイフが落ち、床の上をからからと滑っていった。

傷ついた手をもう片方の手で押さえた彼だが、それでもまだ諦める気がないらしく、腰から抜いた別の刃物でさらに応戦しようとする。刃がぶつかる硬質な音が部屋に響いた。

素早い身のこなしだけれど、その度《たび》、ヴァルターが手や足を打ち据え、彼の動きを封じていく。

打ち据えているだけなのは、恐らく相手が王族だから。斬りつけるのは最後の手段に取っておいているのだろう。

私は少し離れた場所で国王を背に庇《かば》いながら、彼らの剣戟《けんげき》をはらはらと見守っていた。

「すごい剣戟《けんげき》……」

ヴァルターはもちろん、王子も予想以上に刃物の扱いに慣れており、その身のこなしに驚いたのだ。彼が本当に国王を殺《あや》める気であるのがわかって、緊張が高まっていく。

戦い続けるうちに徐々に壁際へ追い詰められていった王子は、分が悪いと思ったのか、とっさの動きで傍にある硝子《ガラス》棚を蹴倒した。がしゃんという音と共に破片が辺りに飛び散り、ヴァルターが後ろへ飛びのく。

それによって二人の間に間合いができ、そこでようやく、無言だった王子が低い声で呟いた。

「……あーあ。結局、お前さんたちが俺の邪魔をするのか。上手くいくはずだったってのによ」

その渋い声音に聞き覚えがあり、私は目を見開く。

まさか、フィリップ王子の正体は、エリクではなく――

「その声……もしかして、ディーツなの……!?」

視界の端で、ヴァルターが息を呑む様子が見えた。

「まさか……あいつがフィリップ殿下だと？」

驚きに固まる私たちの視線の先で、ゆっくりと王子が外套《がいとう》のフードを脱ぐ。

そこには、禽舎《きんしゃ》で見慣れたあのディーツの姿があった。

渋さと野性味を併せ持つ、左目辺りに傷痕がある男らしい風貌。逞《たくま》しい長身はいつもの作業服ではなく黒い外套《がいとう》を纏《まと》っていて、どこか得体の知れなさを感じさせた。

そして普段の彼は髪が灰色だが、今は淡い金髪になっている。恐らく、これまでは正体を隠すため灰色に染めていたのだろう。なにより私が知るディーツとあまりに違うのは、その面差し。

大らかに笑っていた彼は、今は目に暗い光を湛《たた》え、歪《ゆが》んだ笑みを浮かべていた。

王子が王宮のどこかに潜《ひそ》んでいることはわかっていたが、まさか彼だったとは思いも寄らず、信じられない思いで問いかける。

「本当に、貴方《あなた》がフィリップ王子なの？」

すると、彼はやれやれとばかりに肩を竦《すく》めてみせた。

「……そうさ。せっかく王宮に入りこんで、ようやくここまで近づけたってのに。あんたは本当に、どこまでも邪魔をしてくれるお嬢さんだ。禽舎《きんしゃ》から遠ざけて怯えさせて、これでやっと動きやすくなったと思ったのにな」

「怯えさせてって……じゃあ、あの蛇を置いたりしたのも、やっぱり貴方《あなた》の仕業《しわざ》だったのね」

半ばわかっていたことだが、本人の口から実際に聞くとやはり衝撃を受ける。

だって、彼はいつも気さくな笑顔で話していたのだ。いつでも鷹《たか》を見せてくれて、時には励ましてくれて……それもすべて演技だったのか。

「ああ。……あんたに予知で視《み》られて邪魔されちゃ、せっかくの計画が台無しになっちまう。かと言って、下手にあんたに怪我をさせちゃあ国が瞬《また》く間に滅んじまうかもしれない。その塩梅《あんばい》がどうにも難しくてな。蛇を置いて脅《おど》かすぐらいが関の山だったさ」

「でも、毒蛇なんて一体どこから……」

「おいおい、忘れちまったのか？　俺は鷹匠《たかじょう》だ。相棒の鷹《たか》がいりゃあ、蛇なんていくらでも捕まえてこられるさ。俺にはなくとも、あいつらには森まで飛べる翼があるんだ」

「そうだったのね。それで、鷹《たか》に蛇を捕まえさせて……」

恐らく、洗濯場から私の衣装が消えたのも同じ理由だったのだろう。

人のいない隙に鷹《たか》に衣装を咥《くわ》えて持ってこさせ、それを切り裂き廊下に置いて……。犯人の姿が見えなかったのも当然だ。だって、彼らは空からやってきていたのだから。

さらには、自分に関する予知を視《み》られないようにするため、周囲で不審な人影を見たと言い、私を遠ざけたのだろう。私はそれに気づかず、彼の言葉を鵜呑《うの》みにして――

呆然とする私の後ろで、国王も驚きに言葉を失っていた。

「なんということだ……」

ヴァルターから予知について聞いていたとはいえ、実際に侵入者が現れるまでは半信半疑だったのだろう。しかも、その正体は行方不明だった弟で、王宮で働く家臣のひとりだったのだ。

動揺した様子で額《ひたい》を押さえながら、国王が揺れる瞳で問う。

「そなた、ディーツというのか？　そういう名の鷹匠《たかじょう》がいるとは聞いておったものの、まさか、そなたがフィリップだったとは……。面差しはだいぶ逞《たくま》しく変わったようだが、その金髪に青い瞳はまさしく我が弟。そうか、無事生きておったのか……」

どうやら共に王宮内で過ごしつつも、実際に相対したことはこれまでなかったらしい。恐らく、顔を合わせないようディーツが慎重に動いていたのだろう。

動揺する兄を見据え、ディーツがくつくつと暗く笑う。

「俺だって驚いたさ。まさかこうして、あんたと目を合わせて会話することになるなんてな。本当なら喋る暇も与えず、息の根を止めてやろうと思っていたのに」

「本当に、余の命を狙っておったのか……」

衝撃を受けた様子の国王に答えず、ディーツは肩を竦《すく》めて続ける。

「しかし……まったく、決行の日まで悟られていたなんてな。……チハヤ様、なぜわかった？　俺はわりと上手くやった方だと思ったんだがな」

「そうね……実際、貴方《あなた》は上手くやっていたわ。予知の中では顔も外套《がいとう》に隠れて見えなかったし、一言も喋らなかったもの。でも、決行する日がいつかは、ヴァルターと調べていくうちにわかったの。陛下の部屋の棚にある、あの置物たちのお陰でね」

「置物？」

「そう、鷹《たか》の置物。あれが、貴方《あなた》が来る日が今日だと示していたから」

言いながら私は、部屋の棚に飾られた置物を視線で示す。飴色《あめいろ》の重厚な棚には、黒や茶など様々な色の木彫りの鷹《たか》がずらりと並べられており、その最後尾には白い鷹《たか》が並んでいた。

「これで？　だが、こんな木彫りの鷹《たか》があったところで……」

不審そうに言ったディーツが、途中ではっとする。

鷹匠《たかじょう》である彼だからこそ、その意味に気づいたのだろう。

「ええ。貴方《あなた》ならわかるはずよね？　――だってこれは、鷹《たか》狩りの際に陛下が連れていった鷹《たか》たちを、順番に彫っていった置物なんだもの」

それは先日、図書室でヴァルターから教えてもらって知ったこと。

私が予知で視《み》た国王の居室には、鷹《たか》の置物がいくつも並べられていた。そして黒や茶色の鷹《たか》が並ぶ中、白鷹《しろたか》の置物がひとつあり、それが目を惹いたのだと前に伝えていたのだ。

それを覚えていたヴァルターは、報告のため国王の居室を訪れた際、棚にある置物が予知と微妙に違い、違和感を覚えたのだという。数が少なく、さらにはその中に、私が視《み》た白い鷹《たか》がなかったから。気になって尋ねれば、国王はこう答えたらしい。

「陛下は、意味なく棚に置物を飾っていたのでなく、彼が鷹《たか》狩りに連れていった鷹《たか》を順番に並べていたの。最初に連れていったのは黒い鷹《たか》、その次の鷹《たか》狩りでは茶色。鷹《たか》狩りが終わるとすぐに、その日連れていった鷹《たか》と同じ色の置物を作らせ、記念に並べていったそうよ」

続く説明を、ヴァルターが引き継いでくれる。

「予知では、数週間前の陛下の居室にはなかった白鷹《しろたか》が最後尾に飾られていた。つまり予知で視《み》た晩――貴方《あなた》が訪れる日は、陛下が鷹《たか》狩りに初めて白鷹《しろたか》を連れていった直後の晩ということだ。次の鷹《たか》狩りも、二日後に予定されていたからな」

それで王子がやってくるのが、今日――陛下が白鷹《しろたか》を鷹《たか》狩りに連れていった翌晩と当たりをつけられたのだ。その前日まで私たちは陛下の許可のもと、居室内を隅なく探していた。

そして、ようやく見つけたのだ。――過去の国王たちが脱出に使ってきた、秘密の抜け道を。

私はディーツを見据えて言う。

「貴方《あなた》がどこからここへやって来たのかも、ある親子のお陰でわかったわ。びっくりした……部屋の隅にある衣装棚からだったのね」

そうして私が視線を向けた先には、立派な衣装棚があった。

なんとこの棚は、底に二重になった木板があり、それを外すと人が通り抜けられるのだ。奇抜な作りのこれもまた、国王の脱出用に作られた秘密の経路だった。

そしてこの抜け道は、一階にある物置部屋の天井と繋がっていた。前にディーツが、鷹《たか》の餌箱にする木箱を探しに入ったと言っていた部屋。実際にはあの時も彼は、国王のもとへ向かう経路を確認していたのかもしれない。私が声をかけた時、びくっと驚いた様子だったから。

それを聞いたディーツは呆然としていたが、やがてくつくつと笑い出した。

「そうかい……まさか、そんなことまで知られちまってたとはな。……なんだい、チハヤ様。あんた、自分の能力を使いこなせてるじゃねぇか。あんなにぼやいてたってのに」

「私だけの力じゃなくて、傍で力を貸してくれる人がいたからだよ。現に、貴方《あなた》がここに来るのに使った経路はわかっても、貴方《あなた》が犯人であることまではわからなかったもの」

そう……これは私だけの力じゃない。

きっと、この世界で親しくなった人がひとりでも欠けたら、防げなかったこと。

リーゼとヨゼフに出会っていなかったら、抜け道のヒントは掴めなかった。

ノアが知識を与えてくれなかったら、私は聖女の能力について無知なままで、これが進化させられるものだとは知らなかっただろう。

なにより、ヴァルターやカイが傍で守ってくれなかったら、ここまでがむしゃらに事件の真相を追えなかった。だから、色々な要因が合わさって、今こうしてディーツと対峙できているのだ。

そんな私とディーツの会話を聞いていた国王が、堪《こら》えきれない様子で問う。

「方法はわかった。……しかし、なぜそなたがこのようなことを」

苦悩の色を浮かべる彼に、ディーツがはっと吐き捨てるように笑った。

「なぜ？　——あんたがそれを言うのか。俺が市井《しせい》で泥を啜《すす》っていた間、のうのうと王宮で贅《ぜい》を尽くした生活を送っていたあんたが」

語るうち、彼の瞳は怒りと憎しみに染まっていく。低い声には、暗い感情が籠《こも》っていた。

「わからないだろう、あんたには。王宮を追われ、俺がこれまでどんな生活を送ってきたか。十歳の子供が、どうやって日々の糧《かて》を得られると思う？　殴られ蹴られ、それでも這《は》いつくばって……」

彼は左瞼《まぶた》に震える手をやる。そこにある縦に走った傷は、恐らく奉公先で斬られたものなのだろう。そして拳《こぶし》をぎゅっと握った彼は、低い声で言う。

「長い間、その日の食い扶持《ぶち》を稼ぐので精いっぱいで、暗い洞穴《ほらあな》を歩いている気分だったよ。……けど、やがて鷹《たか》を懐かせる腕を買われて、鷹匠《たかじょう》の師匠のもとで働けるようになった。幼い頃にあんたと行っていた鷹《たか》狩りのお陰でどうにか生き延びられたなんて、皮肉にも程があると思ったがな」

「フィリップ……」

なんと声をかけていいかわからない様子で名を呼ぶ国王に、ディーツは視線を伏せる。

「だが、俺が路頭に迷ったのは、別にあんたが悪いわけじゃない。悪いのは、突然俺を王宮から追い出したあの男——父上だ。……ずっとそう思ってきたんだ。この王宮に来るまでは」

そんな彼に、ヴァルターが静かに尋ねる。

「初めから、陛下を弑《しい》し奉《たてまつ》るつもりで王宮へ来たのか？」

「——いいや。鷹匠《たかじょう》として、真面目に働くつもりで来たさ。師匠が王宮に呼ばれ、一緒にこいかって俺にも声をかけてくれてな。なら俺も過去は忘れて、真面目に働いていこうと思ってたんだ」

語る彼の声は徐々に低く掠《かす》れていく。

「だがな……王宮に来て愕然《がくぜん》としたよ。煌《きら》びやかな建物、贅沢《ぜいたく》な食事、なにもかも俺が過ごしてきた日々とあまりに違っていた。ああ、あの頃俺がいたのは、こんなに綺麗な場所だったのか……嫌でも思い出しちまった。そしてわかっちまったんだ。兄と今の俺との歴然とした差を」

市井《しせい》で暮らし、鷹匠《たかじょう》として懸命に生きていこうと思った矢先、再び王宮に来ることになり——皮肉にも、彼は思い知ってしまったのだろう。自分の失ったものの大きさに。

そして兄であるモーゼス王と、弟である自分のあまりに隔《へだ》たった状況に——

泣き笑いのような表情で、ディーツは国王を見て言う。

「あんたはいつも侍従や庭師……誰もに賢君と称《たた》えられ、なに不自由ない生活を送っていた。……それをどうやって、羨《うらや》まずにいられると思う？　二十年近く高みにいたあんたに、俺がなり代わりたいと思ったって不思議はないだろう。だって俺は弟で、あんたになにかあった時は代わりに玉座に座るはずの人間だったんだ。……そのはずだったんだ」

「フィリップ……」

「だから、ずっとこの時を狙っていた。隣国との戦《いくさ》も終わり、あんたや周囲の人間が気を抜く瞬間を。――その時こそ、隙をついてあんたの命と共に玉座を奪ってやろうと思っていた。だが……」

彼の言葉の続きを察した私は、静かに口にする。

「戦《いくさ》の祝勝の場に、私が舞い降りてしまった……そういうことなのね」

計画を実行しようとしていたディーツにとっては、驚くと同時に歯噛みしたことだったろう。

なにしろその聖女は、予知などという非常に厄介な能力を持った女だったのだ。

彼にとっては不運だが、だからこそ、私はあのタイミングでここにトリップしたのかもしれない。

国を盤石《ばんじゃく》に治めていたモーゼス王に危険が迫っていた、ちょうどその時だったから。

それゆえに私が初めて視《み》た予知は、白鷹《しろたか》を手に乗せた国王の鷹《たか》狩りの光景だったのだろう。王を狙うディーツについて、大きなヒントが隠された予知だったから……

私が視《み》てきた予知には、やはりちゃんと意味があったのだ。

ディーツが乾いた笑い声を上げる。

「そうさ……なにもかもが俺の人生の邪魔をしやがる。予知の聖女なんて、一体なんの冗談だと思ったさ。大体、いずれ元の世界に帰る女が、なんの恨みがあって俺の邪魔をしやがるんだと」

「いずれ、元の世界に帰る……」

その言葉に、私ははっとする。それは、この世界に来た時に国王たちから聞いていたのに、いつしか頭の中から薄れていたことだったから。ふいに現れた聖女は、いずれまたふいに帰還の光に包まれ、元の世界に戻る存在であることを――

そう……私はヴァルターたちと、どうあっても別れなければならない運命だったのだ。

私の動揺を知らず、ははっと笑ったディーツが低い声で言う。

「もっとも、一番邪魔をしてくれたのは、あの猜疑心《さいぎしん》に満ちた父上だがな。十歳の俺があの人の隠していた抜け道を知ったことで、異様なほど激高してな」

「えっ？　それってつまり、貴方《あなた》が追放されたのは、この秘密の抜け道を知ったからだったの？」

はっとして問うと、ディーツが頷く。

「ああ……俺は父上の部屋で見つけた書物を見て、遊んでいただけだったんだ。その本にはいくつも不思議な抜け道が書かれていた。本棚の後ろの隠し通路、中庭を通り抜けられる地下道……秘密基地を見つけた気分で楽しくてな。まさかそれが、有事の脱出路とは思ってもみなかったさ」

その時の彼は、ヨゼフのようにただ無邪気に遊んでいたのだろう。だが――

「けれど、貴方《あなた》の父親は、誰にも明かしていない国王だけが知る道を貴方《あなた》が暴いたと思った。そして己に成り代わるつもりかと怒り、疎《うと》んで追放した……そういうことだったのね」

本当の理由は明るみにできないため、母親に似てきたからと周囲には言ったのだろう。

それでも追放するだけで命までは奪わなかったのは、親としての情がまだわずかに残っていたのかもしれない。また、だからこそモーゼス王はこの道を知らなかったのだと理解する。

私たちが彼の居室に抜け道がある可能性がある、と伝えた時、彼はひどく驚いていたのだ。

それは、最後まで猜疑心《さいぎしん》に苛《さいな》まれていた父が、王位を継ぐ息子にさえ伝えなかったから——

語り終えたディーツは、くつくつと笑って、懐《ふところ》に手を入れる。

「まだやる気か……！」

瞬時にヴァルターが剣を構えるが、ディーツが取り出したのは刃物ではなかった。

——それは、液体の入った小瓶。なぜそんなものを……と困惑する私の前で、彼は蓋を開けると、小瓶を口元に持っていき……そこで、はっと思い至る。

恐らくあれは、毒だ。きっと彼は自害しようと——

私はとっさに名を呼ぶ。私よりずっと速く動ける、私の手足になると誓ってくれた人の名を。

「ヴァルター、お願い！」

「任せろ……!!」

すぐに答えて駆けた彼は、驚くべき速さで剣を一閃し、ディーツが持つ小瓶を割った。

「なん、だと……？」

驚愕《きょうがく》に目を見開くディーツの前で、小瓶は硝子《ガラス》の破片となって、液体と共に落ちていく。

やった、間に合った……！　一瞬喜んだが、ディーツは諦めなかった。

彼は手についたわずかな毒を迷わず口に含む。そしてぐっと呻《うめ》いた彼に、私は悲痛な声を上げた。

「そんな、どうして……!?」

「はは、失敗した時点で……こうすると、決めていたのさ。……玉座を奪えないなら、後は地に落ちるだけ。その方が、俺にはよほど、お似合いだろうよ……」

そう途切れ途切れに言うディーツの顔色が、次第に悪くなっていく。力なく地に崩れ落ちた彼に、国王が駆け寄った。

「フィリップ、そのようなことをせずとも……余は、余は……！」

弟を抱き起こす国王の目には、涙が滲《にじ》んでいた。十五年ぶりに再会したのに、このままだと彼は、またすぐ弟と永遠の別れを迎えなければいけなくなるのだ。それも最悪の形で。

私は彼らの姿を呆然と見ていた。このままじゃディーツは――

結局、私にはすべての人を救うことなんて無理なの？

私には、ここまでしかできないんだろうか。こうして見ているだけしか……

焦りで鼓動が速まる中、耳にふっと蘇《よみがえ》ったのは、以前のヴァルターの言葉。

『どうか冷静に。焦りは人の目を鈍くする。――貴女《あなた》は誰も見ることが叶わない未来をご覧になった。ならば、それにはきっと意味があり、そこに彼を助ける糸口もあるはずです』

――そうだ。そうやって考えて、私は以前ヨゼフを救ったんだ。

私が予知能力を持っていることは、きっとなにか意味があるはず。

諦めるのはまだ早い。考えろ、とにかく考えるんだ。

私は額《ひたい》に汗を滲《にじ》ませ、目まぐるしく思考を巡らせていく。

ディーツのこと、国王のこと、少しでも彼らに繋がりそうな誰かのこと。

ジェットコースターのようにぐるぐると浮かんでは消えていく記憶の中で、やがて、眩《まばゆ》い光と共にある男性の姿がふっと浮かんでくる。それは、見知らぬ老人の姿だった。

「この人は……？」

その老人は、狭い小屋でひとり、白鷹《しろたか》の世話をしていた。

穏やかな顔立ちのお爺さんで、慈愛をこめた眼差しで鷹《たか》を見ていた彼は、やがて悲しげに目を伏せる。彼が見た机の上には、見覚えのある白い小さな花が置いてあった。

『早くに水を飲ませるか、これさえ飲ませていれば、ディーツもあんなことには……』

そう呟いて彼は静かに涙をこぼす。そのまま、映像は薄くなって消えていき――

私は、そこではっと意識を戻した。

あの男性は……白鷹《しろたか》を世話していたということは、きっと彼はディーツの師匠なのだろう。

そして彼はディーツについて深く悲しんでいた。恐らくあれは、ディーツがこのまま亡くなった未来なのだ。そして彼が言っていたことが事実なら……

私は自分がすべきことを瞬時に悟り、ヴァルターに声をかける。

「ヴァルター、私は今すぐ東の運河に行ってくるわ！　あなたはその間、ディーツに水を大量に飲ませていて。少しでも毒が薄まるように」

「チハヤ様、いきなりなにを言って……」

「あそこの繁《しげ》みに咲く白い花を煎《せん》じて呑ませれば、ディーツは助かるかもしれない。そういう予知が今視《み》えたの！」

「予知が……？」

驚いた様子のヴァルターだが、すぐに真剣な顔で頷いた。

「――わかった。では、運河には俺が行こう。俺の方が貴女《あなた》より足が速い。それが最善のはずだ」

「ヴァルター……そうね。それならお願い」

頷き合った私たちは、すぐさま行動に移る。

ヴァルターが部屋を出るのを横目に見ながら、私は国王に告げた。

「陛下、私は水を持ってきます。それまで、ディーツのことをどうかお願いします！」

「あ、ああ……」

呆然とした様子の国王に伝え、私は部屋を出て廊下を走る。

とにかく、急いで水を用意しないと……それに、花を煎《せん》じる道具も必要だ。

逸《はや》る思いで駆ける中、私に走り寄ってきたのは見覚えのある侍女だった。大怪我をする未来を迎えるはずが、私が料理人の木箱を受け止めたことで、怪我をせずに済んだ侍女。

「あの、聖女様、どうかされたのですか？　そんなにお急ぎで」

驚いた様子で声をかけてきた彼女に、私は端的に状況を説明する。

「毒を口にした人がいて、急ぎ水を飲ませる必要があるの。それに、飲みやすい器も探していて」

「毒を……？　畏《かしこ》まりました、それではすぐに水差しをお持ち致しますわ」

はっとした彼女は、すぐにスカートの裾を翻《ひるがえ》し、どこかへ駆けていく。

「ありがとう、どうか陛下の居室までお願い！」

彼女の背に向かって言った私は、次にヴァルターが持ってくる花を煎《せん》じる道具を探しに向かう。

そこに駆け寄ってきたのはリーゼだ。彼女は真剣な眼差しで問いかけてくる。

「チハヤ様、今ほど、別の侍女から貴女様《あなた》が急ぎ探しものをしているとお聞きしました。誰かが毒を飲んだと……なにか、私にできることはございませんか？」

「ありがとう、リーゼ。花を煎《せん》じる道具を探してるの。あと……そうだ、お医者さんも！」

「それでしたら、厨房《ちゅうぼう》にあるはずです。料理人に急ぎ持ってこさせましょう。医者は私の方で手配致しますわ……！」

そして彼女もまた厨房《ちゅうぼう》の方へ走る。その背を見送って廊下を引き返している途中、汗だくになって道具を持ってきたのは、以前予知で木箱を支えて助けた料理人だった。

「聖女様！　こんなものでよろしければ、いくらでも使ってくだせえ」

「わっ、早い……！　助かるわ」

「いえいえ、聖女様の予知は、一刻を争うものだって身をもって知ってますんで」

「うん……ありがとう！」

お礼を言って道具を受け取り、私は部屋へまた走る。

こうして、以前助けた彼らのお陰で、必要なものが徐々に集まっていった。

国王の居室に戻ったところ、そこではすでに侍女から水差しを受け取った国王が、横たわるディーツに水を飲ませていた。

ディーツは……顔色がひどく悪いが、まだ息がある。あとはなんとか解毒薬を飲ませれば……焦る思いで待つ中、聞き慣れた凛々《りり》しい声が部屋に響いた。

「チハヤ様、今戻ったぞ！」

「ヴァルター……!!　お帰り、ありがとう！」

そして彼から白い花を受け取った私は、急いで花を煎《せん》じていく。

やがて出来上がったその解毒薬を匙《さじ》ですくい、ディーツの口に含ませようとする。

しかし彼はなかなか唇を開けようとせず、私は焦って呼びかけた。

「ディーツ……お願い、どうか飲んで……！」

生きるのを諦めたように飲むのを拒む彼に、私はさっき視《み》た予知を必死に伝える。

少しでも、彼の気持ちを変えてくれるように願って。

「これは……この薬は、貴方《あなた》の師匠が未来で言っていたものなの。貴方《あなた》にこれを飲ませたかった。

そうすれば貴方《あなた》は今も傍にいたのにって、彼は悲しそうに言っていたのよ」

「師匠、が……？」

「そう。それに貴方《あなた》、前に言っていたじゃない。私が予知を視《み》るのには、きっとなにか意味があるんだって。今はこれが、私がここにいる意味なんだと思う。貴方《あなた》をなんとか助けるため、師匠の言葉を貴方《あなた》に伝えるため、きっと私はここにいるの」

「俺を、助けるため……」

目を見開き掠《かす》れた声で呟いた彼は、やがてなにを思ったか、震える唇を開き、解毒薬を口に含む。

そして、ごくりと嚥下《えんげ》するのが見え――その瞬間、私は国王へ声をかける。

「陛下、お願いします。もっと水を……！」

「あいわかった」

額《ひたい》に汗を滲《にじ》ませた国王が、真剣な眼差しでディーツに水を飲ませていく。

王に召使いのような真似をさせるなんて、本来なら許されないことだ。けれど、その場にいた侍女も侍従も——誰もそんなことは口にしなかった。それだけ国王の表情が真剣だったからだろう。

薬と水を飲ませることを繰り返していると、ディーツの様子が目に見えて変わってきた。

荒かった息が穏やかになり、顔色もだいぶよくなってきたのだ。

その頃には、リーゼが呼んだ医者も駆けつけ、彼はディーツの容体を慎重に診《み》てくれた。

やがて医者は、ほっとした様子で顔を上げる。

「うむ——持ち直したようです。毒を飲んだ量が少なかったことと、早急に処置を施したことが功を奏したのでしょう。あとは医務室でしばらく休ませれば大丈夫なはずです」

「よ、よかったぁ……！」

私はへなへなとその場に腰を下ろした。一時はどうなることかと思ったが、なんとかディーツの命を助けられたのだ。

事が収まると、その場にいた侍女たちが疑問を口にし始めた。彼らからしてみれば、国王の部屋で鷹匠《たかじょう》が国王に介抱されているなんて、謎しかない状況だっただろう。

さらに国王の部屋は、強盗に入られたかのごとく家具が壊れ、ものが散乱しているのだ。

「あの、ところで恐れながら、どうしてディーツがこちらに……？」

戸惑いの目を向ける彼らに、国王は向き直って重々しく告げた。

「此度《こたび》の働きぶり、そなたたちには重々礼を申す。――詳細については後日説明しよう。悪いが、今日のところはなにも聞かず持ち場に戻ってはくれまいか」

「は、ははっ！」

理由はわからないが、国王の複雑な様子に、事情を聞いてはならないと悟ったのだろう。

侍女や医者たちは礼をするや、不思議そうにしつつディーツを連れて去っていった。

部屋に残ったのは私とヴァルター、国王の三人だけとなり、国王が私たちに向き直る。

「――チハヤ、ヴァルター。今回の件、心より礼を申す。フィリップを救ってくれて本当に助かった。もしそなたらが動いてくれねば、あれとは永遠の別れを迎えていたことだろう」

「そんな……私がしたのは予知だけで、皆が助けてくれなかったら、こうして上手くはいきませんでした」

本心からの言葉だった。

すべては、一緒になって懸命に動いてくれた皆がいたからだ。だが、国王は首を横に振る。

「そのようなことは決してない。そなただったからこそ、侍女たちも迷わず手を貸したのだろう。……人は、己が受けた恩を覚えているものだ。それは余であっても同じことよ」

そう言った彼は、顔を上げしっかりした声で続けた。

「そして、ここまではそなたたちが動いてくれたからこそ、目を覚ましたフィリップと話す役目は、余に与えてほしい。わだかまりを解くため、次は余が自《みずか》ら動きたいのだ」

「陛下……」

きっと国王は、この騒動の間に色々と考えたのかもしれない。

ディーツの長年の苦しみ、それを知らなかった自分。そして、これから自分がなにができるか。

結果、自《みずか》ら動こうと思ったのだ、きっと。

それならここは彼に任せた方がいいだろう。ディーツのただ一人の兄である彼に。

「はい……わかりました。では、後のことは陛下にお任せします」

だって、国王がディーツの気持ちに気づかなかったように、きっとディーツも知らないから。

意識が混濁した彼に、国王が必死に水を飲ませ続けていたことを。ディーツが一命を取り留めた時、国王がこぼした大粒の涙を。

それは、彼ら兄弟二人で語るべきことなのだ。

第九章　予知の行方

あの月夜の晩から、今日で二日が経った。

あれからディーツの容体は目覚ましく回復し、今では無事、話せるまでになった。

そして国王とディーツは二人でゆっくり話をしたという。その結果、ディーツは王宮を出ていくことを決めた。国王は弟として公表したいと申し出たが、それをディーツが固辞したからだ。

ただ、だからと言って、彼らは決別したわけではない。互いに歩み寄り、腹を割って気持ちを伝え合い、二人で決めたのだ。

あの後、私もディーツに面会に行ったのだが、その際の彼の言葉が胸に蘇《よみがえ》る。兄に渡されたのだろう、自分を模《も》した人形を持った彼は、寝台で上半身を起こした姿でこう言った。

『どんな経緯であれ、俺は一度王宮を出て市井《しせい》の民になった人間だ。……一度は望んだこととはいえ、もう王族には戻れやしない。醜《みにく》い欲に駆られて兄上を殺《あや》めようとした今となっちゃ、なおさらな。――俺は牢か墓場に入るのが似合いの人間だ』

そんな彼に、横に座っていた国王は厳しい顔で声をかけた。

『フィリップ……何度も言うが、余はそなたを牢に入れるつもりなどない。そなたが王宮を追放されたのは、理不尽な仕打ちに他ならなかった。だからこそ余を恨む気持ちも理解できた。それに、余はそなたに微塵《みじん》も怪我を負わされてはおらん。なにより……すべてもう、終わったことなのだ』

『しかし、俺はあんたを……』

瞳を揺らがせたディーツに、国王は静かに首を横に振る。

『ならん。もしどうしても償《つぐな》いたいと申すならば……どうか生きてくれ。余の傍でも、どこでもいい。ただ、元気に生きていてほしいのだ。余の願いはそれだけよ』

『兄上……』

ディーツの声は掠《かす》れ、震えていた。その声に、あの日の暗く歪《ゆが》んだ感情はもう残っていない。

あるのは悔恨と、これまで忘れていた兄への思慕《しぼ》の情のみに思えた。

そうして国王の説得の末、ディーツは死ぬことを諦めた。

だが王族として戻ることは決して自分に許さず、王宮を出ていくことを申し出たのだ。

『……気持ちは有難いが、俺はもうフィリップじゃない、ただのディーツだ。あんたの弟でなくひとりの臣下として生きると、もう決めたんだ』

『だが、フィリップ……』

『なにも言わないでくれ。あんたと違い、ずっと自分の苦しみしか見てこなかった俺には、王の器なんざ端《はな》からなかった……そう思い知っちまったんだ。まさか、俺が賊に捕まったと思って助けようとしてたとは考えもしなかった。あんたは、ずっと俺を捜してくれていたのにな……』

これは、私も後でヴァルターから聞いて知ったこと。

以前ヴァルターが急な任務で王宮を離れたことがあったが、あれはフィリップ王子に似た人物が賊に囚われたという情報を聞き、いてもたってもいられなくなった国王が命じた、緊急の救助任務だったのだ。

賊の砦《とりで》があるのは隣国との境目で、下手に動けば隣国との戦いも始まるかもしれない危うい地域。そのため、以前国境沿いで見事な戦果を挙げ「グラスウェルの英雄」と呼ばれるようになったヴァルターこそ適任と、任務を命じたのだそうだ。

しかし、賊から奪還した人物は金髪碧眼《へきがん》の別人で、国王は肩を落としていたらしい。

そんな兄の思いを知った今、ディーツの瞳は穏やかな海のように凪《な》いでいた。

彼の眼差しに、国王も固い決心を見て取ったのか、重く頷く。

『そうか……もうここを出ると心に決めたか』

『ああ。あんたにこんな不敬な口をきくのもこれが最後だ。――陛下。貴方《あなた》のご治世が末永く幸多きものとなるよう、心よりお祈りしております』

そう口にした彼は深々と臣下の礼をすると、数日後、王宮を去っていった。

彼はこれから遠方で、鷹匠《たかじょう》として生きていくという。そして見事な鷹《たか》を仕込めたあかつきには、一人の民として国王にそれを献上するのだと。

そうして去っていったディーツの横顔は、とても清々《すがすが》しく見えた。たぶん、十歳の頃から背負っていた負の感情を、ようやく肩から下ろすことができたのだろう。

それは国王も同様で、玉座に座った彼は、これまで以上に威厳ある姿で辣腕《らつわん》を振るっていた。若い頃に弟を救えなかった悔いが消え、今はただ真っ直ぐに未来を見据えた眼差しになって――

彼が王位に就いている限り、この国はきっと平穏に保たれていくことだろう。

また、ディーツだけが知る秘密の抜け道は、彼の口からすべて明かされ、国王の命で封鎖されることになった。だから、これから誰かがその道を通って入りこむ危険もなくなったのだ。

様々な問題が解決し、窓の外の青空がいっそう晴れやかに見える。

「本当によかったぁ……！」

私はうーんと伸びをして喜びを噛み締めた。犯人が見つかり、私も危害を加えられる恐れがなくなったことで、今ではこうして王宮の廊下を伸び伸び歩けるようになったのだ。

すれ違う侍女や侍従たちの表情も、いつもより穏やかに見える。

国の未来が無事よい方へ変わり、残った予知に関する問題はあとひとつ――ヴァルターと私が結婚する未来についてだけ。私は静かに口にする。

「こっちも、ちゃんとしないとね」

先日ヴァルターへの想いを自覚したが、途中で国王暗殺の予知を視《み》て奔走《ほんそう》していたため、彼への告白はうやむやのままになっていた。

だから、今日こそ彼にきちんと想いを告げようと思ったのだ。たとえこれから先、彼と離れ離れになる未来が待っていたとしても。

「聖女は、いずれ元の世界に戻る……か」

あの月夜の晩、ディーツから言われた言葉を思い出す。

聖女はこの国の危機を救った後、帰還の光に包まれて元の世界に戻るのだと、前にノアからも聞いていた。そして危機を救った今、あの光はやがて私を迎えに来るはず。

だから、私は近日中に日本へ帰ることになるのだろう。——つまり、私がヴァルターと結ばれる未来なんて、初めからなかったのだ。

彼に振られても、万一想いが通じ合ったとしても、最後は離れ離れ。

前に視《み》た結婚の予知は、きっと私が帰還する少し前に彼と結婚し、わずかな時間を共に過ごした場合の光景だったのだろう。その後私たちは、二度と会えなくなる未来を迎えたはずだ。

だがその事実を知ってもなお、彼にちゃんと想いを告げたいと思った。リーゼが言ってくれたように、大事な想いを伝えないまま後悔することだけはしたくなかったから。

「……よし！　ヴァルターのところに行こう」

ぎゅっと目を瞑《つぶ》って気合を入れると、瞼《まぶた》を開け、彼がいるだろう護衛騎士の部屋を目指す。

歩いている間、王宮の様々な風景が目に入ってきた。

ヴァルターに皮肉を言われてとっさに言い返し、彼と火花散らした廊下。

その先には、ヨゼフが木から落ちる予知を視《み》てヴァルターと駆けた廊下があり、さらに向こうには、フィリップ王子について夜通し調べた図書室がある。そして、様々な時を過ごした書斎や私の部屋、護衛騎士の部屋が並んでいる。

書斎ではノアが勉強を教えてくれたし、自室の居間にはカイが屈託ない笑みで挨拶《あいさつ》に来てくれた。私がヴァルターへの恋で悩んでいた時には、寝室でリーゼが優しく抱き締めてくれたっけ。

時に賑《にぎ》やかに皆と過ごし、時に静かにひとり物思いに耽《ふけ》って……本当に、色々な出来事が詰まった日々だった。思い出が溢れてきて、胸がぎゅっと切なくなる。

私にはもう日本に家族がいないから、なおさら、こんなに彼らが大切になっていたのだろう。

立ち止まり、窓の外の景色を眺めて呟く。

「不思議……ここにいたのって二ヶ月ほどなのに。でも、きっと、時の長さと思いは比例しないってことなんだろうな」

だから、この世界を離れるのをこうも寂しく感じるのかもしれない。

でも、ここはいずれ去らなければならない場所なんだ。そしてヴァルターとも、もう二度と……

ぎゅっと唇を引き結んで景色を見つめていると、後ろから声をかけられた。

「おっ、チハヤ様。ちょうどいいところに」

――カイだ。私は潤《うる》みかけた目元をそっと拭《ぬぐ》い、できるだけ明るい声を出して振り返る。

「あ、カイ。どうしたの？」

「いえ、ちょうどお会いできたんで、よろしければこちらをもらって頂けたらと」

屈託なく笑って歩み寄ってきた彼は、木箱を抱えている。彼はそこから「よっ」となにかを取り出すと、こちらに差し出した。それは素朴《そぼく》な猫のぬいぐるみで、思わず私は顔を綻《ほころ》ばせる。

「わぁ、可愛い……！　これ、どこかで買ったの？」

「町で目にしてなんとなく買ったんです。見てると和《なご》むなぁと思いましてね。けど、騎士団にはそう多くの荷物は持っていけませんから、ささやかながらチハヤ様にお裾分けってことで」

「えっ、騎士団に戻るの？」

きょとんとして聞き返すと、彼は頷いた。

「ええ。護衛の任も終わって、そろそろ向こうに戻る頃合いになりましたから」

「ああ、そっか。それで……寂しくなるね」

そうだ。彼は元々、ヴァルター不在の間の臨時で来てくれた人だし、事件が解決した今は、元の仕事に戻らないといけない。

私が日本へ帰る前に、先に彼とお別れになるのだなと、じんわり寂しくなってくる。

気落ちした私に気づいたのか、カイが慰《なぐさ》めるように冗談めかして言う。

「チハヤ様、大丈夫ですって。俺、またひょっこり会いに来ますから、まあ、貴女《あなた》の傍にはふてぶてしいあいつがいますから、小言で寂しくなんてさせなさそうですけどね」

きっと彼は、聖女がやがて去る存在だと知らないのだろう。そんな明るく優しい彼に、これが今生の別れになるとは言い出せず、私は「そうだね」と微笑んで返す。

しばらくとりとめもなく話しながら、部屋に戻るという彼と歩いていく。

色々なことを、カイは屈託なく話題にした。

国王が一週間後に、予知の聖女である私に感謝を示す式典を催《もよお》す予定であること。

そこで私が着る衣装を作るのに、侍女や仕立て屋たちが大急ぎで作業していること。

また、最近のノアは夜通しなにかの作業に没頭しているらしく、目の下にひどい隈《くま》を作った幽鬼《ゆうき》のような彼と夜の廊下で出会い、カイがぎょっとして飛び上がったこと。

あとは、ノア繋がりで、エリクのことも話題に上《のぼ》った。

というのも、謎めいた彼の正体が、先日ようやく判明したからだ。

「しかし、先日王宮に押しかけてきた、あのエリク……ええと、本当の名前はエリシアさんでしたっけ？　彼女もすごい勢いのお嬢さんでしたね」

カイは面白そうに、青い瞳を煌《きら》めかせて言う。

彼が言う通り、なんとエリクは、本当はエリシアという名前でノアの妹だった。

わけあって男装し、実家の領地経営を手伝っていた彼女は、その姿のまま王宮に来ていたそうなのだ。――兄であるノアに、直談判《じかだんぱん》するために。

というのも、本来なら、侯爵家の嫡男であるノアが父の跡を継ぐはずが、彼は若い頃から研究者を志《こころざ》し、家を出てしまった。そのため彼が戻るまでの代理として、エリシアが男装して領地経営を手伝っていたそうなのだ。女だと侮《あなど》られるからと、男の服を纏《まと》って。

だが、いずれ領地に帰るだろうと思っていた兄が、聖女である私がこの国に現れたことを受け、「聖女様の研究に我が生涯を捧げる」と宣言したことで、エリシアは驚愕《きょうがく》した。一時的なものだと思って兄の代わりに嫡男の仕事をしていたのに、その兄が責任を放棄したのだ。

そして、自分を取り巻く状況が変わったことを憂《うれ》えた彼女は、兄に早く戻ってくるよう直談判《じかだんぱん》するため、王宮を訪れ——そこで私に出会った、というわけだ。

彼女が国王を見つめていると私が勘違いした場面も、実際に彼女が見ていたのは、国王の背後にあった静謐《せいひつ》の塔。その塔に勤める兄への苛立《いらだ》ちや焦燥で苦しげな表情になっていたらしい。自分はこうも翻弄《ほんろう》されているのに、兄はよくものうのうと好きなことを仕事にして……と。

また、ディーツが禽舎《きんしゃ》近くで白金《はくきん》髪の人物を見たと言っていたが、あれは本当にエリシアで、静《せい》謐《ひつ》の塔に向かった帰り道、彼女はそこを通っていたらしい。

後から知れば、なんだ、そういうことだったのか……と肩の力が抜けるような顛末《てんまつ》だった。

私はその時の様子を思い浮かべて苦笑する。

「ノア、ものすごくエリク——ううん、エリシアに怒られてたもんね。『兄上はいつも、口を開けば研究研究と、侯爵家の仕事をなんだと心得ておられるのか！』って」

「最後には、『もう兄上には任せてなどいられない！　私が女侯爵となって跡を継ぎます』って据わった目で言われてましたしね。ありゃ、結構な女傑《じょけつ》になるんじゃないですか」

カイも肩を竦《すく》めて小さく笑う。

そう――すったもんだの末、最終的にエリシアは腹を決め、自分が侯爵家を継ぐと決めたのだ。

彼女にとっては大変だと思うけど、ノアが跡を継ぐと、聖女にしか興味がないせいで跡取り問題が難航しそうだから、これは結構いい決断だったのではと、個人的に思ってしまった。

また、私という聖女が現れたことで、国王たちだけでなくノアたち兄妹にも、悲喜こもごもな出来事が起こったんだなぁとしみじみ思ったものだ。

そんな話をした後、カイが廊下の先にある緑の扉を視線で示す。

「じゃ、そろそろ最後の片付けでもしてこようと思います。大体は掃除し終えたんですけど、もし忘れ物があるととんぼ帰りになっちまいますからね」

恐らくそこが、彼が寝室として使っていた部屋なのだろう。

これで彼とはきっと最後になる――そう思った私は、思いついたことを尋ねてみることにした。

誰か信頼できる人に、今の気持ちを少し打ち明けたくなったのだ。

「……ねえ、カイ」

「うん？　なんですか？」

「もしもの話なんだけど……カイは、すごく好きで仕方がない人がいて、でもその人と絶対に離れ離れになる運命だってわかった時、どうする？　……諦める？」

そう言って見上げると、彼は苦笑して肩を竦《すく》めた。

「そりゃまた、極端なたとえですね。なにかの謎かけですか？」

「そんな感じかな。ただ、カイならどうするのかなって、ちょっと聞いてみたくなったの」

「そうですねぇ……離れ離れか」

首を捻《ひね》った彼は、しばらく考えた後、気負わない口調で答えた。

「そりゃ、諦めるのは無理じゃないですか？　だって、すごく好きになった相手なんでしょう。なら、どこにいたってきっとそいつを好きなままですよ。離れたって、そんなのは関係ない」

「離れたって関係ない……」

目を見開いて掠《かす》れた声で呟いた私に、彼は青い瞳を真っ直ぐ向けて頷く。

「ええ。それで相手も同じだけ想ってくれりゃあ幸せですが、そうじゃなくたってきっと幸せですよ。なにせ、それくらい好きだと思える相手に出会えたんですから」

「好きなだけで幸せ、か……」

彼のシンプルな言葉に、私は思わずふふっと笑ってしまう。

「そっか……そうだね。きっと、カイの言う通りだ」

そうだ、離れたってこの想いは消えたりしない。胸の中にあるたくさんの思い出だって。

私が大事にしていれば、それはずっと私の中にあり続けるんだ。

日本に帰ってからも、ずっと……。気づけば私は、ぽろりと涙をこぼしていた。

声を出さず、静かにぽろぽろと涙を流す私に、カイがぎょっと慌てる。

「えっ!?　ちょっ、すみません、なんか俺、泣かせるようなこと言っちまいました？　うわー、お願いですから泣きやんでくださいよ、なんか妹を泣かせたみたいですごい焦るっていうか」

そう言いながら彼は木箱を床に置き、袖で涙を拭《ぬぐ》ってくれた。

慌てさせて悪いことしちゃったな、と思っていると、曲がり角の向こうから、ヴァルターが歩いてくるのが見えた。

「あっ、ヴァルター……」

彼は私たちの姿に目を見開いたかと思うと、なぜか眉を寄せ鋭い眼差しになる。

そしてつかつかと歩み寄ってきた彼に、カイが助けを求めるような声をかけた。

「おっ、ヴァルター！　いいところに。どうも、チハヤ様を泣かせちまったようで……」

「――彼女に触れるな。カイ」

ヴァルターはカイの言葉を遮《さえぎ》り、彼の傍にいた私をぐいっと自分の方へ抱き寄せる。

あっという間にヴァルターの腕の中にすっぽりと収まり、私は「えっ？」と目を見開く。

カイもまた、突然のことにぽかんとしている。

当然だろう、急に私が泣き出したかと思えば、いきなり現れたヴァルターに威嚇《いかく》されたのだ。

彼はただ、私の質問に答えてくれていただけだというのに。

呆気に取られた様子のカイだが、私を抱き寄せて放さないヴァルターと、彼の腕の中で頬を染めたまま狼狽《うろた》えている私を交互に見るうち、なにかを察したらしい。

ひとつ息を吐くと、彼はやれやれと言わんばかりに頭を掻く。

「……あー、はいはい。離れ離れって、そういうこと」

ぼやいた彼は、さっき視線で示した彼の部屋へ向かい、その扉を開く。そして彼は、なぜかヴァルターと私の背をぐいと押し、室内へ入れようとした。

「おい、カイ。一体なにを――」

怪訝《けげん》そうに振り返ったヴァルターに、カイは呆れた様子で返す。

「なにをじゃねえよ。お前らが妙にじれったいことになってるようだから、いい方法を思いついただけだ。つうかお前、無意識に木杯を握り潰すぐらい妬《や》いてたのに、まだ気づいてねえのかよ」

「気づく……？」

わけがわからないといった顔のヴァルターに頷き、カイは私たちを部屋に入れると自分は扉の方へ戻る。

「そうだよ。お前がなんで他の女には目もくれないのに、チハヤ様だけは目で追っちまうのか、その理由だ。お前らに圧倒的に足りないのはお互いの言葉だってのは、今よーくわかったから、ここで一回じっくり話し合っとけ。いいな？」

諭《さと》すように言うや彼は扉を閉め、そのまま廊下側からがちゃりと鍵をかけた。

「カイ、ちょっと待て……！」

すぐにヴァルターが声を上げるが、聞こえるのは遠ざかっていく足音だけ。

そして私たちは、カイの部屋の中で二人きりになってしまった。

しん……と静まり返った空気に、どうしよう……と動揺する。

いや、ヴァルターに告白するつもりでいたから、話ができる状況になってよかったんだけど。

でも密室で二人きりは、やはりどうしたって緊張する。

「と、とりあえず、その辺に座ろうか。カイもしばらくは戻ってこないだろうし」

「……ああ」

そうしてヴァルターと共にぎこちなく寝台に腰を下ろす。

というのも、この部屋にはもはやそれしか家具がなかったからだ。カイにとっては元々眠りに帰るだけの場所だったのだろうし、その上、片付けられてほぼなにもない殺風景な状態だ。

……あれ？　そういえばこの部屋、なんだかどこかで見たことがあるような。

ぼんやりと首を傾げていた時、隣に座るヴァルターが静かに口を開く。

「――貴女《あなた》は、なぜ泣いていたんだ？」

「え？」

見れば、彼はどこか苦しそうな瞳でこちらを見ていた。

「さっき、カイの前で泣いていただろう。……そんなにあいつと離れるのが寂しかったのか」

「カイと離れるのが……？」

驚いて聞き返す。いや、確かに寂しいと感じたけど、それは気の合う友人と別れるのが寂しいという感覚だった。第一、私が泣いていたのは、ヴァルターと別離するのが切なかったからだ。

だがヴァルターは違う風に捉えたようで、ふいと視線を逸らして言う。

「貴女《あなた》は俺と視線すら合わせなかった間も、カイの前では溌剌《はつらつ》と笑っていたと聞いた。そんなに気を許していたあいつだからこそ、離れがたくなっても不思議はないと思ったんだ」

その言葉に、私は驚いて反論する。

「ヴァルター、それは違うよ。だって、私がさっき泣いたのは、貴方《あなた》を思ってのことだったんだから」

「俺を……？」

「そうだよ。貴方《あなた》と離れるのが嫌だなって思ったら、いつの間にか涙がこぼれていたの。貴方《あなた》にとっての私は、今も苦手な相手なのかもしれないけど、でも私は……」

続けようとしたところで、納得がいかないとばかりの表情をした彼に遮《さえぎ》られた。

「――ちょっと待ってくれ。なんだそれは」

「え？」

「なぜ俺が貴女《あなた》を苦手なことになっているんだ」

「えっ、いやだって、私に最初に挨拶《あいさつ》に来た時、そんな感じのことを言ってたじゃない。それに、私と結婚する未来なんてありえないとも言ってたし。それくらい苦手だってことでしょう？」

すると、ヴァルターが思い出した様子で、ああ、と息を吐く。

「あれか……。言っておくが、俺は貴女《あなた》を苦手に思ったことなど一度もない。だが、出会った当初にあえてきつい口調で当たっていたのは事実だ。それについては謝る」

「あれ、あえてだったの？」

なんとなくそうかなと思っていたが、やはりそうだったらしい。しかし、理由が謎だ。

不思議に思って見つめていると、ヴァルターが視線を逸らしたまま、気まずそうに白状する。

「……ああ。元々俺は前線で戦う騎士で、剣を振るうのが性分に合っている人間だ。だというのに、祝勝のため訪れた王宮で急に聖女の護衛に任じられ、それを光栄に思うと同時に不満も感じていた。——これでは安全な場にいる聖女を守れても、傷ついた民たちは守れないと」

「それで……」

「貴女《あなた》に厭《いと》われるため、意識して小言や皮肉を口にした。——俺の立場で、陛下の命に逆らうことなど許されない。だから、貴女《あなた》が俺を厭《いと》って護衛から外すようにすればいいと考えたんだ。そうすれば、貴女《あなた》は俺よりも忠実な護衛を傍に置けるし、俺は戦場に戻れる。それが一番妥当だと、その時は思っていた」

「だから初めて会った時、あんな態度だったのね……」

思い出してしみじみ納得する。そう考えた結果、彼はああして皮肉を言い、けれど護衛としては真摯《しんし》に守ってくれたのだろう。戦《いくさ》で民を守るため、私の護衛を辞めたい。けれど、私のことも、守らないわけにはいかない。そんな相反する感情を持っていたから。

ヴァルターがまた息を吐いてから頷く。

「だが……貴女《あなた》が、ああもぽんぽん言い返してくるとは予想していなかった。すぐに俺のような不快な護衛は外すだろうと思ったのに、変わらず俺を傍に置き、いつも元気に言い返してきて。——それに、貴女《あなた》との結婚はありえないと確かに言ったが、それは別に貴女《あなた》を嫌っていたからじゃない」

「え……？」

その言葉にぽかんとする私を真っ直ぐに見つめ、ヴァルターは続けた。

「……俺にとって、女性は皆同じように見えるんだ。髪色の違いくらいは判別がつくが、美醜《びしゅう》となるとよくわからない。妻を娶《めと》ったとしても、他の女性と差異を感じられないだろう。そんな夫としての適性に欠けた俺が誰かと結婚するなど、ありえないことだと思っていた」

「ええと……つまりそれって、そんな自分が夫だと相手に悪いから、結婚は考えられないって意味だったの？　私が嫌とかじゃなく」

「ああ。貴女《あなた》を嫌だと思ったことは一度もない。世話が焼けると思ったことは何度もあるが」

「そう、だったんだ……」

私は納得したような、脱力したような心地になる。まさか、それがあの時の言葉の真意だったとは。そして彼に嫌われていたわけじゃないとわかり、次第にほっとしていく。

そっか、ヴァルターに苦手だと思われていたわけじゃないんだ……

ひとり喜びを噛み締めていると、ヴァルターが口にする。

「貴女《あなた》こそ、俺との結婚は考えられないと言っていただろう。初めの俺の態度もあり、俺の方こそ苦手に思われていると感じていたんだが」

「それは……」

それは違う、私が彼を嫌いになることなんてありえない。初めは少し苦手だなと思ったけど、本当の意味で彼を嫌うことは、今までもこれからもないと言いきれた。

だって私は、ヴァルターのいいところをたくさん知っているから。

今が想いを伝える時だと、私は彼を真っ直ぐに見上げて言った。

「ヴァルター、それは違うよ。私が貴方《あなた》を嫌いになることなんて絶対にない。だって……私は他の誰でもなく、貴方《あなた》が好きなんだから」

「チハヤ様……？」

驚きに目を見開いた彼を見つめ、さらに想いを告げる。

顔が熱いし、心臓がどきどき煩《うるさ》くて、今にも壊れてしまいそうだ。

けれど恥ずかしさを堪《こら》え、勇気を出して言う。

「確かに最初は、苦手な人だなと思ったよ。でも、一緒にいるうちに少しずつ気づいていったの。貴方《あなた》はすごく頼りになる、あったかい人なんだって。そうして過ごすうち、貴方《あなた》が王宮を離れることになって、その時にはっきり気がついたんだ。……私、貴方《あなた》のことが好きなんだって」

「俺が王宮を離れた時に……？　まさか、だからあの時の貴女《あなた》は様子がおかしかったのか？」

呆然としている彼に、こくんと頷く。

「……うん。だって、貴方《あなた》に苦手に思われていると誤解していたから。だから、この気持ちを知られちゃいけないと振る舞うほどに、ぎこちなくなっちゃったの。……どうしたらいいかわからなかったんだ。こんな風に人を好きになるの、初めてだったから」

ほっとしながら、私は小さく微笑んで続ける。

「でも……よかった。嫌われてないのがわかって。なら私、貴方《あなた》の友達くらいにはなれるかな？」

「……友達？」

驚いて固まった様子のヴァルターに頷く。

「うん。その、期間限定とはいえ主従みたいな関係だったわけだし、貴方《あなた》にとっては微妙かもしれないけど。でも、もし貴方《あなた》さえ嫌じゃなかったら友達に……」

なれたらって。そう続けようとしたが、できなかった。

ふいに彼に強い力で手首を引かれ、ぎゅっと胸の中に抱き寄せられたからだ。

「ヴァ、ヴァルター!? ええと、どうしたの？」

急に彼の体温に包まれ、頬が熱くなるのを自覚しつつ、私は慌てて問いかける。すると、彼ははっきりした声音で言った。

「――悪いが、俺は貴女《あなた》と友人になるつもりは微塵《みじん》もない」

「え……」

彼は驚く私の耳元に囁《ささや》く。

「友人になれば、こんな風に貴女《あなた》を抱き締めることもできないだろう。――悪いが、そんな立場に収まる気にはなれない。貴女《あなた》を腕に捕まえられる立場以外になる気など、さらさらないんだ」

「えっ、あ、あの」

ちょっと待って、それじゃまるで、彼が私のことをそういう意味で想ってくれているみたいだ。

私は信じられない思いで彼を見上げる。

すると、いつもより熱の籠《こも》った翡翠《ひすい》の瞳が私を見据えていた。

「待って、ヴァルター。それだと、まるで貴方《あなた》が私を好きなように聞こえるんだけど……」

「そう言ったつもりだが、伝わらなかったか？ ――とはいえ、俺自身、今ようやくはっきり自覚したことだが」

「自覚って……」

「カイが貴女《あなた》に触れているのを見た時、胸が焼け焦《こ》げるかと思った。そして、貴女《あなた》の気持ちを聞いて絶対に手放したくないと思った今、ようやくはっきりわかった。……これが、恋なのだと」

私を見つめたまま真摯《しんし》に言う彼に、私は嬉しいやらわけがわからないやらで、パニック状態だ。

だって、まさかそんな風に思ってもらえているとは思っていなくて。

ヴァルターが、私を好き？　つい呆然と言ってしまう。

「嬉しいけど……駄目、やっぱり夢みたいで信じられない」

「……なぜそう思う」

不満そうに訊かれ、狼狽《うろた》えた私は、上擦《うわず》った声で答える。

「だって、ヴァルターだよ？　私に小言ばかり言ってたのに、それに私といて甘い雰囲気になったこともないのに……いや、それは色気のない私も悪いんだけど！　……と、とにかく！　今までそんな感じだったのに、私を好きって……嬉しいけど、やっぱり信じられないよ。妹のような存在として好ましく思ってくれてる、とかならまだわかるけど」

うん……なんか考えてみると、そっちの方がしっくりくる気がする。だってヴァルター、口煩《うるさ》いお兄ちゃんみたいな時が結構あったし。そう伝えれば、彼は不本意だとばかりに言う。

「悪いが、俺に妹を抱き締めたいと思う特殊な性癖はない」

「でも、ヴァルター。好きってことはつまり、恋人になるってことだよ？　そうしたら、なんというかその、抱き締める以外にも色々することになるんだろうし。その時に『やっぱりそういう気持ちになれない』って言われたら、私としてはショックすぎるというか……」

懸命に言う私に、どうやらこれでは話が進まないと思ったのか。彼は考えた末に提案する。

「――わかった。なら、もう一度、二人で予知を視《み》てみることにしよう」

「予知って……私たちが結婚する、あの予知のこと？」

目を瞬《しばた》いた私に、彼は頷く。

「ああ。貴女《あなた》が言うように、もし俺が貴女《あなた》を妹みたいに思っているなら、夫婦として過ごす予知を改めて視《み》た時、恐らく違和感を覚えるだろう。そうでなくとも、自分の気持ちの片鱗《へんりん》が掴めるはずだ。――だが、もし違和感なく視《み》られるようなら、それは俺が真実貴女《あなた》に惚れている証《あかし》になる」

「言われてみれば、そうかもしれないけど……」

でも、そんなに上手くいくのかな？　そう思いながらも、次第に彼の案に乗り気になってくる。

だって、彼の気持ちも自分の気持ちも、改めてはっきりわかりそうだし。それが一番話が早い気がした。だから私も、ぐっと拳《こぶし》を握って頷く。

「わかった。ヴァルター、あの予知を視《み》てみよう。それで、白黒はっきりつけるの」

「――ああ。望むところだ」

告白し合った者同士とは思えない台詞《せりふ》をかわし、私たちはよし、やってやろう、と頷き合ったのだった。

そんなわけで急遽、私は彼と共に予知を視《み》ることになった。

それも、カイの部屋だったここには寝台しかないので、寝台に座ったヴァルターの膝に私が頭を乗せ、膝枕してもらって予知を視《み》ることに。前に予知の中でこの体勢を視《み》たことはあるが、まさか実際にすることになるとは思っていなかったため、動揺してしまう。

「あの、ヴァルター。重かったら言ってね」

「前にも言ったが、貴女《あなた》を支える程度、軽いものだ。……それに、俺以外の男にその身を預けさせるつもりなどない」

「そ、そっか……」

うう。さらにドキドキするから、あまりそういうことをさらりと言わないでほしい。

ヴァルターは当たり前のように口にしているが、だからこそ破壊力が大きいのだ。

駄目だ……落ち着け、私。今は予知を視《み》るんだから。

そして私は瞼《まぶた》を閉じると、未来を視《み》るべく、自分たちについて思いを馳《は》せていく。

徐々に思い浮かんでくるのは、ここでの記憶の数々。

――それらが頭の中を駆け巡る中、ふっと光と共に浮かび上がってくる映像があった。

あ、来た。予知だ……。そう思い、私はそれに意識を集中していく。

それは、いつも視《み》ていた光景とは若干違っていた。

辺り一面がなぜか薄暗くて、どんな場所かよく視《み》えないのだ。だが、ヴァルターと自分がそこにいるらしいことはわかる。なぜなら、彼が私を呼ぶ声がかすかに聞こえてくるから。

『――チハヤ』

掠《かす》れた声の彼は、いつもと違ってひどく余裕がない様子だ。見上げると、彼がすぐ傍で私を見下ろしていた。どうやら私は横になっていて、その上に彼が覆い被さっているらしい。

凛々《りり》しい美貌に薄《うっす》らと汗を浮かべ、ヴァルターが熱の籠《こも》った眼差しで私を見つめている。

暗闇に目が慣れてくると、彼の剥《む》き出しの肩や胸が目に入ってきた。

あ、ヴァルターってあんなところに傷があるんだ……などとぼんやり思っているうちに気づく。

どうやら予知の中の自分も、服を着ていないことに。

そして、ようやく辺りの光景が目に入ってきた。そこは灯りを落とした寝室で、私たちは寝台の上にいるらしい。触れ合ったヴァルターの肌が熱く、さらには身体中が熱く、よくわからない感覚が込み上げてきて、私の目から涙がぽろっとこぼれる。

そんな私の目元をそっと拭《ぬぐ》い、ヴァルターが囁《ささや》く。

『チハヤ、そんなに唇を噛み締めなくていい。――優しくする』

愛しげに囁いた彼は、そのまま私に身を寄せて――

そこで私は、「うわー!!」と声を上げてがばっと身を起こす。

えっ、いや、ちょっと待って。なに今の。いや、大体想像はつくんだけど。見なかったことにしたいというか、恥ずかしくて記憶していられないというか。

羞恥《しゅうち》と混乱のまま、意味をなさない言葉で自問自答する。恥ずかしいやら居《い》た堪《たま》れないやらで、顔から火を出して倒れそうだ。

しかし倒れるわけにはいかない。なぜならここには、私だけでなくヴァルターもいるのだから。

恐らく彼も、今の映像を見たはずで……

私は油の切れたブリキ人形のように、ぎぎぎ、と彼の方を見る。

「あ、あの、ヴァルター。今の、視《み》ちゃった……？」

「――返答は差し控える」

ヴァルターは頑《かたく》なに視線を逸らして、こちらを見ようとしない。

その反応からして、彼もやはり同じ映像を見てしまったのだろう。

うう、予知を視《み》るにしたって、なぜよりにもよってあんな場面を……

羞恥《しゅうち》のあまり泣きたくなるというか、もう布団を被って引き籠《こも》りたい。

私が顔を両手で覆って身を丸めていると、やがてヴァルターが息を吐いた。

「まさか、予知の中の自分に先を越されるとは思わなかった。――だが、これでよくわかった」

「なにがわかったの？」

まだ涙目のままで見上げる私に、彼は確信をこめた声で呟く。

「今まで貴女《あなた》と予知を視《み》る度、言葉にできない感覚に陥《おちい》った、その理由だ。予知の中で、貴女《あなた》が無邪気に瞳を輝かせて料理を食べていたり、安心した様子で俺に身を預けてすやすやと眠っていたりするのを見る度《たび》、胸がむず痒《がゆ》いようなよくわからない心地になった」

そして彼は、得心がいった様子で頷いて言う。

「今わかった。……これは貴女《あなた》のことを可愛いと感じていた時だったんだな。女性を可愛いと感じたことがなかったから、なかなかわからなかった」

「は……」

まさか彼に「可愛い」と言われるとは思わなかったため、赤くなって固まる。だが確信を得たらしきヴァルターは真っ直ぐに私を見つめてくる。私は狼狽《うろた》えて尋ねた。

「な、なに？　ヴァルター」

「いや……可愛いなと思っただけだ。どの女性も同じように見えると言ったが、貴女《あなた》だけは鮮《あざ》やかに目に映る。――特に貴女《あなた》が恥ずかしがって泣く様子に、俺は存外弱いらしい」

「な……」

私はもうなにを言っていいやらわからず、ただ真っ赤になって口をぱくぱくさせる。

いや、甘い言葉を囁《ささや》いてもらえて嬉しいんだけど、気持ちがいっぱいいっぱいでついていけないというか。それに、こうして好きだと言ってもらえても、私たちは結局……

そう思い至り、熱を持っていた気持ちがすぅっと冷えていく。

――そうだ。なんの奇跡か両想いになれたけれど、いずれ私たちは離れ離れになってしまうのだ。

それを思い出した今、無邪気に喜ぶことはできなかった。

だって恋人になったら、余計に辛くなるばかりなのに。

私だけでなく、ヴァルターだってきっと……。そう思い、意を決して告げる。

「あの……ヴァルター」

「どうした？」

「あのね、私も貴方《あなた》のことが好き。だから、気持ちはすごく嬉しい。でも……やっぱり私たち、友達になった方がいいと思うの」

「まだそんなことを言うのか」

がんぜない幼子を見るような目で言った彼に、私はかぶりを振る。

「だって、友達なら離れてもまだそんなに辛くならないよ。高校時代の友達だって、一年に一度会うくらいだけど、それでも平気だし。たまに会った時は、お互いわいわい楽しく過ごせるし」

「――チハヤ様」

「だから、友達になれば、いくら離れたって、これから先二度と会えなくなったって……」

そこで私の様子がおかしいと気づいたらしい、ヴァルターがそっと覗きこんでくる。

「……なぜ泣く」

「だって私は聖女だから……もうすぐ、ここから去る人間だから……」

一緒にいたいけど、貴方《あなた》の傍にはいられないから。

掠《かす》れた声でそう言い、私は彼の胸辺りをぎゅっと掴み、そのまま額《ひたい》を預けた。そして、ぽろぽろと涙をこぼす。もう、どれだけ泣けば気が済むのだろう。自分でもそう思うけれど、涙と感情が止まらない。ヴァルターが苦しげに私の名を呼んだ。

「チハヤ様。――いや、チハヤ」

「えっ？」

驚いて顔を上げた瞬間、私は頤《おとがい》を引き寄せられ、唇を重ねられていた。

初めてのキス。それは驚くほど優しく、私を翻弄《ほんろう》する。

「ヴァ、ヴァル……ん……」

吐息を奪われ、少しだけ苦しいけれど決して嫌ではない。それどころかひどく甘かった。

ようやく唇を離したヴァルターは、今度は私の目じりに口付けて涙をすくっていく。そしてあやすように額にキスすると、最後にまた私の吐息を奪った。

いつしか彼の胸にぐったりと身を預けていた私を抱き締め、彼は決意をこめた声で告げる。

「――貴女《あなた》の気持ちはよくわかった。ならば、俺が貴女《あなた》の憂《うれ》いを取り除いてみせる」

「ヴァルターが……？」

まだ涙の浮かぶ目でぼんやりと見上げると、彼ははっきりと頷いた。

「ああ。貴女《あなた》は未来を変えるため駆け回った、今度は俺が駆け回る番だ。――決して、貴女《あなた》を帰らせるような愚かな真似はしない」

私の髪を梳《す》いて言った彼は、私をまたぎゅっと抱き締めたのだった。

エピローグ

ヴァルターと両想いになった一週間後。

私は大広間へ続く廊下を歩いていた。後ろではリーゼたち侍女が、楚々《そそ》とした足取りで歩いている。彼女たちは今、私の衣装の長い裾を持ってくれているのだ。

なぜなら今日の私は、この日のために作られた、荘厳な聖女の衣装を身に着けていたから。

美しいそれは、胸元から裾にかけて淡い薔薇色《ばらいろ》から光沢ある白色へと色合いが変わっていく布地で作られている。身動きの度《たび》に繊細にさらりと揺れる様《さま》は、風のように自由に駆け、やがて光の中へ消えていったという過去の聖女を象徴したような見事な意匠だ。

リーゼが心をこめた声で、そっと耳打ちする。

「チハヤ様、とてもお似合いでいらっしゃいます」

「うん……ありがとう、リーゼ。少しでも聖女らしく見えてるなら嬉しいけど」

「貴女《あなた》様ほど、奇跡の聖女の呼び名に相応《ふさわ》しい方はございません。だからこそ、このような式典も催《もよお》されるのですから」

そう、今日は予知の聖女である私に、国王が感謝を示す式典の日なのだ。

先日カイに聞いた通り、国王は急ぎこの式典の開催を決めたのだとか。というのも、国を救った今、私がいつ帰還の光に包まれ、元の世界に戻ってしまうかわからなかったから。

私がここにいる間に、ディーツたち、ひいては国を助けた件について、お礼をしたいのだそうだ。もちろん、一介の民に戻ったディーツの正体は明るみに出せないので、表向きは、「暴漢に襲われかけた国王を予知によって助けた」ことになっている。

その場にいたディーツに関しても、物音を聞いて駆けつけた鷹匠《たかじょう》が、国王を庇《かば》って暴漢にやられたという話になっていた。公表と真実は違えど、私が国を助けた事実は変わらない。だから、その貢献をきちんと世に知らしめ、後世に残るような式典にしたいというのだ。

実際、あと少しで元の世界に戻る私が残せるのは、予知の聖女が確かにここにいたという足跡だけだ。

ちなみにヴァルターは、気持ちを確かめ合ったあの日以来、仕事で忙しそうにしていて、なかなかゆっくり過ごす時間を取れていない。それでも時間を見つけて私に会いに来ては、そっと抱き締めてくれた。それだけでもう、言葉にできないぐらい幸せで……だから、思い残すことはない。今ではそう考えられるようになった。

私の憂《うれ》いを消すと彼は言ったけれど、現実的に考えて私をここに引き留める手段があるとは思えなかったし、私を慰《なぐさ》めようとしてくれた気持ちだけで、もう十分だと思えたのだ。

「うん……だから、大丈夫。たとえヴァルターたちと離れたとしても、私は……」

自分に言い聞かせるように呟くが、続きは上手く言葉にならなかった。

そうして歩き続け、やがて大広間の扉に辿り着く。

「予知の聖女様のおなりでございます」

扉の脇に立つ侍従が深々と頭を下げて言い、その後ろにいる衛兵たちも最上級の礼をする。

そうして開かれた道を、私はすっと背筋を伸ばして歩いていく。

そこには、私がこの世界にトリップした時と同じ、あの豪奢《ごうしゃ》な大広間が広がっていた。

天井には煌《きら》びやかな燭台が輝き、壁に美しい絵画や金縁《きんぶち》の鏡がいくつも飾られている。床に敷かれた絨毯《じゅうたん》は、深紅《しんく》に金糸で見事な模様が織《お》りこまれていて、気品を感じさせた。

部屋の奥にある壇上の玉座前には、金髪の国王が悠然《ゆうぜん》と立っている。

重厚な衣装を纏《まと》い威厳を漂《ただよ》わせる彼は、ふっと目を細めて私の名を呼ぶ。

「よくぞ参った、予知の聖女チハヤよ」

「私などのためにこのような盛大な式典を開いてくださり、お礼申し上げます」

「なに、礼を言うのはこちらの方だ。そなたが視《み》た予知により、この国の平穏は無事保たれた。その恩には、どれだけ礼を尽くしても足りぬほどよ。望むものがあれば、なんなりと口にするがよい。ファレンの民を代表し、そなたの恩に報《むく》いようぞ」

「そのお気持ち、大変光栄に思います。……ですが、私に望むものはございません。ただ陛下が盤《ばん》石《じゃく》な治世を続けてくださることだけが、私にとっての無上の喜び」

そう答えたところ、遠巻きに眺めていた騎士や侍従たちから「なんと欲のない……」「さすがは聖女様」といった感嘆の声がさざめきのように聞こえてきて、私はつい苦笑してしまう。

だって、欲がないわけじゃなく、むしろ強欲な方だと自覚があったから。

私がいなくなった後も、この国が平和であってくれれば、きっとヴァルターたち私が好きになった皆も無事でいてくれるはず。そんな私情にまみれた願いだった。

それに、諦めたと思った今だって、気づけばヴァルターの姿を目で追ってしまうのだ。

彼は騎士が並ぶ列の先頭で、私と国王のやりとりを真剣な眼差しで見守っていた。

彼の姿を見ると、ああ、私は駄目だなぁ……と自覚してしまう。

だって彼の姿を目にすると、やっぱり傍にいたいと自然と思うのだ。彼と元気に言い合って、一緒に色んな場所を駆けて、そうして二人、笑い合って——

——でも、それはもう、叶わない願いだから。

そう目を伏せて思う間も、式は進み、やがて国王が私の頭にヴェールを被せる段になった。

なにもいらないという話だったが、これだけは受け取ってほしいと、国王がヴェールを差し出す。

宝石で飾られた美しいそれを、私が丁重に受け取ったところで、この式典は終わる次第だ。

そのはず、だったのだけれど――

「えっ……？」

国王がヴェールを被せようとしたその時。私の身体が、きらきらした光に包まれ出した。

初めはごく淡い光だったそれは、やがて全身を覆うほどの眩《まばゆ》い光へ変わっていく。

そして煌《きら》めく光に包まれた私の身体は今、ふわりと宙に浮かぶ。

「おお、これはもしや……！」

「あれが彼《か》の、帰還の光か……！」

感嘆の声が遠くに聞こえ、私は目を見開き、光に包まれた両手を見つめていた。

「そんな……」

とうとうこの時が来てしまったんだ。この世界にお別れする時が。

気づいた途端、私はヴァルターの方へばっと視線を向けていた。最後に見るのは、彼の姿がいい。

そして、消える最後の瞬間まで目に焼きつけようと、ぎゅっと唇を引き結んだ時――

「チハヤ……！」

騎士たちの最前列に並んでいた彼が、私のもとへ真っ直ぐ駆け寄ってきた。

「えっ、ヴァルター!?」

こちらに手を伸ばした彼は、まるで離すまいとするかのように私を強く抱き締めた。きっと無理だとわかっていてもなお、私を引き止めようとしてくれているのだろう。その行動に、ぽろりと涙がこぼれる。ああ、彼も同じ気持ちでいてくれたんだなと、嬉しくて切なくて。

「チハヤ……そんなに泣かないでくれ」

涙をこぼす私を苦しげな目で見た彼は、次の瞬間、迷うことなく私の唇を奪う。

「ん……」

まるで私のすべてを攫《さら》うかのような口付けだった。

吐息を奪われ、なにより彼の真剣な眼差しに目を惹きつけられ、意識が塗り潰されていく。

人前でこんなことするなんて、と普段なら恥ずかしがって逃げたことだろう。でも、これが最後だとわかっていた私は、彼の温《ぬく》もりを記憶に焼きつけようと、そのまま身を委《ゆだ》ねる。

いつまで経っても、何十年経っても忘れないように。これが私の人生でただひとつの恋だったんだって、最後まで覚えていられるように。

何度か口付けてから唇を離したヴァルターは、大切そうに私の涙を拭《ぬぐ》いながら囁《ささや》く。

「大丈夫だ。――貴女《あなた》が望むなら、俺は貴女《あなた》を決して帰しはしない」

「でも、そんなことできるはずないよ……」

こぼれる涙をそのままに見上げた私に、彼は力強く言う。

「俺はまだ貴女《あなた》と、結婚もなにもしていない。そんな状態で貴女《あなた》を帰してたまるか。――だから、貴女《あなた》も望むなら口にしてくれ。その胸にある想いを」

相変わらず真っ直ぐな彼の言葉に、私はつい、ふふっと笑ってしまった。

ああ、やっぱり私の好きなヴァルターだ。そう改めて思って。

そして、胸にある想いを素直に口にする。

「うん……私も貴方《あなた》といたい。だって、予知で視《み》ただけで、まだちゃんと貴方《あなた》のお嫁さんになって いないもの。やっぱり私……離れたくなんてないよ。ヴァルター」

それを掠《かす》れた声で伝えた時だった。先程までと違う色鮮《あざ》やかな光が、私の胸辺りからぶわっと溢れたかと思うと、私の周囲を包んでいた光が徐々に薄くなっていく。

「えっ……？」

驚きに目を見開く中、光はどんどん薄らぎ——やがて私の周囲を取り巻く光は、完全に消えてしまった。ふわりと宙に浮かんでいた足も、いつの間にか地についている。

「なに、これ？　一体どういうこと……？」

私はわけがわからず、呆然とするばかりだ。

そんな私をぎゅっと抱き締めたまま、ヴァルターが深々と息を吐いた。

「よかった。——どうやら無事成功したようだな」

彼はなにか予想をつけていたようだが、私は全然わからない。

「えっ、あの、ヴァルター待って。これ、なにがどうなったの？」

「貴女《あなた》を元の世界に帰さないため、できる限りのことをした結果だ。——史実を調べ、あの日の彼らとまったく同じことをしたんだ」

「彼ら？」

ますます困惑していると、そこに進み出てくる人物がいた。――ノアだ。

白い文官服姿で雪の精霊のように麗《うるわ》しい彼だが、今は寝不足が最高潮らしく目の下に深い隈《くま》があり、やつれている様子だ。しかし表情は晴れ晴れとして、どこかやり切った感がある。

「ああ、本当にようございました……！　一時はどうなることかと」

そう言ってはらはらと涙をこぼした彼は、ううっと嗚咽《おえつ》する。

「えっ、あの、どうしてノアが？」

さらに戸惑う私に、ヴァルターが教えてくれる。

「ノアにも、今日のためにこの一週間手を貸してもらっていたんだ。過去の聖女について調べるには、この男ほど頼りになる者はいないからな」

「過去の聖女について？」

なぜそんなことを……と不思議に思っていると、涙を拭《ぬぐ》いながらノアが説明してくれる。

「チハヤ様。以前も申し上げた通り、過去の聖女様は皆、帰還の光に包まれて元の世界に帰っていかれました。――ですがただおひとりだけ、元の世界に戻られなかった方がいるのです」

「元の世界に戻らなかった？」

「ええ。それが花籠《はなかご》の聖女様。……この世界で寿命を迎えられ、命日が記念日となったお方です」

「あっ、そういえば……！」

その言葉で、以前にリーゼが話してくれたことをふっと思い出す。花籠《はなかご》の聖女の命日であるその日だけ、王宮中に黄色い花が咲き、その花を愛《め》でる風習が広まったのだと。

あの時はさらりと聞き流していたけれど、考えてみればそうだ。

花籠《はなかご》の聖女はこの世界にずっといたからこそ、ここで亡くなったというのに。

驚き呆然とする私に、ヴァルターが言う。

「それゆえ、なぜ彼女がこの世界に残ることが叶ったのか、原因を調べていたんだ。それが貴女《あなた》を留める手掛かりになると考えて。だが、探してもなかなか見つからなかった。聖女が残った理由については、当時の国王陛下が秘匿《ひとく》しようとしたのか、ほぼ文献が残っていなかったんだ」

「それでヴァルター、ここ最近ずっと忙しくしてたんだ……」

「ああ。絶対に貴女《あなた》を連れていかせるわけにはいかなかった。それでノアに協力を仰《あお》いだところ、この男が随分と前から花籠《はなかご》の聖女について調べ続けていたことを知ったんだ」

「ノアが……？」

目を見開いて視線を向けたところ、ノアが恥ずかしそうに微笑む。

「ええ。チハヤ様とヴァルターの仲を存じてから、どうにかしてお二人が添い遂げられる未来を迎えられないかと、執筆の合間に、文献を漁って調べ続けていたのです。恐らく花籠《はなかご》の聖女様と同じことをなされば、ここに残れるのではと思いまして」

「そう、だったんだ……」

というか、ノアはいつ、私とヴァルターが両想いになったことを知ったんだろう？

私たちだって、一週間前にお互いの気持ちを確認したばかりで、誰にも関係を明かしていなかったのに。そこを謎に思っていると、ノアが拳《こぶし》を握って熱意溢れる表情で続ける。

「そうして花籠《はなかご》の聖女様の手掛かりを、外に出て探し続けておりましたところ……ようやく数日前、辺境の町で見つけたのです。文献とも呼べない、当時の侍女が残した手記を」

ヴァルターが彼の言葉の後を引き継ぐ。

「そこにはこう書いてあったんだ。花籠《はなかご》の聖女には想い人である王子がいて、彼が帰還の光に包まれた聖女を抱き締めて離さずにいたことで、彼女を覆いかけていた光がやがて消えたのだと」

「光が……？」

「さらには、聖女が『この世界に残りたい』と望みを口にしたとも書いてあった。それゆえ、それと同じ行動をすれば、光を消すことに成功すると踏んだんだ」

「理屈は不明ですが、恐らくあの光は聖女様おひとりだけを移動させる力しかないのではと推察されます。聖女様以外の第三者が彼女の身体を捕まえている状態では、二人を同時に移動させねばならなくなる。しかし、そこまでの力はあの光にないため、聖女を移動させることが不可能だと判断すると、やがて消えてしまう……そのような仕組みかと」

さすがに文官らしくノアが理路整然と説明し、ヴァルターも続ける。

「もしくは、聖女自身が強く願うことで、能力が進化した可能性もあった。予知能力が以前、貴女《あなた》の望みを受けて進化したように、貴女《あなた》が強く望めばここに留まる能力を新たに得るのではないかと。——結局、どちらが作用したかは不明だが、貴女《あなた》をここに引き留めるのは無事成功したということだ」

私は呆然として二人を見上げる。

「じゃあ私……このままここにいられるの？」

「ああ、先程の状況を見るにそのはずだ。花籠《はなかご》の聖女についても、二度目の帰還の光が現れたという記載はなかった。あの光は、一度しか現れないもののようだな」

「そっか……」

ヴァルターたちと離れ離れにならずにいられる……私、ずっとここにいていいんだ。

ようやくじわじわと実感が湧いてくる。

もちろん、元の世界に戻れなくなった切なさはあった。けれど、私には日本にもう家族がいないから、ここで大切な存在になった人たちと離れずに済んだことへの喜びの方が勝っていく。

思わずへなへなとその場に崩れ落ちた私を、ヴァルターが慌てて抱き起こそうとする。

「チハヤ？」

「びっくりした……だってヴァルターたち、そんなことしてる様子を少しも見せなかったから」

「悪かった。なにも知らせないまま貴女《あなた》に心からの願いを口にしてもらった方が、当時の聖女とより近い状況になり、成功率が上がると思ったんだ。絶対に失敗するわけにはいかなかったからな」

申し訳なさそうに言った彼は、ほっとした様子で私の身体を支え、立ち上がらせる。

それだけ彼は真剣に調べ、史実をなぞろうとしてくれたのだろう。

そして当時の王子が、花籠《はなかご》の聖女にしたのと同じ行動を私にして——

「そうだったんだ……。じゃあ、前の聖女もああやって王子に口付けられたんだね」

ふふっと照れながら笑って言えば、彼はあっさり首を横に振った。

「いや、そんな事実はないが」

「えっ？　だってヴァルター、さっきあんなにいっぱいキスして……」

思わぬ返答に戸惑っていると、彼は私を見つめて当たり前のように言う。

「ああ――あれは、単に俺がしたかっただけだ。泣いている貴女《あなた》に弱いと前に言っただろう。貴女《あなた》を見た瞬間、ただ口付けて慰《なぐさ》めたいと思ったんだ」

「な……」

そんな彼に、今度こそ私は真っ赤になって絶句する。いや、彼が慰《なぐさ》めたいと思ってくれたのは嬉しいけど、なにせこの場にいる大勢にあの場面を見られてしまったのだ。

さっきは別離の切なさで頭が回らなかったし、その後も必要があってしたことなんだなと気にしてなかったけど、実は不要な行為だったのだとわかると、途端に居《い》た堪《たま》れなくなってくる。

「ヴァ、ヴァルターの馬鹿！　絶対、みんなに呆れられたよ。なにやってるんだ、あのバカップルって思われたよ」

恥ずかしさのあまりどうしていいかわからず、涙目になって彼の胸をぽかぽかと叩く。すると逞《たくま》しい手にやんわりと拳《こぶし》を受け止められた。

「バカップルというのがなにかわからないが、別に呆れられてはいないようだぞ」

「え？」

言われて彼が視線を向けた方を見れば、そこには、うんうんと満足そうに頷く国王の姿。

ずっと静観していたことからして、恐らく彼は、ヴァルターたちから事前に、彼が取る行動を聞いていたのだろう。その周囲には、奇跡を見るような眼差しでこちらを見る騎士や侍従たちの姿もある。

隅にいる侍女たちに至っては、なぜか猛烈な勢いで涙していた。

「チハヤ様、ヴァルター様、おめでとうございます……！　私、今日の日をどんなに待ち望んだことか……ううっ……」

「泣くのはおやめなさい、今日という晴れやかな日に」

涙で声にならない侍女を、隣にいる侍女も涙を拭《ぬぐ》いつつ、そっと肩を叩いて慰《なぐさ》めている。

彼女たちの手には、なぜか分厚い本が大事そうに抱えられていた。その表紙に描かれた赤茶髪の聖女らしき女性と、黒髪の騎士らしき男性の姿には、なんだか見覚えがあるような……

というか、待って。この本を持っている侍女、ひとりや二人じゃないみたいなんだけど。

それどころか、騎士の中にも持っている人が大勢いるんだけど。

「ええと、あれってまさか……」

思わず頬を引《ひ》き攣《つ》らせた私に、ヴァルターが肩を竦《すく》めて言う。

「俺も先日その存在を知って頭を抱えた本だが、まあ……ノアの功罪のようなものだ。あれのお陰で厄介な状況になったが、同時にこうして貴女《あなた》を腕に捕まえることができた」

どうやら彼は、あの本の内容をすでに知っているらしい。

うう、どんな話か知りたいような、怖くて聞けないような。

……いやでも、あれのお陰でこの結末を迎えられたというなら、心を決めて今度読んでみよう。

そんな風にひとり決心していると、ふいにヴァルターに引き寄せられた。

「チハヤ、あの本のことはもういい。……今はただ、俺のことを見てくれ。貴女《あなた》の視線が他に奪われている時間が惜しい」

「惜しいって……」

耳朶《じだ》に囁《ささや》かれた男らしい声にぼっと赤くなって見上げた先には、彼の真摯《しんし》な眼差し。

出会った頃からずっと傍にあった、意志の強さを湛《たた》えた翡翠《ひすい》の瞳が私を見つめていた。

「こうして貴女《あなた》を無事引き留められた今なら、ようやく言える。一週間前に言えなかったことを」

「ヴァルター……」

そして彼は私の手を引き寄せて指先に口付けると、愛《いと》しさをこめた声で告げた。

「どうか俺と結婚してほしい。……共にこれからの人生を歩いてほしいんだ。貴女《あなた》と過ごす日々は……そうだな。きっと小言を山と言ってしまう気はするが、退屈しないに違いない。そんな朗《ほが》らかで楽しい日々を共に過ごしていきたいんだ」

そんな最後まで彼らしい台詞《せりふ》に、私は目を瞬《しばた》いてから、思わず破顔してしまった。

「うん……私もそう思う！　貴方《あなた》となら、色々無茶をしちゃうかもしれないけど、それ以上に賑《にぎ》やかで楽しい日々になると思うから。だから……」

「だから……？」

優しく促《うなが》した彼に、私ははにかみながら伝える。

「私も貴方《あなた》と結婚したい。……どうか、私の未来の夫になってください。ヴァルター」

「——ああ。生涯、夫として貴女《あなた》を守り抜くと誓おう。……俺の可愛い人」

愛《いと》しげに囁《ささや》いたヴァルターが屈《かが》み、私の額《ひたい》にそっと口付ける。
なによりも大切なものに触れるように。永遠の忠誠を誓うように。
そうして私は、あの日視《み》た未来への道を、愛《いと》しい人とゆっくり歩み始めたのだった。

新感覚ファンタジー
RB レジーナ文庫

目指せ、安全異世界生活!

レジーナブックス Regina

異世界で失敗しない100の方法 1〜5

青蔵千草　イラスト：ひし

価格：本体 640 円＋税

就職活動に大苦戦中の相馬智恵《そうまちえ》。いっそ大好きな異世界ファンタジー小説の中に行きたいと現実逃避していると、なんと本当に異世界トリップしてしまった！　異世界では、女の姿をしていると危険だったはず。そこで智恵は男装し、「学者ソーマ」に変身！　偽りの姿で生活を送ろうとするけれど——？

詳しくは公式サイトにてご確認ください

http://www.regina-books.com/

携帯サイトはこちらから！

Regina COMICS
大好評発売中!!!!!!
原作：青蔵千草
漫画：秋野キサラ
Presented by Chigusa Aokura
Comic by Kisara Akino
異世界で失敗しない100の方法 1~2
シリーズ累計12万部突破!
攻略マニュアル系ファンタジー
待望のコミカライズ！
アルファポリスWebサイトにて
好評連載中！
就職活動が上手くいかず、落ち込む毎日の女子大生・相馬智恵《そうまちえ》。いっそ大好きな異世界トリップ小説のように異世界に行ってしまいたい……と、現実逃避をしていたら、ある日、本当に異世界トリップしてしまった！ この世界で生き抜くには、女の身だと危険かもしれない。智恵は本で得た知識を活用し、性別を偽って「学者ソーマ」になる決意をしたけど——!?
異世界で失敗しない100の方法
本の知識
異世界を生き
異世界で失敗しない100の方法
仲間のピンチを知識で救え!!
アルファポリス 漫画
検索
B6判／各定価：本体680円＋税

シリーズ累計
34
万部!!!!
RC
Regina
COMICS
原作＝牧原のどか
漫画＝狩野アユミ
Presented by Nodoka Makihara
Comic by Ayumi Kanou
1〜4
ダィテス領
攻防記
Offense and Defense in Daites
大好評
発売中!!
チート婿様黒幕を
城ごと粉砕！
異色の転生ファンタジー
待望のコミカライズ!!
「ダィテス領」公爵令嬢ミリアーナ。彼女は前世の現代日本で腐女子人生を謳歌していた。だけど、この世界の暮らしはかなり不便。そのうえ、BL本もないなんて！ 快適な生活と萌えを求め、領地の文明を大改革！ そこへ婿として、廃嫡された「元王太子」マティサがやって来て……!?
Webにて好評連載中!
アルファポリス 漫画
検索
B6判
各定価:本体680円＋税

この作品に対する皆様のご意見・ご感想をお待ちしております。

おハガキ・お手紙は以下の宛先にお送りください。

【宛先】

〒150-6005 東京都渋谷区恵比寿 4-20-3 恵比寿ｶﾞｰﾃﾞﾝﾌﾟﾚｲｽﾀﾜｰ 5F
（株）アルファポリス　書籍感想係

メールフォームでのご意見・ご感想は右のＱＲコードから、
あるいは以下のワードで検索をかけてください。

アルファポリス　書籍の感想　検索

ご感想はこちらから

予知《よち》の聖女《せいじょ》は騎士《きし》と共《とも》にフラグを叩《たた》き折《お》る

青蔵千草（あおくらちぐさ）

2019年　4月　3日初版発行

編集－反田理美
編集長－塙綾子
発行者－梶本雄介
発行所－株式会社アルファポリス
〒150-6005 東京都渋谷区恵比寿4-20-3 恵比寿ｶﾞｰﾃﾞﾝﾌﾟﾚｲｽﾀﾜｰ5F
TEL 03-6277-1601（営業）　03-6277-1602（編集）
URL http://www.alphapolis.co.jp/
発売元－株式会社星雲社
〒112-0005東京都文京区水道1-3-30
TEL 03-3868-3275
装丁・本文イラストー縹ヨツバ
装丁デザインーansyyqdesign
印刷－中央精版印刷株式会社

価格はカバーに表示されてあります。

落丁乱丁の場合はアルファポリスまでご連絡ください。

送料は小社負担でお取り替えします。


ISBN978-4-434-25794-0　C0093